Un mari en héritage

J'AI LU

REBECCA BRANDEWYNE

La lande sauvage	*J'ai lu* 3018/**5**
Duel sur la lande	*J'ai lu* 3055/**4**
Pour l'amour d'un comanchero	*J'ai lu* 3159/**7**
La passion du conquistador	*J'ai lu* 3285/**5**
Les amants hors la loi	*J'ai lu* 3397/**6**
Un mari en héritage	*J'ai lu* 3543/**5**

Rebecca Brandewyne

Un mari en héritage

Traduit de l'américain
par Catherine Plasait

Éditions J'ai lu

Titre original :

RAINBOW'S END
Warner Books Edition

PROLOGUE

L'EXPLOSION

Les montagnes Rocheuses, Colorado, 1877

C'était comme la colonne vertébrale du monde, pensa l'homme avec une sorte de respect devant la longue rangée de sommets qui l'écrasaient, partageant le paysage en deux... Que de simples mortels aient non seulement osé se mesurer à eux, mais réussi à les conquérir ne cessait de l'étonner. Et qu'il eût l'intention cette nuit de briser cette harmonie lui paraissait d'une présomption insensée. Pourtant, il avait toute sa raison. Son plan, qui pouvait paraître fou, avait été longuement mûri, pensé jusqu'au moindre détail, il ne lui restait plus qu'à passer aux actes.

Il ajusta sur son épaule le sac de toile rempli de bâtons de dynamite, de détonateurs et de fusées qu'il venait de récupérer là où il les avait cachés le matin, sous un éboulis de cailloux. Puis il s'attaqua à la pente neigeuse où ses associés et lui avaient installé leur concession plus de dix ans auparavant.

A l'époque, ils étaient seulement quatre à exploiter le gisement aurifère, et ils partageaient une belle camaraderie née de l'enthousiasme et de la volonté de tirer le maximum de cette terre sauvage et splendide. Il se rappelait leur joie quand, d'abord armés de leurs seules pelles, pioches et batées, puis avec un canon rudimentaire et des débourbeuses, ils avaient enfin découvert l'or. C'était le bon temps. Ensuite, ils avaient commencé l'exploitation proprement dite, et tout avait changé... dans le mauvais sens. L'appât du gain les avait rendus mesquins, méfiants.

Voilà ce que l'or faisait aux hommes.

Une guerre tacite s'était déclarée entre eux. Et cette nuit, il allait les punir. Il mènerait son projet jusqu'au bout et verrait bien ce qui en sortirait. Résolument, il poursuivit son ascension clandestine sur l'étroit sentier qui menait au Pied de l'Arc-en-Ciel, la mine d'or qui lui appartenait ainsi qu'à ses trois partenaires.

Le chemin était abrupt, rendu dangereux par les plaques de glace qui collaient çà et là aux rochers et les congères causées par les rafales de vent. L'homme était hors d'haleine. Il s'arrêta un instant pour respirer à travers son cache-nez gelé. Il frotta ses mains engourdies malgré les gants doublés de fourrure, puis se tapa vigoureusement sur les bras avant de reprendre sa pénible ascension.

De loin, on aurait pu le prendre pour un ours. Néanmoins, il prenait soin de se cacher, recherchant l'ombre des quelques arbres, des gros rochers. Il ne risquait guère d'être repéré par une nuit si rude, cependant des hommes vivaient à la mine, et il ne voulait pas courir le danger d'être reconnu. On apercevait maintenant, nichés dans un repli de terrain, les bâtiments rudimentaires qui composaient le Pied de l'Arc-en-Ciel, ceux qui abritaient le puits et la pompe, la petite grange avec les deux ânes, l'atelier, le baraquement des ouvriers, les cuisines, les toilettes crasseuses. Tout semblait tranquille, mais quelqu'un pouvait sortir prendre l'air...

Comme tous les chercheurs d'or, ceux qui vivaient là étaient des hommes durs, rusés, instinctifs, car le travail était difficile, dangereux. Une erreur, et la mort frappait. Sans courage et sans débrouillardise, on ne faisait pas long feu, dans les mines. Si l'un de ceux qui dormaient là était réveillé par un bruit insolite, il n'hésiterait pas à alerter toute la chambrée.

Mais à cela aussi, l'homme avait veillé. Il avait fait livrer dans l'après-midi un tonneau de whisky « pour réchauffer la soirée glaciale » avait-il écrit dans le message qui l'accompagnait. Il espérait que les occupants du baraquement avaient bu jusqu'à tomber ivres morts. Ils en seraient quittes pour une bonne gueule de bois le lendemain... Il sourit à cette pensée tout en se frayant un passage vers le tunnel qui trouait la montagne.

L'entrée était fermée par une porte de bois munie d'une chaîne et d'un cadenas, mais il ne se découragea pas. Il se mit au travail avec sa scie à métaux. Quelques minutes plus tard, l'un des gros maillons de fer avait cédé. L'homme ouvrit la porte qui grinça sur ses gonds rouillés, et elle lui fut arrachée par le vent. Elle alla frapper les montants et le coin s'enfonça dans la terre de la pente. Le battant se mit à gémir sous la force des bourrasques. Il jeta un coup d'œil inquiet vers le baraquement d'où il s'attendait presque à voir surgir une troupe d'individus armés de pioches. Mais seul le bruit du vent troublait la nuit.

Il pénétra à l'intérieur et referma à grand-peine la porte derrière lui.

Il resta immobile un instant, le temps que ses yeux s'habituent à la totale obscurité. La tête penchée, il écoutait, guettant un son qui lui aurait indiqué qu'il n'était pas seul. Car un meurtre avait déjà été commis, à la mine — bien qu'il n'en eût pas de preuve formelle — et il n'avait aucune intention d'être la prochaine victime. Mais il n'entendit que le grondement sourd du vent dans les constructions de bois, qui gémissaient et craquaient.

Sûr enfin que tout était normal, il se pencha pour chercher la lampe qu'il avait laissée là dans l'après-midi. Ses doigts s'étaient un peu réchauffés, depuis qu'il était à l'abri, et il parvint à l'allumer sans trop de mal.

Le tunnel s'ouvrait devant lui et il s'y engagea, tenant bien haut la lanterne. Il suivit les rails où passaient les wagonnets. Il connaissait la mine par cœur et n'eut aucun mal à se rendre aux endroits qu'il avait choisis avec soin. A chaque point, il plaça de la dynamite dans les murs, laissant les mèches pendre. Malgré le danger, il avait la main sûre et ferme, il connaissait bien le maniement des explosifs ! De tous ceux qui travaillaient à la mine, seulement deux hommes auraient pu réussir cette tâche aussi bien que lui... et c'était important dans la réussite de son plan.

Quand tout fut en place, il coupa une mèche plus petite et l'alluma avec une allumette. Puis, partant du point le plus éloigné de l'entrée, il se mit à courir, allumant toutes les mèches au passage. Avec une précision née de l'expérience, il mit le feu à la dernière au moment où la mèche menaçait de lui brûler les doigts. Il la lâcha et courut de plus belle, le souffle rauque, la lanterne dansant comme une folle au bout de son bras.

Il était à mi-chemin quand la première explosion se produisit, déchirant la nuit. Les vibrations se répercutèrent en lui, mais il continua à courir, sachant à quelle rapidité les tunnels s'effondreraient derrière lui, bloquant la mine sans la détruire.

Il dégringolait le flanc de la montagne, sombre silhouette dans l'obscurité, quand les mineurs jaillirent du baraquement pour voir ce qui se passait. En voyant la fumée qui s'échappait du puits et de l'entrée principale de la mine, ils commencèrent à crier et à jurer. Certains allèrent rapidement enfiler des bottes par-dessus leurs pyjamas de flanelle. L'un d'entre eux trébucha de façon comique et s'étala sur le seuil du baraquement.

De sa cachette dans les arbres, le dynamiteur vit le Vétéran se débattre dans la neige pour tenter de se relever. Il sourit. Comme il reprenait vivement sa route, son sourire se fit diabolique en imaginant la réaction de ses trois partenaires quand ils apprendraient ce nouveau désastre.

PREMIÈRE PARTIE

UN LONG VOYAGE

1

Boston, Massachusetts, 1877

La ville de Boston était cernée de collines, bien que certaines eussent été mutilées, au cours du siècle, pour combler des dépressions, des étendues de boue, des marais salants. A présent, la péninsule de Shawmut, sur laquelle Boston avait été fondée, presque entièrement entourée d'eau à l'époque, se distinguait à peine du continent.

Comme cette péninsule sur laquelle il se dressait, le pauvre petit couvent des Ursulines, avec ses hauts murs de brique, semblait se fondre dans l'environnement. Il était situé au nord de la cité, quartier presque exclusivement irlandais au début du siècle, mais dont les habitants s'étaient récemment déplacés au profit des Juifs. Le couvent, lui, était resté, et abritait un pensionnat de jeunes filles.

La plupart des élèves venaient de familles irlandaises catholiques aux moyens modestes. Certaines étaient orphelines.

C'était le cas de celle qui, ce jour-là, priait, agenouillée dans la chapelle. Elle était arrivée chez les sœurs à l'âge de sept ans ; sa mère venait de mourir et son père ne pouvait à la fois travailler et s'occuper d'elle. Bien que l'idée de se séparer de son unique enfant lui brisât le cœur, il était parti chercher fortune de par le monde. Et la jeune fille était au couvent depuis douze ans.

Plus de dix ans sous la férule des Ursulines transformaient les pensionnaires en jeunes personnes accomplies et vertueuses. Et, tandis qu'elle regardait la fine silhouette voilée, tête baissée, les mains jointes sur son chapelet, la Révérende Mère se disait qu'elle n'aurait pu espérer une élève en apparence plus disciplinée, plus convenable que Josselyne O'Rourke. Elle lui était arrivée vilain petit canard effrayé, rebelle et mal soigné, pour devenir un cygne magnifique plein de courage et de grâce. Mais la Révérende Mère ne se laissait pas abuser par l'image dévote qu'offrait Josselyne. Si les sœurs la considéraient comme un ange, l'abbesse n'était pas souvent de cet avis. En vérité, elle pensait même que Dieu lui avait envoyé la jeune fille comme une épreuve.

Après douze ans d'éducation sévère, la Révérende Mère avait réussi à brider l'esprit sauvage de Josselyne, mais pas à le mater. La force intérieure qui l'obligeait à se tenir le dos bien droit sur le prie-Dieu ne venait ni de sa foi ni de sa dévotion mais de sa nature volontaire, têtue. Elle était certainement en train de se chanter des comptines au lieu de réciter ses prières. Cependant, en repensant à l'horrible scandale dont le couvent avait été le théâtre et dans lequel Josselyne avait joué un si triste rôle, la Mère Supérieure se reprochait sa sévérité. Josselyne s'était montrée inhabituellement docile, depuis cette affaire. Elle avait déclaré vouloir ne plus quitter le couvent et prononcer ses vœux. Sachant que cette décision était prise sous le coup d'un violent choc émotionnel, la religieuse avait essayé de l'en dissuader. Josselyne s'était montrée déterminée, calme, face à cette opposition. De guerre lasse, la Mère Supérieure avait enfin donné son accord.

Malgré ses doutes sur la vocation profonde de Josselyne, elle était troublée à l'idée de voir la jeune fille jetée si cruellement dans le monde extérieur... ce qui ne manquerait pas d'arriver après la tragique nouvelle qu'elle venait de recevoir. Dieu, pourquoi lui infliger cela en plus ? s'était demandé silencieusement la Révérende Mère en lisant le terrible message.

Josselyne avait grandi dans le cocon du couvent, ignorant tout de la vie au-delà des murs du parc... et elle avait été profondément blessée par ses dures réalités. Maintenant, contre son gré, elle allait devoir sortir de son isolement, et la Mère Supérieure s'inquiétait pour elle. Elle savait en effet que la jeune fille qui avait essayé de tout son cœur d'avoir une attitude de chenille était en réalité un papillon.

Elle brûlait d'une sensualité dont elle devait être à présent douloureusement consciente. Malgré la discipline stricte du couvent, cet appétit de vie avait toujours été là. Dans son regard vert, lorsque ne se sachant pas observée, elle fixait à travers les grilles la ville de Boston. A la façon dont elle plongeait les mains dans la terre quand elle s'occupait du potager. A sa manière de lever le visage pour l'offrir aux rayons du soleil au printemps. Dans la grâce de sa démarche sous les plis de sa robe de novice. Josselyne était passionnée, et le récent scandale en était la preuve.

Le fait qu'elle eût rabattu le couvercle sur ses émotions bouillonnantes n'était pas forcément encourageant pour son avenir de religieuse. Une novice sur le point de prononcer ses vœux devait être sûre d'elle-même, de sa vocation. Ce qui n'était pas le cas de Josselyne, se disait la Révérende Mère avec désespoir. Sa foi n'était pas mise en cause, mais seulement le désir que Dieu avait de faire d'elle Sa servante.

Elle soupira profondément en regardant les deux lettres — dont une encore cachetée — qu'elle tenait à la main. La nouvelle qu'elle devait annoncer à Josselyne allait la bouleverser, la déraciner de ce couvent où elle cherchait si ardemment la paix. Quelques lignes réussiraient là où la Révérende Mère avait échoué. Les voies de Dieu étaient bien mystérieuses... Cette lettre était sans doute le signe qu'Il ne voulait pas qu'elle se dédie à Lui comme religieuse, qu'Il avait d'autres desseins pour elle. Pourvu que ce soit le cas... Pourvu que la Révérende Mère se montre de bon conseil... Malgré les tracas que Josselyne lui avait occasionnés, elle avait toujours ressenti pour elle une profonde affection.

Avec un soupir, elle se dirigea vers la jeune fille.

Josselyne se trouvait à la chapelle depuis plus d'une heure, à supplier Dieu de lui envoyer un signe afin de lui indiquer où était son destin. Pour être tout à fait honnête, jamais Dieu ne l'avait « appelée ». Il était même resté très silencieux sur le sujet, lui donnant à penser qu'elle se trompait en voulant prendre le voile. Elle était tellement loin de posséder les qualités d'une nonne ! Elle aurait même été totalement disgraciée sans Rosie Maguire. Quand elle repensait à ce qui était arrivé à Rosie — et qui avait failli lui arriver à elle-même — elle frissonnait d'horreur.

Tout avait commencé si innocemment ! Une simple rencontre à la grille du couvent, où un étranger lui avait demandé son chemin. Tout de suite, Josselyne avait été attirée par Antoine Fouché. Il était jeune, beau, émouvant, alors qu'il se tenait là, devant elle, et tout naturellement, elle l'avait renseigné. Puis ils avaient bavardé. Immigré en provenance de France, il venait seulement d'arriver à Boston, où il devait rejoindre son oncle. Mais celui-ci avait eu entre-temps un tragique accident, et Antoine se retrouvait sans famille, pratiquement sans argent. Il avait dû se mettre aussitôt à la recherche d'un emploi, et c'était en se rendant à une convocation qu'il s'était égaré. Il craignait que la place ne lui échappât à cause de son retard.

Émue par son histoire, fascinée par ses cheveux noirs et ses yeux sombres qui contrastaient de façon si romantique avec la pâleur de son teint et sa bouche sensuelle, Josselyne était allée chercher quelques pièces de monnaie dans la cassette du couvent. Son sentiment de culpabilité s'était atténué lorsqu'il était venu la rembourser quelques jours plus tard. Il avait obtenu le poste convoité, finalement. Il la remercia chaleureusement, lui prit la main, et ainsi commença leur idylle clandestine.

Josselyne s'échappa de temps en temps du couvent pour le rencontrer en secret. Comment se serait terminée l'affaire sans Rosie ? La jeune fille en frémissait rétrospectivement.

Après plusieurs semaines de longues promenades volées et de baisers plus longs encore, Antoine la persuada enfin de partir avec lui. Il ne pouvait vivre sans elle, ils devaient se marier sur-le-champ. Josselyne, jeune et amoureuse, ne se demanda pas une seconde pourquoi il n'allait pas en parler avec la Mère Supérieure. Ainsi aurait-elle obtenu non seulement son pardon pour son comportement inconvenant, mais aussi sa bénédiction. Josselyne en connaissait à présent la raison. Antoine était le plus vil des menteurs, jamais il n'avait eu l'intention de l'épouser, il voulait simplement la séduire pour l'envoyer dans une maison close. C'était là son véritable métier : trouver de la chair fraîche, or cet établissement honteux avait un client qui affectionnait particulièrement les jeunes couventines. Il ignorait toutefois qu'Antoine les déflorait avant de les soumettre à ses appétits pervers. Si la malheureuse Rosie Maguire n'avait elle-même été violée et trahie par Antoine, si elle n'était pas parvenue à s'échapper pour rentrer au couvent où elle avait raconté toute l'histoire, Josselyne aurait été la prochaine victime. Le jour même où elle devait s'enfuir avec lui, il avait été arrêté pour ses crimes honteux. On avait trouvé la jeune fille sortant discrètement de sa chambre après avoir laissé un mot sur sa commode, expliquant qu'elle partait épouser l'homme de sa vie.

La révélation de ce qu'était Antoine avait détruit toute la confiance que Josselyne pouvait avoir en elle. Quand elle se rappelait leurs baisers passionnés, leurs caresses ardentes, elle avait la nausée. Pas seulement parce qu'elle lui avait permis ces libertés, mais aussi parce qu'elle y avait pris plaisir. Parfois encore, dans le silence de la nuit, elle passait la main sur ses seins, comme l'avait fait Antoine, et elle sentait la chaleur et la vie monter en elle. Oh ! elle était mauvaise, vicieuse ! se disait-elle, contrairement à cette pauvre Rosie qui, pour ne plus être jamais touchée par un homme, avait dès son retour décidé de prononcer ses vœux. Rosie était une jeune fille douce, timide, et le viol l'avait blessée à jamais. Bien que Josselyne n'enviât pas son sort, elle ne pouvait s'empêcher de se demander parfois ce qu'elle avait manqué. Pas la brutalité, bien sûr ! Mais elle aurait aimé savoir où menaient ces délicieuses caresses qu'Antoine lui prodiguait, à condition qu'il l'aimât vraiment !

Terriblement honteuse de sa conduite inqualifiable, mortifiée de s'être ainsi laissé abuser, Josselyne avait annoncé sa décision de devenir religieuse. Elle chassa résolument les exquises sensations qu'Antoine avait éveillées en elle, se consacra à l'étude et prit bien soin de cacher ses doutes quant à sa vocation... Tout en sachant parfaitement que la Révérende Mère, avec son intuition infaillible, en était consciente.

Cependant, si elle ne prenait pas le voile, que deviendrait-elle ? Elle n'avait pas de famille chez qui rentrer, pas de futur fiancé. Elle n'avait pas vu son père depuis le jour où il était parti pour le Colorado avec la vieille malle qui contenait tout ce qu'il possédait au monde.

Il s'était finalement installé à Mountain City, une partie de Central City, ainsi nommée parce qu'elle se trouvait au cœur de la région minière. Central City, au début, n'était qu'un groupement de cabanes de bois rapidement érigées le long du ravin où John Gregory avait découvert de l'or en 1859. Plus de mille hommes avaient afflué dans cet endroit en deux semaines. Ce n'était certes pas un lieu pour une adolescente. Josselyne était donc restée chez les Ursulines... Et ces dernières années, alors qu'il avait obtenu une concession dans les montagnes Rocheuses, O'Rourke avait toujours semblé incapable de lui envoyer de l'argent pour qu'elle vînt le rejoindre.

Il était sûr que la mine possédait d'excellents filons, écrivait-il, qui représenteraient bientôt une fortune. Mais l'exploitation en profondeur d'une mine se révélait fort difficile, et il n'avait encore guère obtenu de résultat, malgré des années d'efforts. Presque tout ce qu'il gagnait était envoyé au couvent pour son éducation, Josselyne le savait. O'Rourke n'était pas du genre à accepter la charité, tant qu'il avait deux bras robustes pour travailler.

L'année précédente, il y avait eu des problèmes à la mine. Il avait parlé dans ses lettres « d'accidents » qu'il soupçonnait d'être des sabotages dus à l'un de ses associés. Ce dernier, devenu de plus en plus avide, ne se contentait plus du quart des modestes profits du Pied de l'Arc-en-Ciel, et il espérait endommager la mine au point que ses partenaires seraient heureux de lui céder leurs parts.

Ensuite, voilà quelques mois, l'un des associés, Forbes Houghton, avait trouvé la mort lors de l'un de ces prétendus accidents. En fait, O'Rourke était persuadé qu'il s'agissait d'un meurtre, et il soupçonnait l'un de ses autres associés, Durango De Navarre ou Wylie Gresham, d'en être coupable. Forbes avait compliqué encore le problème en léguant à son épouse, Victoria, sa part de la mine, ce qui aurait pu être également un motif pour qu'elle souhaitât sa disparition. C'était pourquoi il repoussait la venue de Josselyne à Central City, il voulait résoudre l'affaire avant de se consacrer à sa fille. Mais celle-ci se doutait qu'il y avait autre chose...

Lisant entre les lignes, elle avait conclu qu'il ne souhaitait pas avoir près de lui une jeune femme qui ne représenterait qu'une complication supplémentaire. Il avait cité à plusieurs reprises le nom d'une dame, et Josselyne en avait ressenti un pincement de jalousie. Cette Nell Tierney était actrice, elle en avait donc déduit qu'il s'agissait d'une coquine qui avait jeté le grappin sur son père et ne tenait pas à voir la jeune fille s'immiscer entre eux. Peut-être même le montait-elle contre Josselyne !... Et elle finissait par se demander ce qu'elle deviendrait si elle ne rejoignait pas son père dans le Colorado.

O'Rourke avait souvent dit que Central City était une ville dure, cruelle, et que Josselyne, protégée par la vie du couvent, y perdrait ses illusions. Néanmoins, avant l'arrivée d'Antoine, Josselyne avait souvent considéré que son existence manquait de piment, et elle attendait avec impatience un événement qui vînt briser la routine de ses jours. Elle regardait fréquemment, à travers les grilles du couvent, les rues animées de Boston, avec les marchands ambulants, les carrioles, les chevaux — et elle souhaitait ardemment se retrouver parmi eux, dans cette atmosphère tourbillonnante.

Autrefois, elle avait eu l'impression de simplement passer le temps au couvent en attendant que son père l'envoie chercher. Mais au fil des années, elle avait renoncé à le revoir un jour. Il était parti, comme sa mère était partie, et elle se sentait seule au monde. Devant elle s'étendaient d'interminables années comme gouvernante ou dame de compagnie. Que pouvait-elle espérer d'autre ? Elle devrait se contenter d'exister. C'est pourquoi elle avait eu tellement envie de s'enfuir avec Antoine : ainsi elle aurait sa propre vie, son propre amour.

A présent, Josselyne redoutait de quitter le couvent. Seul l'habit de religieuse la protégerait... non seulement contre les mâles qui jalonnaient les routes de la vie, mais aussi contre la pécheresse qu'elle abritait en elle. Et pourtant, tout de suite après avoir parlé de son souhait à la Mère Supérieure, Josselyne l'avait regretté. Seuls son orgueil, son entêtement et surtout sa peur l'avaient empêchée de l'avouer. Elle s'était tue maintenant depuis si longtemps, elle avait pris tant de temps aux sœurs pour son instruction qu'elle se sentait le devoir de respecter sa décision. Elle avait écrit à son père pour l'en informer, sans lui en donner la raison mais, déception supplémentaire, elle n'avait pas encore reçu de réponse. Josselyne avait secrètement espéré qu'il la persuaderait de renoncer à ce projet pour venir le rejoindre, mais non...

Son silence prouvait qu'il en était heureux, or elle voulait par-dessus tout que son père fût content et fier d'elle.

C'était la Révérende Mère, avec son regard pénétrant, qui avait insisté pour qu'elle sondât davantage son cœur et son âme avant de franchir ce pas irréversible. Ainsi Josselyne se trouvait-elle à la chapelle, ce jour-là, pour demander à Dieu de lui montrer la voie.

Elle entendit un froissement de jupe qui ne pouvait venir que de la Mère Supérieure et se signa avant de se lever. Elle serra instinctivement son chapelet devant l'air grave et compatissant de la vieille dame.

Il s'est passé quelque chose, se dit-elle, soudain glacée. Et ce devait être d'importance pour qu'on vînt la déranger dans ses prières. Ses yeux s'agrandirent d'appréhension, elle pâlit et porta la main à sa gorge. *Il est arrivé quelque chose de terrible !*

Tous les soupçons de son père sur les sabotages et le meurtre à la mine lui revinrent à l'esprit.

— Ma mère ? murmura-t-elle, folle d'inquiétude. Qu'y a-t-il ? C'est papa, n'est-ce pas ? C'est papa... Il a eu un accident...

— Asseyez-vous, mon enfant, répondit la Révérende Mère d'une voix douce mais ferme. Asseyez-vous et écoutez-moi. Oui, il y a eu un accident au Pied de l'Arc-en-Ciel. Une épouvantable explosion. J'aurais aimé vous l'annoncer plus doucement, mais... Josselyne, je suis désolée, absolument désolée... Je crains que votre père n'ait été tué.

— Non ! Non ! Ce n'est pas possible ! Ça ne peut pas être vrai ! cria Josselyne en se laissant tomber à genoux. C'est une erreur !

— J'aimerais de tout mon cœur que ce soit le cas, mon petit. Hélas, ces lettres sont claires, il est à peu près certain que votre père est mort.

Josselyne resta un moment paralysée, comme si elle avait reçu un coup. Puis, peu à peu, la réalité s'imposa à elle et elle fondit en larmes. Malgré sa récente résolution de demeurer au couvent, elle avait secrètement espéré que son père se déciderait enfin à la faire venir près de lui. Or cela ne serait jamais possible. Il était mort, elle ne le verrait plus.

— Comment... comment cela s'est-il passé, ma mère ?

— Josselyne, je sais combien c'est pénible pour vous. Êtes-vous sûre de vouloir en parler maintenant ? Il vaudrait mieux aller vous allonger dans votre chambre, rester seule avec votre peine. Sœur Alice vous montera du thé. Les détails de ce drame peuvent attendre...

— Non, protesta Josselyne en cherchant un mouchoir. Non, je veux savoir. J'ai *besoin* de savoir ce qui s'est passé.

La Mère Supérieure soupira, chaussa ses lunettes et sortit la lettre de l'enveloppe décachetée.

— Très bien... Selon M. Killian, l'avoué de votre père, « une ou plusieurs personnes ont pénétré au Pied de l'Arc-en-Ciel après sa fermeture, aux environs de minuit, ont placé des charges de dynamite qui ont provoqué l'éboulement de certaines galeries de première importance dans la mine. Malheureusement, pour des raisons non encore élucidées, M. O'Rourke se trouvait certainement à l'intérieur à ce moment-là. Il est possible que l'intrus n'ait pas remarqué sa présence. Cependant, il est plus vraisemblable qu'il a surpris le saboteur en plein travail et qu'il s'en est suivi un combat durant lequel M. O'Rourke a été gravement blessé, voire tué. En tout état de cause, on n'a pas revu M. O'Rourke depuis l'explosion, et comme son chapeau a été retrouvé parmi les débris, j'ai le regret de vous informer qu'il est présumé mort et enfoui sous les décombres de la mine, bien que l'on n'ait pas encore identifié son corps. Il sera sans doute découvert lors du déblaiement... ».

La Mère Supérieure s'interrompit et tendit la feuille à Josselyne ainsi que l'enveloppe non ouverte qui portait son nom.

— M. Killian préférait que ce soit moi qui vous apprenne la nouvelle, mon enfant, il a pensé que ce serait moins dur.

Josselyne, la tête penchée, essuya les larmes qui lui troublaient la vue. Les mains tremblantes, elle déplia la lettre que M. Killian lui adressait personnellement et parcourut les premières lignes. Son père avait laissé un testament en sa faveur.

— Il semblerait, dit-elle, que mon père m'ait légué ses parts de la mine.

Elle renifla et poursuivit à haute voix la lecture de quelques passages de la lettre.

— M. Killian aimerait que... que je vienne au Pied de l'Arc-en-Ciel, car il y a apparemment quelques... conditions, qu'il n'explique pas, à remplir pour que ces actions me soient transmises. La somme jointe est destinée à couvrir les dépenses du voyage. Je dois envoyer ma réponse par télégramme. Oh, ma mère... Je... je ne comprends pas. Quelles peuvent être ces conditions qui m'obligent à me rendre à Central City ? Et... comment pourrais-je quitter le couvent alors que je dois bientôt prononcer mes vœux ?

— Ne vous souciez pas de cela pour l'instant, mon enfant, déclara fermement la Mère Supérieure. Je sais quel choc représente pour vous la mort de votre père, et j'aimerais mieux, en ces circonstances, que vous ajourniez vos vœux définitifs. M. Killian fait sans doute allusion à diverses formalités légales requérant votre présence. Sinon, il n'insisterait pas pour que vous accomplissiez ce long voyage. Vous devez vous rendre à Central City, mon petit.

— Oh, ma mère, je suis déchirée ! Je veux vraiment aller à Central City, ne serait-ce que dans le but de découvrir le responsable de... de la mort de papa. Mais j'ai envie aussi de rester ici. J'ai le sentiment que si je quitte le couvent, je n'y reviendrai jamais, ma vie changera irrémédiablement.

La religieuse sourit.

— Peut-être, mon enfant. Cependant n'ayez pas peur de cela. N'ayez pas peur de la vie. C'est Dieu qui choisit notre existence, la façon dont nous devons Le servir. Devenir Son épouse n'est pas la seule, et elle ne vous convient pas forcément.

Si vous êtes tout à fait honnête envers vous-même, avouez que vous avez maintes fois douté du bien-fondé de votre décision, peut-être même vous êtes-vous rebellée intérieurement contre elle. Bien que, en personne d'honneur, vous vous soyez efforcée de respecter votre engagement et n'en ayez parlé à personne. Je me trompe ?

— Non, ma mère, avoua Josselyne, soulagée de voir enfin la vérité mise au jour. Vous avez raison. Je ne veux pas vous décevoir, vous et les sœurs, vraiment pas. Seulement, depuis Antoi... depuis quelque temps, je me sens tellement troublée moralement. Et maintenant, ce terrible accident... la mort de papa. Je n'arrive toujours pas à y croire...

— Il vous faut du temps, mon enfant. Du temps pour pleurer, du temps pour guérir, pour apprendre à mieux vous connaître, à mieux connaître le monde, la vie... Les voies de Dieu sont impénétrables. Il donne et Il reprend à la fois. Ses raisons ne sont pas toujours claires pour nous, mais nous devons nous consoler en nous disant qu'Il ne nous inflige jamais un fardeau trop lourd à porter. Peut-être ce drame et votre voyage inattendu sont-ils Sa réponse à vos questions sur l'avenir. Il est possible que vous ne reveniez pas au couvent, Josselyne, mais sachez-le, où que vous soyez, quoi que vous décidiez, vous avez ma bénédiction. Notre porte vous sera toujours ouverte.

— Merci, ma mère, murmura Josselyne d'une voix noyée de larmes. Merci pour votre gentillesse et vos sages conseils.

2

Central City, Colorado, 1877

Le voyage avait été long et épuisant. Pourtant, Josselyne avait l'impression d'être sur une corde raide, malade de peur et de chagrin, et en même temps excitée, incapable de rester tranquille. Elle avait traversé la moitié du pays et se trouvait enfin proche de sa destination. Les montagnes Rocheuses se dressaient devant ses yeux, leurs sommets scintillant comme des pierres précieuses sous les rayons du soleil printanier au-dessus de la terre verte et riche.

Par milliers, des hommes étaient venus exploiter cette région proche du paradis. Mais combien y étaient morts ? Trop, se dit Josselyne, à en juger par les outils abandonnés et les nombreuses sépultures qu'elle avait remarquées le long de la voie ferrée. Et son père faisait partie de ces malheureux. Elle repoussa énergiquement cette idée. Maintenant encore, elle refusait d'affronter la vérité. D'ailleurs, elle ne parviendrait à y croire que lorsqu'elle aurait vu sa tombe. Jusque-là, elle s'accrocherait avec obstination à l'idée que M. Killian s'était trompé, que son père était toujours vivant.

Le chemin de fer dans lequel Josselyne était montée à Golden se dirigeait vers l'ouest, le long de Clear Creek Canyon. Les eaux, autrefois limpides, qui y coulaient avaient pris une couleur verdâtre due aux résidus de broyage indissociables de l'exploitation des mines.

Enfin, crachant et soufflant, le train arriva à son terminus, la petite gare de Black Hawk.

Il s'arrêta dans un grincement de freins, et Josselyne colla son visage à la vitre du wagon de voyageurs. Contre toute logique, elle cherchait désespérément sur le quai la silhouette d'un géant à la barbe et aux cheveux roux. Elle avait déjà du mal à respirer à cause de l'altitude, mais le sanglot qui lui montait à la gorge l'étouffa. Son père n'était pas venu l'attendre, ce qu'il aurait certainement fait s'il était vivant. A travers le brouillard de ses larmes, elle ne voyait que les bâtiments de brique de la ville, striés de noir par la fumée des cheminées à minerai, les fonderies et les raffineries qui contribuaient à la célébrité de l'endroit.

La moitié du minerai extrait dans le comté de Gilpin était traitée là, avait appris Josselyne par les lettres de son père. Et, à entendre le bruit incessant des machines, elle voulait bien le croire. C'était assourdissant. Elle ravala ses larmes et se détacha de la vitre pour rassembler ses bagages. Puis elle descendit sur le quai, espérant encore vaguement voir son père apparaître par miracle.

Mais son espoir fut déçu. Personne ne l'attendait. Seul un vieux clochard assis par terre, appuyé au mur de la gare, peut-être ivre, lui prêta attention. Il l'observait même attentivement sous le bord de son chapeau bosselé, et Josselyne finit par lui tourner le dos, gênée par son regard insistant. Elle n'avait pas oublié ce qui était arrivé à Rosie, ce qui avait failli lui arriver à elle. Même en plein jour, dans une ville animée, elle craignait de se faire aborder. Elle se rapprocha instinctivement du chef de gare pendant qu'on déchargeait sa malle de cuir. Nerveuse, elle serra bien fort dans sa main la croix de bois qu'elle portait au cou, heureuse d'avoir gardé l'habit de novice, comme s'il représentait une armure contre les dangers du monde.

Sur le quai, la cacophonie qui s'élevait de Black Hawk était encore plus terrifiante, et l'odeur tellement nauséabonde qu'elle pressa un mouchoir sur son nez pour filtrer l'air pollué. Partout s'élevaient des colonnes de fumée noirâtre qui dérivaient sur la ville comme des nuages menaçants.

Josselyne avait hâte d'arriver à la pension de famille de Miss Harietta Monroe, sur Roworth Street, où M. Killian lui avait réservé une chambre. Elle pourrait enfin se débarrasser de la poussière qui la recouvrait de la tête aux pieds.

Une fois sa malle posée à ses pieds, elle pria un jeune homme, qui se tenait devant l'hôtel Gilpin, de l'autre côté de la place, de porter ses bagages jusqu'à la station de la Wells Fargo Express. De là, elle partirait pour Central City. Elle acheta son billet, et la diligence, couverte de boue séchée, ne tarda pas à prendre la route.

Tandis que le cocher fouettait ses six chevaux, elle sentit un petit frisson d'excitation la parcourir en regardant autour d'elle les villes qu'ils traversaient. Elle n'avait jamais vu tant d'agitation, tant d'ébullition. Les villes de Gold Dust — surnommée Chinatown à cause de sa population — de Black Hawk, de Mountain City et de Central City étaient étroitement imbriquées, comme les pièces d'un gigantesque patchwork entassées les unes au-dessus des autres au bord de « l'endroit le plus riche du monde ».

Toutes les collines avaient été déboisées au profit des mines, des cheminées à minerai, des fonderies, écuries, hôtels, maisons qui s'étaient construits là où il y avait de la place. Les petites rues étroites sinuaient n'importe comment, et les bâtiments étaient souvent de guingois, comme s'ils risquaient de s'écrouler à tout moment. Les porches des maisons semblaient ouvrir sur le toit de celles qui se trouvaient en contrebas. Certaines demeures étaient hideuses, d'autres superbes. On retrouvait un peu de l'art gothique victorien dans les plus belles propriétés, dont celles qui bordaient l'avenue appelée Le Casey. Il s'agissait d'une route construite par un Irlandais illettré, Pat Casey, en 1863. Cet homme, après avoir fait fortune, avait simplement voulu un raccourci entre sa mine à Nevadaville et sa fonderie de Chase Gulch... Une des nombreuses extravagances que la découverte de l'or avait rendues possibles.

Le cœur du quartier des affaires se tenait au carrefour des rues Lawrence, Eureka et de la Grand-Rue. Là se trouvaient aussi le saloon et l'épicerie d'Elias Goldman, que l'on appelait simplement « Chez Goldman ». En face, il y avait la First National Bank, le siège de la gazette locale, la pharmacie, le bazar, les boutiques du drapier et du barbier.

Toute cette partie était solidement fabriquée en pierre et brique, car les bâtiments d'origine, en bois, avaient brûlé lors de deux incendies catastrophiques, en 1873 et 1874. Lors du premier, une Mme Reynolds avait sauvé sa maison en mettant des draps mouillés à toutes les huisseries. Le second avait commencé lors d'une fête rituelle chinoise dans Chinatown. Les responsables du drame avaient failli être lynchés.

Maintenant qu'elle contemplait tous ces lieux décrits dans les lettres de son père, Josselyne ressentait encore plus douloureusement son absence. Lorsque la diligence s'arrêta enfin au terminus de la Wells Fargo, elle ne put s'empêcher de le chercher de nouveau du regard. Elle eut un petit soupir déçu en mettant pied à terre.

— Miss O'Rourke ?

Un monsieur aux cheveux gris, tiré à quatre épingles, s'approchait d'elle.

— Oui ? répondit Josselyne, un peu craintive.

— Je suis Patrick Killian, l'avoué de votre père, dit-il avec une pointe d'accent irlandais en s'inclinant légèrement. C'est un plaisir de vous connaître, mademoiselle, bien que les circonstances soient pénibles. Permettez-moi de vous présenter mes condoléances pour la mort prématurée de votre père. Red O'Rourke était un homme remarquable, et un excellent ami.

— Merci, monsieur Killian, répondit Josselyne,

touchée, en lui tendant la main. Le... le décès de papa a été un tel choc pour moi que je ne parviens pas encore à y croire. J'avoue avoir espéré, tout au long du voyage, qu'il y avait eu une erreur, et qu'il serait là à la gare pour m'attendre. Il n'y était pas, bien sûr...

— En effet, mademoiselle, dit-il avec sympathie. Et je sais ce que vous ressentez. Je l'ai moi-même beaucoup pleuré. Nous avons passé d'innombrables soirées d'hiver à nous mesurer devant un échiquier. Ah, quel triste jour que celui de sa disparition ! Mais voilà... il est mort, c'est certain, bien que l'on n'ait pas encore retrouvé son corps. Personne ne l'a vu depuis cette affreuse explosion au Pied de l'Arc-en-Ciel. Red avait sué sang et eau pour cette mine. Jamais il ne serait parti ainsi sans crier gare. Et on a retrouvé son chapeau dans les décombres... Je le crains bien, mademoiselle, on ne peut douter qu'il ait été enseveli sous une montagne de rochers.

— Je... je sais, dit Josselyne en se mordant les lèvres. Pourtant, c'est si dur d'abandonner tout espoir !

— Oui, ces blessures sont longues à guérir, Miss O'Rourke.

Killian, respectant le chagrin de la jeune fille, se tut un instant.

— Bon, j'espère que vous avez fait bon voyage, reprit-il enfin. Néanmoins, vous devez être épuisée et avoir hâte de vous installer. Si vous voulez bien, je vais vous conduire à la pension de famille. Mon buggy est par là. Est-ce à vous ? ajouta-t-il en désignant le dernier bagage qui restait devant la Wells Fargo.

Josselyne acquiesça, et il chargea la malle sur son épaule. Il était midi, l'heure des changements d'équipes. Des hommes descendaient des montagnes pour retourner en ville. Ils avaient le visage maculé, et la plupart étaient en haillons, mais ils portaient tous de robustes bottes. Leurs gamelles tintinnabulaient, heureux contrepoint à leurs chants qui dérivaient dans le vent jusqu'au véhicule cahotant de Killian.

— Quelle foule bigarrée, ces mineurs ! dit-il. Des Irlandais et des Cousins Jack, pour la plupart.

— Des Cousins Jack ?

— C'est ainsi que nous appelons les Cornouaillais, par ici, expliqua-t-il. Vous voyez ces ornementations de pierre et de brique, sur les maisons ? Ce sont eux qui les ont réalisées. C'est un talent qu'ils ont appris dans l'Ancien Monde et apporté ici, en même temps que leur connaissance en matière de mines. En Cornouailles, ils creusent non pas pour extraire de l'or mais de l'étain et du kaolin, pourtant les principes de base sont les mêmes. Vous ne trouverez pas une mine qui n'emploie pas au moins un Cousin Jack. Ces gens ont le sens de la famille. Il y en a un qui immigre en Amérique, et quand il a trouvé sa place, il fait venir les autres, car on ne manque pas de travail, ici, pour les mineurs courageux. C'est pourquoi on les appelle les Cousins Jack, et leurs femmes les Cousines Jenny. Néanmoins, nous avons aussi beaucoup d'Irlandais et des Slaves, qui sont des types robustes et durs au travail. Sans parler des Allemands, des Français, des Mexicains, des Chinois et même des Indiens. Cette région est multiraciale.

— En effet ! dit Josselyne qui avait déjà remarqué les différences entre les hommes qui descendaient des montagnes.

Les flancs en étaient littéralement constellés de mines, qui portaient toutes des noms aussi fantaisistes que le Pied de l'Arc-en-Ciel ; le Forgeron d'Europe Centrale, la mine du Dernier Dollar, le Chamois, la mine de la Reine des Abeilles. Certaines d'entre elles avaient été abandonnées, mais d'autres étaient encore à peine au début de leur exploitation, comme celle d'O'Rourke. Souvent, les exploitants manquaient d'argent pour engager des ouvriers et acheter le matériel indispensable, et la plupart des prospecteurs qui étaient venus chercher la fortune étaient déçus. Pourtant, tous rêvaient encore de trouver un filon mère. Parmi ceux-là, beaucoup ne revenaient pas des collines, obstinés qu'ils étaient dans leur quête de la richesse. Ils finissaient par mourir de faim, de maladie, de froid ou dans des explosions. Des veuves et des orphelins étaient alors obligés de se débrouiller comme ils pouvaient pour survivre sans homme. Josselyne se trouvait à « l'endroit le plus riche du monde », mais elle ne se laissait pas abuser : la misère était partout aussi.

Ici comme dans les faubourgs de Boston, des prostituées trop maquillées racolaient les passants, des clochards affamés mendiaient au coin des rues. Quelle ironie du sort ! Tant de richesse et tant de pauvreté se côtoyaient. La jeune fille se rappela les paroles de la Révérende Mère sur les différents moyens de servir Dieu, et, sans qu'elle s'en rendît vraiment compte, une idée se mit à germer dans son esprit fertile.

Quand ils arrivèrent à la pension de famille, Josselyne et Killian s'appelaient par leurs prénoms, et la jeune fille était heureuse de savoir qu'elle comptait au moins un ami dans cette ville. Sans lui, elle aurait eu bien du mal à trouver un logement correct et pas trop onéreux.

Il l'aida à descendre du buggy et se chargea de nouveau de sa malle avant d'ouvrir la porte de la palissade blanche qui entourait le modeste jardin fleuri d'une petite maison à deux niveaux. Josselyne monta les marches qui menaient à la demeure dont la façade, comme tous les bâtiments de cette ville, était striée de noir de fumée. Elle avait le cœur battant. Cet endroit serait son foyer pour un certain temps...

Une petite femme ronde au sourire avenant vint leur ouvrir, ses yeux pétillant derrière des lunettes cerclées de métal.

— Mais c'est M. Killian ! Et vous devez être Miss O'Rourke ! s'écria-t-elle joyeusement. Je m'appelle Harietta Monroe, mais tout le monde dit simplement Miss Hattie. Entrez, entrez ! Nous vous attendions. Zeb ! appela-t-elle, en se tournant vers le fond de la maison. Zeb ! Bon sang, où est-il ? Oh, te voilà... ajouta-t-elle. Zebulon, mon petit-fils, déclara-t-elle fièrement. Zeb, voici Miss O'Rourke, une nouvelle pensionnaire, qui nous vient tout droit de Boston.

— Bonjour, m'dame, dit timidement le garçon en triturant une mèche de ses cheveux.

— Zeb, monte la malle de Miss O'Rourke dans sa chambre, ordonna Hattie. Nous te suivons. Monsieur Killian, vous partagerez bien notre repas ?

— Eh bien, Miss Hattie, c'est très aimable à vous, mais une montagne de paperasse m'attend sur mon bureau, et...

— Il y a du ragoût, aujourd'hui, monsieur Killian, annonça Hattie, sachant que l'avoué ne résisterait pas à l'offre alléchante. Et du pain que je viens tout juste de sortir du four.

— Vous vous y entendez pour tenter les gens, Miss Hattie. Ça devrait être interdit par la loi ! Du ragoût !... Mon Dieu, un homme ne travaille-t-il pas mieux l'estomac plein ?

— C'est ce que disait toujours mon défunt mari. Installez-vous dans la salle à manger, monsieur Killian. Miss O'Rourke et moi-même vous y rejoindrons dans un instant.

La chambre de Josselyne se trouvait à l'étage, sous les toits. Elle était petite mais décorée de façon ravissante, avec sa couverture de patchwork, la table de toilette aux serviettes brodées, les tapis de couleurs vives. L'ameublement comprenait, outre le lit, une chaise, une commode et une table de chevet. Josselyne, habituée à l'austérité du dortoir du couvent, trouva son nouveau domaine tout à fait luxueux.

Elle aurait pu être heureuse, ici, si son père avait été vivant...

Le testament lui serait lu le lendemain, apprit-elle quand elle rejoignit Killian, Zeb et les autres pensionnaires dans la salle à manger. Elle devrait se rendre à l'étude de l'avoué à deux heures. Elle y rencontrerait les associés de son père, et tous ensemble ils prendraient connaissance de ses dernières volontés.

Elle était intriguée par les « conditions » auxquelles Killian avait fait allusion dans sa lettre, mais il éluda habilement ses questions et déclara qu'il valait mieux en parler devant tout le monde. Bien qu'elle trouvât l'avoué fort sympathique et qu'elle devinât que son père lui avait accordé toute sa confiance, elle eut l'impression que Killian se montrait volontairement évasif. Il ne s'agissait sûrement pas de simples formalités légales, comme l'avait suggéré la Révérende Mère. Sinon, il se serait montré moins mystérieux.

Un peu plus tard, tandis qu'elle rangeait ses affaires, elle se posait encore des questions sur le curieux comportement de l'avoué, ainsi que sur les premiers associés de son père, Durango De Navarre, Wylie Gresham et le défunt Forbes Houghton. Elle connaissait un peu leur histoire, grâce aux lettres que lui avait envoyées O'Rourke au fil des années.

Si Forbes Houghton avait encore été en vie, Josselyne l'aurait volontiers soupçonné d'être le responsable de l'explosion de la mine... et de la mort de son père. En effet, Forbes était un ivrogne notoire, hâbleur, brutal et dominateur, habitué à écraser ceux qui se mettaient en travers de son chemin. Mais il était décédé, et Josselyne considérait De Navarre comme le plus susceptible d'avoir saboté la mine.

C'était le fils illégitime d'un Blanc et d'une Mexicaine, et on racontait que son père avait été un hors-la-loi obligé de franchir la frontière pour fuir la police. Peut-être y avait-il du vrai dans cette histoire, car si De Navarre ne l'avait jamais confirmée, il ne l'avait jamais non plus niée. Certains prétendaient même qu'il avait un temps suivi son père, et était aussi un desperado... Toutefois, si son visage avait été affiché dans la région, personne n'avait eu le courage de le capturer pour toucher la récompense... Selon O'Rourke, il dégainait plus vite que tout autre, n'hésitait pas à se servir de son arme et possédait le tempérament d'un loup. Il avait, disait-il, exercé les métiers de chasseur de primes et de joueur professionnel. Il pratiquait encore ce dernier dans le saloon qui lui appartenait, *Le Filon Mère*. Tout poussait Josselyne à penser que De Navarre était au mieux un escroc qui n'hésitait pas à bafouer la loi quand il en avait envie, et au pire un criminel qui aurait dû croupir au fond d'un cachot. Elle n'avait jamais compris comment son père avait pu fréquenter un homme d'aussi mauvaise réputation et lui faire suffisamment confiance pour s'associer avec lui.

Puis elle se rappela la façon dont elle avait été dupée par Antoine Fouché, il n'était pas difficile de se laisser abuser par un fourbe. Elle se reprocha néanmoins ses préjugés contre De Navarre, et se promit de l'aborder avec plus d'indulgence.

Wylie Gresham était « un gentleman du Sud », avait dit son père. Un homme originaire d'une vieille famille fortunée qui avait pratiquement tout perdu au cours de la guerre de Sécession, y compris une vaste plantation dans le Mississippi. Il en avait gardé le goût des vêtements de luxe et des bonnes manières, ce qui le faisait souvent passer pour un poseur... quoique son adresse à la carabine empêchât les gens de le lui dire en face ! Il était arrivé au Colorado presque sans le sou, mais son esprit d'entreprise et sa clairvoyance l'avaient sauvé. Il avait commencé par entreposer des marchandises sous sa tente, puis avait monté un véritable commerce, et à présent, en plus de ses parts dans l'exploitation minière, il possédait un magasin sur Lawrence Street et une compagnie de transport dans la Grand-Rue... Comme Henry M. Teller, le citoyen le plus en vue de Central City, Gresham était un membre actif et extrêmement respecté de la communauté. Il n'avait guère le profil d'un homme qui escalade une montagne au milieu de la nuit pour endommager une mine et tuer son associé.

Cependant, Josselyne devait se méfier de ces deux individus. La Révérende Mère lui avait mille fois répété avant son départ que la vengeance appartenait à Dieu, et à Lui seul, pourtant elle était bien décidée à découvrir qui était le meurtrier de son père afin de le remettre entre les mains de la justice. Elle avait aimé son père, elle se devait de démasquer son assassin.

3

Patrick Killian avait tracé une carte rudimentaire de Central City avec le trajet jusqu'à son bureau, et Josselyne n'eut aucun mal à trouver son chemin, le lendemain après-midi.

Quelle merveilleuse journée! pensait-elle tout en marchant, heureuse d'observer tout ce qui se passait autour d'elle.

Le soleil déchirait enfin le brouillard qui avait collé aux montagnes toute la matinée. Il ne restait que quelques rubans de nuages autour des sommets enneigés. Au loin, les arbres s'épaississaient pour former des forêts de pins, de grands épicéas bleus et de peupliers aux troncs blancs qui semblaient monter à l'assaut des montagnes, où des fleurs sauvages éclataient de couleurs parmi l'herbe verte et argentée.

L'air était vif, revigorant, pourtant Josselyne avait un peu de mal à respirer à cause de l'altitude. Elle s'arrêta un instant devant l'étude de Killian, sur Eureka Street. Enfin, prenant son courage à deux mains, elle entra.

La secrétaire de l'avoué, Miss Earnshaw,

l'attendait et l'accueillit aimablement. Cependant, tandis qu'elles échangeaient les politesses d'usage, Josselyne ne put s'empêcher de remarquer que la jeune femme jetait de petits coups d'œil inquiets à la porte close du bureau de Killian, d'où sortaient des éclats de voix.

— Les autres sont déjà là, expliqua-t-elle, un peu gênée. Je crois qu'ils sont... euh... impatients de commencer. Aussi, si vous voulez bien me suivre...

Le bureau de Killian parut à Josselyne très petit et surpeuplé. Elle eut un mouvement de recul, effrayée, quand le silence se fit brusquement. A travers un épais nuage de fumée, cinq paires d'yeux la fixaient sans aménité.

Elle heurta la porte que la secrétaire avait déjà refermée avant de disparaître. Pendant un horrible instant, elle eut l'impression d'être un papillon épinglé dans sa boîte. Paniquée, elle chercha à tâtons la poignée en se demandant vaguement pourquoi les autres ne tentaient pas d'échapper à cette atmosphère épouvantable. Puis elle se rendit compte que la fumée provenait simplement des cigares de l'avoué et de deux autres hommes.

— Ah, Josselyne, vous voilà ! s'écria Killian d'une voix un tout petit peu trop joviale. Vous êtes parfaitement à l'heure. J'en déduis que vous n'avez pas eu de mal à vous orienter dans notre ville. Approchez, que je vous présente tout le monde. Ces deux messieurs sont... pardon, étaient les associés de votre père, Wylie Gresham et Durango De Navarre. Quant aux dames, ce sont Mme Victoria Stanhope Houghton, qui a hérité les parts de son défunt mari dans la mine, et

Mme Nell Tierney, une... amie très proche de Red. Mesdames et messieurs, voici la fille de Red, Miss Josselyne O'Rourke.

Les deux hommes s'étaient levés, et Josselyne s'aperçut que le bureau de l'avoué n'était pas si petit, mais qu'elle avait eu cette impression parce que Gresham et De Navarre semblaient prendre toute la place. Comme si la pièce était trop exiguë pour eux, le plafond trop bas. Josselyne était plutôt grande, pourtant elle se sentit désagréablement dominée par ces deux hommes immenses, aux cheveux noirs, aux larges épaules, à la virilité presque menaçante. Et troublée par leur jeunesse. En tant qu'associés de son père, elle les avait crus de la même génération que lui. En fait, ils étaient plus proches de son âge !

Les partenaires de son père. Ses partenaires, à présent, comprit-elle soudain, effrayée à l'idée d'avoir affaire à eux... d'autant plus que l'un d'entre eux était forcément un saboteur et un meurtrier. Elle avait été folle de penser qu'elle pourrait se mesurer à eux et démasquer l'assassin de son père ! Ils lui faisaient penser à des animaux sauvages, habitués à exiger et à obtenir ce qu'ils voulaient. Peut-être étaient-ils de mèche dans l'ignoble complot, et par là même doublement dangereux.

L'un au moins de ces hommes désirait la mine d'or au point de l'avoir sabotée, d'avoir commis un meurtre — sinon deux. Et celui-là devait imaginer qu'il n'aurait aucun mal à racheter les parts de la petite jeune fille fraîche émoulue de son couvent. Il devait se réjouir intérieurement, certain que ses crimes resteraient impunis maintenant qu'il avait vu la fille de Red O'Rourke, timide novice qu'il n'aurait aucun mal à renvoyer dans ses foyers.

A cette idée, Josselyne releva fièrement le menton. Ses yeux verts lancèrent des éclairs, et elle redressa les épaules. Elle ne se montrerait pas une nouvelle fois crédule et stupide ! Elle ne permettrait pas que ce que son père avait obtenu à la sueur de son front soit perdu sans lutter. Elle ne se laisserait pas renvoyer à Boston avant d'avoir accompli la tâche qu'elle s'était fixée. Elle saurait montrer à Gresham et à De Navarre que la fille de O'Rourke, même vêtue de sa robe de novice, était de la même race que lui !

— Je suis ravie de vous rencontrer, messieurs, dit-elle en avançant pour serrer la main du plus proche d'elle. Papa m'a tellement parlé de vous que j'ai l'impression de vous connaître déjà.

— Alors, vous avez un net avantage sur nous, Miss O'Rourke, déclara Gresham avec une poignée de main chaleureuse. Malheureusement, Red était... plutôt secret, en ce qui concernait sa vie privée. Il parlait de vous rarement — avec beaucoup de tendresse, cependant, je vous l'assure. Je vous prie de croire à toute ma sympathie en ces heures douloureuses, Miss O'Rourke.

— Merci, monsieur Gresham.

Cet homme, à moins qu'il ne fût un comédien consommé, n'aurait pas eu un tel accent de sincérité s'il avait été l'assassin de son père, se dit Josselyne. Pourtant... Antoine aussi semblait sincère quand il lui murmurait des mots d'amour passionnés.

Évidemment, elle ne connaissait pas suffisamment Gresham pour savoir s'il possédait la même duplicité qu'Antoine. Elle l'observa avec dans le regard une lueur de dureté et de calcul qu'elle n'avait pas eue depuis le jour où son père l'avait accompagnée, petite fillette rebelle, jusqu'à la grille du couvent.

Gresham était fort bel homme, dans son élégant costume gris, avec son gilet rayé et sa chaîne de montre en argent ornée d'une breloque. Il portait sur sa chemise à jabot une cravate noire retenue par une perle. Sur le bureau derrière lui se trouvaient un chapeau noir, une paire de gants de daim gris et une canne qui ne pouvaient appartenir qu'à lui, tant ils parachevaient sa tenue raffinée.

Ses yeux gris pétillaient d'intelligence, sa mâchoire énergique trahissait une nature fière et décidée. Il devait toujours se tenir droit, de façon innée, et ceux qui se mettaient en travers de son chemin ne sortaient sans doute pas vainqueurs de l'affrontement. Ses manières, quoique légèrement hautaines, étaient irréprochables, et il avait su mettre Josselyne à l'aise en quelques mots judicieusement choisis. Elle était séduite par sa voix un peu traînante teintée de l'accent du Sud, par son aspect engageant et sa galanterie. Il était absolument impossible que cet homme fût un meurtrier, se dit-elle.

Malheureusement, on ne pouvait en dire autant de Durango De Navarre, décida-t-elle en se tournant vers lui à contrecœur. C'était un bandit de la plus belle espèce, et elle répugnait à lui tendre la main. La sienne était sûrement maculée... de la dynamite qui avait fait sauter le Pied de l'Arc-en-Ciel, du sang de Forbes Houghton et de Red O'Rourke. Elle s'obligea pourtant à se montrer courtoise. Elle ne s'attendait certes pas au violent frisson qui la parcourut quand les doigts de l'homme se refermèrent énergiquement sur les siens. Elle faillit dégager brutalement sa main, tant le magnétisme animal que dégageait cet homme l'effrayait, lui rappelant de cruels souvenirs.

Sous les sourcils en ailes de corbeau, les yeux noirs étaient ombrés de cils épais qui dissimulaient leur expression. Elle s'aperçut néanmoins, consternée, qu'il paraissait amusé. Un demi-sourire jouait sur sa bouche sensuelle tandis qu'il retenait ses doigts un peu plus longtemps que nécessaire.

— Mes condoléances, Miss O'Rourke, dit-il d'une voix basse, rauque, qui la fit frissonner de nouveau.

Il se moquait, ce n'était que le premier acte du jeu qu'il envisageait pour se débarrasser d'elle, comme il s'était débarrassé de Forbes Houghton et de son père.

— La mort de Red est un événement bien malheureux et prématuré, ajouta-t-il.

Josselyne ne se laissa pas abuser par ses paroles aimables, elle savait qu'il n'était pas sincère. C'était un vaurien, au même titre qu'Antoine. Pire, car Antoine possédait des manières avenantes, comme Gresham. De Navarre, lui, n'avait pas même pris la peine de retirer son chapeau, il s'était contenté de le toucher quand elle était entrée dans la pièce. Ses bottes de cuir noir aux éperons mexicains en argent étaient sûrement plus à leur place dans un saloon que dans un bureau. S'il avait accordé un peu de soin à son apparence, il aurait pu être beau, se dit-elle, à sa manière un peu brutale. Cependant il n'avait pas dû se laver ni se raser depuis des jours, et il ne sentait pas seulement le tabac mais aussi l'alcool. D'ailleurs une bouteille était posée à terre, près du pied de sa chaise, débouchée. Sa chemise de soie noire était ouverte sur une peau lisse et bronzée, un bandana noir négligemment noué à son cou. Il avait aux hanches un holster qui contenait un revolver menaçant.

Comme il ne portait certainement pas le deuil de Red, se dit Josselyne amèrement, il devait aimer le noir. Et cela convenait à son allure un peu diabolique, dut-elle reconnaître, tandis qu'il la parcourait du regard avec insolence, son fameux demi-sourire aux lèvres. Le sourire triomphant d'un homme qui ne craint personne, surtout pas une jeune fille sans défense...

Elle le détesta sur-le-champ. En esprit, elle l'avait déjà chargé du meurtre de son père. Il ne restait plus qu'à le voir pendu, comme il le méritait ! Et elle y arriverait, quoi qu'il lui en coûtât.

Elle ne fut guère plus enchantée d'avoir à saluer la jeune et fort sophistiquée veuve de Forbes Houghton, et la fameuse Nell Tierney, dont Josselyne était certaine qu'elle avait été plus qu'une « amie très proche » de son père.

Pour la première fois de sa vie, en serrant la petite main fine que lui tendait froidement Victoria Houghton, Josselyne fut consumée d'envie. Elle dévorait des yeux chaque détail de la somptueuse tenue de deuil de la jeune femme, depuis le petit chapeau perché sur l'élégant chignon brun jusqu'aux bottines à boutons en passant par la robe de soie à col montant et corsage ajusté qui mettait en valeur la finesse de la taille, le petit sac de cuir et la légère ombrelle également noire. La vanité était un péché, Josselyne le savait, pourtant, à cet instant, elle aurait tout donné pour porter une toilette comparable à celle de la jeune veuve au lieu de son ingrate robe de novice.

— Bonjour, Miss O'Rourke, dit Victoria avec une petite moue amusée et vaguement méprisante en dévisageant la jeune fille.

Elle se moque de moi, elle aussi ! s'indigna Josselyne, décrétant intérieurement qu'elle était liée à De Navarre, et de plus d'une façon. *C'est eux ! Ils ont tué son mari et mon père. Wylie Gresham et moi serons forcément les prochaines victimes. Je dois me gagner son amitié sur-le-champ, sinon je n'aurai pas d'allié dans cette lutte pour le contrôle de la mine !*

Elle n'eut guère le temps de réfléchir davantage, car Nell Tierney lui avait pris les deux mains et les serrait chaleureusement dans les siennes.

— Mon enfant ! Ma chère, chère enfant ! Comme c'est bon de vous rencontrer ! déclara-t-elle avant de soupirer à fendre l'âme et de s'essuyer les yeux avec le coin de son mouchoir. La fille de Red ! Vous êtes tout son portrait ! Je suis tellement contente de vous connaître enfin, jeune fille, même dans ces circonstances tragiques ! Il faut que vous le sachiez, votre père était tout pour moi. Ma vie n'est plus pareille depuis sa mort. Oh, j'espère que nous serons amies, Josselyne... je peux vous appeler ainsi ? Et appelez-moi Nell. Vous avoir ici, c'est un peu comme s'il était revenu. Et on supporte mieux son chagrin à deux, je l'ai toujours pensé. Il faut que vous veniez me rendre visite. Et je n'accepterai pas de refus !

Josselyne n'avait absolument aucune envie de se lier d'amitié avec celle qui, elle en était persuadée, avait intrigué pour l'empêcher de venir rejoindre son père à Central City. Elle murmura une vague réponse, non sans frémir intérieurement devant l'hypocrisie de Nell. Elle devait bien admettre, cependant, que cette femme était attirante. Il y avait des reflets blonds, peut-être artificiels, dans sa chevelure châtain, et Josselyne s'aperçut, choquée, qu'elle était légèrement fardée. C'est vrai qu'elle était actrice, ce qui devait bien lui servir pour verser les larmes de crocodile qu'elle feignait fort habilement de retenir. Elle ne manquait pas d'aplomb ! se dit la jeune fille, avec une soudaine nausée. Au bord de l'évanouissement, elle fut soulagée quand Killian les pria tous de s'asseoir.

Elle se laissa tomber sur la seule chaise inoccupée et toussota délicatement dans le mouchoir qu'elle pressait sur son nez pour ne pas respirer trop de fumée. Killian et Gresham avaient galamment éteint leurs cigares quand elle était arrivée, et ils jetèrent un regard noir à De Navarre qui continuait à tirer sur le sien. Il finit par s'apercevoir qu'il était le point de mire et l'écrasa brutalement dans un cendrier de cuivre.

— Excusez-moi, Miss O'Rourke, marmonna-t-il en lui lançant son fameux sourire ironique.

Puis il s'appuya nonchalamment au dossier de sa chaise, baissa son chapeau sur ses yeux et étendit ses longues jambes, les pieds posés sur le bureau de Killian dont le bois fut griffé par les éperons. Enfin, il attrapa la bouteille et but une grande gorgée au goulot avant de demander :

— Si nous commencions, Patrick ? Je dirige un saloon, je ne vais pas rester toute la journée ici à me tourner les pouces !

— Durango, grinça l'avoué, ayez la gentillesse d'ôter vos bottes et vos éperons de mon bureau... et tout de suite ! Nous remplissons une formalité légale, nous n'interprétons pas un spectacle comique. Je vous prie de montrer le respect qui convient à la circonstance.

Josselyne eut la surprise de voir Durango s'exécuter, bien qu'il ne parût pas le moins du monde confus. Killian le regarda un instant d'un air sévère, puis il s'éclaircit la gorge et continua.

— Bon. Comme vous le savez tous, nous sommes réunis aujourd'hui pour lire le testament et les dernières volontés de Seamus — mieux connu sous le nom de « Red » — O'Rourke. Je tiens à préciser qu'il s'agit bien du dernier testament de Red, car je l'ai moi-même aidé à le rédiger quelques jours avant sa mort. Mon associé, Liam Calhoum, et ma secrétaire, Margaret Earnshaw, étaient témoins, donc l'acte est inattaquable en justice. Je vous dis ceci parce que le testament de Red présente des... euh, originalités, et je ne veux pas que vous commettiez l'erreur de penser que vous pouvez le contester. Il est solide comme les montagnes Rocheuses, et aucun juge digne de ce nom n'oserait prétendre le contraire.

— Bien ! Maintenant que vous nous avez mis en garde, Patrick, allez-vous nous lire ce fichu papier ? s'impatienta De Navarre. Par ma foi, je ne comprends pas pourquoi vous nous faites ainsi languir. Red a été enseveli sous une montagne de rochers depuis assez longtemps pour que nous soyons certains qu'il ne va pas sortir de la mine vivant. Malgré ça, vous nous avez laissés macérer depuis des semaines, Wylie, Victoria et moi, en refusant de nous donner le plus petit indice sur ce que contient son testament. On attendait l'arrivée de Miss O'Rourke, elle est là. Et j'en ai assez de toutes ces tergiversations. Red ne possédait guère que ses parts de la mine et quelques effets personnels. Or puisque vous avez tenu à attendre Miss O'Rourke pour ouvrir ce testament, c'est que Red n'a pas légué ses biens aux bonnes œuvres.

— En effet, acquiesça froidement Killian. Parfait... Allons-y.

Il déplia le document qu'il avait en main et commença sa lecture :

— « Moi, Seamus "Red" O'Rourke, sain de corps et d'esprit, déclare léguer tous mes biens terrestres à ma fille Josselyne Aingeal O'Rourke, excepté mon recueil de pièces de Shakespeare que je lègue à Mme Nell Tierney pour des raisons qu'elle n'ignore pas. Je lègue également à ma fille Josselyne toutes mes parts de la mine du Pied de l'Arc-en-Ciel, parts dûment enregistrées à mon nom, si toutefois elle n'est pas religieuse au moment de ma mort. Si elle n'a pas prononcé ses vœux, elle pourra disposer de mes actions de la mine absolument comme elle l'entendra, sous la condition suivante : qu'un an après la date de ma mort elle ait épousé l'un de mes deux partenaires célibataires, Durango De Navarre ou Wylie Gresham... »

Killian fut obligé de s'interrompre devant le tollé qu'il avait redouté depuis le matin.

— Bon, bon, bon, dit De Navarre d'un ton sinistre. Ce vieux Red s'est offert une dernière plaisanterie, finalement. Ça ne m'étonne pas que vous ayez hésité à nous lire ce document, Patrick. Vous mériteriez que je vous tire une balle dans la tête, pour avoir accepté de rédiger un tel testament. Et je vais peut-être bien le faire !

Personne ne commit l'erreur de croire qu'il s'agissait d'une menace en l'air. Avant que Killian ne pût répondre, Gresham prit la parole, indigné.

— Mais c'est absurde ! s'écria-t-il. Rien que cette idée !... Ne le prenez pas mal, Miss O'Rourke, ajouta-t-il vivement en se tournant vers Josselyne qui avait horriblement pâli. Mais par Dieu ! Vous êtes en train de nous dire, Patrick, que l'un de nous deux doit épouser une nonne ?

— Qu'entends-tu par « un de nous deux », Wylie ? demanda De Navarre avant d'avaler une gorgée d'alcool et de s'essuyer les lèvres d'un revers de manche. Tu n'es pas catholique !

Cette déclaration — et toutes ses implications — rendirent Gresham muet de colère et d'impuissance, tandis que Josselyne, plus blanche encore, émettait un petit hoquet d'angoisse. Elle venait, malgré son état de choc, de déduire que De Navarre avait la même religion qu'elle. Devant sa détresse, il eut un sourire insolent qui n'atteignit pas ses yeux. Il la détaillait lentement, ouvertement, lui donnant l'impression qu'elle était une esclave sur la place du marché.

— Puisque Patrick vous a présentée comme Miss O'Rourke et non Sœur O'Rourke, continua-t-il brutalement, je suppose que vous êtes libre de vous marier.

Josselyne était tellement bouleversée qu'elle se trouva dans l'incapacité d'émettre un son. Elle comprenait à présent pourquoi, malgré sa gentillesse, Killian avait refusé de répondre à ses questions, la veille. C'était un cauchemar ! Un horrible cauchemar ! Il fallait à tout prix qu'elle se réveille... Son père n'avait pu lui faire ça, c'était impossible.

Elle entendit la voix lointaine de Killian confirmer qu'elle n'avait pas encore prononcé ses vœux. De Navarre eut un rictus de dérision et s'empara une nouvelle fois de sa bouteille.

Josselyne le regardait avec une sorte de fascination morbide. A part le fait qu'elle le crût l'assassin de son père, il était l'homme le plus mal élevé qu'elle connût, et en plus, il jurait, il fumait et il buvait. Sans doute était-il ivre en ce moment, pour se conduire de façon aussi détestable. Que son père — ou qui que ce soit — pût envisager de la voir épouser un tel individu dépassait l'entendement. Pourtant, Red devait bien savoir que Gresham n'était pas catholique, et qu'elle ne pouvait se marier en dehors de sa foi... Donc, aussi incroyable que cela paraisse, son père avait voulu qu'elle épouse Durango De Navarre. Elle se tourna de nouveau vers lui. Il ne cessait de la regarder, comme s'il la déshabillait dans sa tête. Leurs regards se croisèrent, et il eut une fois de plus ce sourire infernal. Elle frissonna, terrifiée à l'idée que cet homme, s'il était son mari, aurait le droit de faire ce qu'il voulait d'elle. *Sainte Marie, mère de Dieu!* Elle porta involontairement la main à sa gorge. Elle serait à la merci de cet être brutal, entièrement livrée à lui...

Red devait avoir perdu l'esprit pour imaginer qu'elle épouserait De Navarre de son plein gré. Elle savait qu'il aimait sa fille, qu'il voulait son bien, et elle ne comprenait rien à cette clause inhumaine...

— Patrick, demanda Victoria d'une voix étrangement tendue, que se passera-t-il si Miss O'Rourke ne veut épouser ni Durango ni Wylie ?

— Oui, nous aimerions tous l'apprendre, dit Gresham, le regard plus métallique que jamais.

— Comme vous voudrez. Si vous êtes tous d'accord, je vais poursuivre la lecture.

Killian s'épongea le front, nettoya les verres de ses lunettes, les chaussa de nouveau et revint aux lignes qui avaient causé l'interruption.

— « Qu'un an après la date de ma mort elle ait épousé l'un de mes partenaires célibataires, Durango De Navarre ou Wylie Gresham, s'assurant ainsi un mari et un avenir. Toutefois, si elle était déjà religieuse à ma mort, ou si, durant cette année, elle se trouvait incapable de remplir cette condition, toutes mes parts de la mine du Pied de l'Arc-en-Ciel reviendraient définitivement à Mme Nell Tierney, qui pourrait en disposer à sa guise, à une condition, qu'elle utilise ce revenu pour fonder un théâtre, afin que sa carrière continue à s'épanouir et qu'à la retraite elle ait de quoi assurer sa subsistance. » Daté et signé. C'est tout, termina Killian.

— Eh bien, Red s'y entend pour être net et concis, fit remarquer De Navarre avec amertume. Voyons si nous avons bien compris, Patrick. En gros, Red dit ceci : si Miss O'Rourke n'épouse ni Wylie ni moi avant un an, Nell devra se faire construire un bon Dieu d'opéra. C'est ça ?

— En résumé, oui, prononça l'avoué qui ne quittait pas des yeux Josselyne, toujours paralysée d'horreur.

Elle se sentait en quelque sorte ailleurs, comme si elle voyait le bureau de Killian de très loin, comme si tout cela arrivait à une autre. Elle avait la gorge sèche et avala sa salive avec difficulté. Elle avait aussi les mains moites, le cœur battant, une violente migraine et une sorte de nausée due sûrement à la fumée du cigare. Elle vacilla sur sa chaise. Elle allait s'évanouir...

— *Sangre de Cristo !* tonna De Navarre en bondissant de son siège, à la surprise générale.

En trois enjambées, il fut près d'elle, et elle ouvrit la bouche pour hurler quand elle le vit au-dessus d'elle, quand elle sentit ses bras d'acier l'étreindre. Mais elle émit seulement un petit gémissement, tandis que tout se brouillait devant elle et que De Navarre l'enlevait pour l'emmener hors de la pièce. Elle était vaguement consciente de sa force, de son torse viril contre lequel elle était serrée, elle sentait son odeur d'homme, mêlée de cire, de cuir, de tabac et d'alcool. Sa barbe mal rasée la râpait à travers le voile tandis qu'il l'emportait, sans tenir compte de ses futiles efforts pour se dégager.

Il ouvrit la porte d'une main, faisant sursauter Miss Earnshaw dont il traversa le bureau pour se diriger vers la sortie.

Une fois dehors, il posa Josselyne sur un banc de bois et l'obligea sans cérémonie à se plier en deux, la tête entre ses genoux.

— Respirez, bon sang ! Respirez ! cria-t-il.

Elle obéit, et elle eut l'impression que ses poumons allaient éclater quand l'air vif et printanier y pénétra. Elle respira de nouveau, encore et encore, comme une noyée. Enfin elle fut soulagée, son étourdissement disparut, elle reprit contenance.

— Ça va ? demanda De Navarre en la voyant se redresser.

— B... beaucoup m... mieux, balbutia-t-elle.

Elle rougit violemment au souvenir de ses mains sur son corps, et son cœur s'affola. Il était si fort ! Il était si vivant ! Il l'avait portée comme si elle ne pesait pas plus qu'une plume. Elle en était encore intensément troublée... Horrifiée par le redoutable après-midi qu'elle venait de passer et par les émotions qui naissaient en elle, elle se mordit les lèvres tandis que des larmes lui montaient aux yeux. Elle ne savait plus ce qui était le pire : l'atroce testament de son père, le fait que De Navarre l'eût prise dans ses bras, ou l'idée que s'il ne l'avait pas fait, elle se serait évanouie dans le bureau de Killian. Brisée, Josselyne avait une seule envie : rentrer à la pension de famille et s'allonger sur son lit.

Pendant ce temps, les autres étaient apparus sur le seuil. Ils vinrent l'entourer, lui demandèrent comment elle se sentait.

— Elle va bien, répondit De Navarre pour elle. Elle a seulement succombé à l'odeur du tabac et au choc émotionnel, à mon avis. C'était plus qu'elle n'en pouvait supporter.

— Eh bien, Patrick, il nous reste à vous en remercier, Red et vous, reprocha Gresham à l'avoué. Red pour avoir imaginé cet invraisemblable testament, et vous pour l'avoir rédigé ! Visiblement, vous n'avez ni l'un ni l'autre considéré les sentiments de Miss O'Rourke, dans cette affaire. N'importe quel gentleman aurait compris que c'était bouleversant pour une jeune personne qui a reçu une éducation comme la sienne. Je pense que pas un instant vous n'avez eu les intérêts de Miss O'Rourke à cœur. Malgré vos avertissements, Patrick, je crois de mon devoir de vous informer que je vais saisir le juge Ascot de cette affaire et lui demander son opinion sur les tortueuses dernières volontés de Red.

— Comme vous voudrez, Wylie, mais je vous assure qu'il n'y a rien de « tortueux » là-dedans. Tout a été fait dans la légalité la plus parfaite, et jamais le juge ne me contredira.

— C'est ce que nous verrons ! dit Gresham, les dents serrées.

Il se tourna vers Josselyne et s'efforça de sourire.

— Mon buggy est juste au coin de la rue, Miss O'Rourke. Je me ferai un plaisir de vous raccompagner chez Miss Hattie, si vous le désirez.

— Et est-ce que tu iras à Pine Street voir le Père Flanagan, Wylie, pour t'inscrire aux cours de catéchisme ? demanda De Navarre en feignant un fort accent irlandais.

— Tu sais, Durango, un de ces jours, je te ferai fermer définitivement ta grande bouche, menaça Wylie avec un regard qui en aurait fait trembler plus d'un.

De Navarre se contenta de sourire.

— Quand les poules auront des dents, Wylie, répondit-il calmement, appuyé à un pilier de bois, les pouces passés dans sa ceinture. Quand les poules auront des dents...

Les deux hommes s'affrontèrent un moment du regard. Gresham avait du mal à dominer sa rage, tandis que De Navarre le narguait. Victoria les observait, hypnotisée, une étrange étincelle dans les yeux, les narines palpitantes. Heureusement, Gresham ne se laissa pas prendre au piège. Tournant carrément le dos à De Navarre, il s'adressa à Josselyne.

— Venez, Miss O'Rourke, dit-il en la prenant poliment mais fermement par le bras. Durango n'a jamais su se conduire devant les dames, et aujourd'hui, il est fidèle à sa réputation. Le temps de prendre ma canne, mes gants, mon chapeau, et nous partirons. Vous devez avoir hâte de vous retrouver seule pour réfléchir au stupéfiant testament de votre père... Victoria, ma chère, je suis certain, vu les circonstances, que Patrick ou Nell vous sembleront assez bons pour vous raccompagner.

Victoria parut sur le point de protester, mais finalement, elle y renonça.

— Comme vous voudrez, dit-elle, très raide, les mains crispées sur le manche de son ombrelle.

— Je vous emmène, Victoria, proposa courtoisement Killian. Attendez-moi ici, je vais chercher le buggy, ajouta-t-il avant de se diriger vers l'écurie.

Josselyne ne pouvait s'empêcher d'apprécier la conduite de Gresham, sa sensibilité, sa délicatesse, sa compréhension vis-à-vis de ses sentiments, qui contrastaient tellement avec l'attitude sarcastique de Durango De Navarre. Elle ne pouvait pas croire que ce dernier eût été choisi par son père pour être son époux. Confusément, elle commençait à se demander si De Navarre n'avait pas obligé Red à inscrire cette clause dans son testament afin d'hériter des parts de Josselyne dans la mine.

Comme ils s'apprêtaient à aller chercher la voiture, un vieux clochard s'approcha d'eux. Vêtu de haillons, le vagabond avait un pansement maculé autour de la tête et il se frayait péniblement un chemin en boitant sur le trottoir de bois, appuyé sur une béquille. Encore la malheureuse victime d'un accident de mine, pensa Josselyne. Elle lui trouva quelque chose d'étrangement familier... Oui, il ressemblait vaguement à l'ivrogne qui l'avait fixée sur le quai quand elle était descendue du train à Black Hawk, la veille. Il devait y avoir des centaines de ces miséreux dans la région, se dit-elle avec un regard de compassion pour le pauvre infirme.

— Vous auriez pas quelques pièces pour un pauvre type qui a pas eu de chance, ma sœur ? demanda le mendiant d'une voix graveleuse en tendant une main tremblante.

Gresham brandit sa canne en direction du clochard.

— Va-t'en ! Laisse la dame tranquille ! Ouste !...

Non, Miss O'Rourke, ajouta-t-il en la voyant mettre la main à son réticule pour y chercher quelque monnaie. Ne lui donnez pas un sou. Il irait tout de suite le dépenser en whisky frelaté... dans le saloon de Durango, sans aucun doute !

— Wylie a malheureusement raison, renchérit Nell, tandis que Victoria pressait un mouchoir de dentelle sur son nez d'un air dégoûté. C'est triste, mais la plupart de ces individus ne sont pas du tout infirmes. Je parierais que le bandage et la canne de celui-ci ne sont que des accessoires de scène. En tant que comédienne, j'en sais quelque chose.

Elle saisit brusquement l'imposteur par le bras et le poussa violemment, prouvant ainsi qu'il se déplaçait tout à fait normalement.

— Quelle honte ! s'écria-t-elle. Essayer de tirer avantage de la générosité d'une religieuse ! Tu es la lie du genre humain ! File !

— Eh, mon vieux, l'appela soudain De Navarre, une curieuse expression sur le visage tandis qu'il scrutait les traits du vagabond. Tiens, voilà de quoi t'offrir un repas correct.

Il lui jeta une pièce que l'homme attrapa fort adroitement malgré le bandage qui lui couvrait un œil.

— Merci, monseigneur, dit-il dans un sourire qui révéla des dents noires, avant de se tourner vers Josselyne. Bonne journée, ma sœur...

Cette fois, Nell le saisit par le bras et s'éloigna avec lui en le sermonnant vertement.

Gresham grommela quelques mots contre ces prospecteurs indigents, puis offrit son bras à Josselyne.

— Nous y allons, Miss O'Rourke ?

— Comment ? demanda-t-elle distraitement en fixant le coin de la rue où avaient disparu le clochard et Nell. Comment ? répéta-t-elle. Oh ! Oui, monsieur Gresham. Bien sûr...

Ils firent quelques pas. Elle était encore tout étonnée du geste charitable de De Navarre et lui jeta un coup d'œil par-dessus son épaule. Toujours appuyé à la balustrade devant le bureau de Killian, Victoria à ses côtés, il suivait Josselyne des yeux. Se voyant observé, il prit délibérément un cigare et gratta une allumette sur la semelle de sa botte. Il tira une bouffée, avant de crier.

— Hé, Wylie, conduis-toi en gentleman, pas comme je le ferais !

Josselyne rougit, et un muscle se contracta, menaçant, sur la mâchoire de Gresham.

— Avertissement parfaitement inutile, dit Victoria d'un ton acide. Vous savez très bien que vous ne toucheriez pas plus à une religieuse qu'à... qu'à...

— Qu'à vous ? suggéra froidement De Navarre.

Elle eut envie de lui assener un bon coup d'ombrelle. Il eut un petit rire moqueur.

— Ma chère, vous pouvez être certaine de la dernière proposition. Quant à la première... à votre place, je n'en serais pas si sûre. Après tout, une mine d'or est en jeu... une mine qui pourrait se révéler extrêmement intéressante, si les estimations de Red étaient exactes. Maintenant qu'il est mort et que vos relations avec Wylie sont devenues... bien plus intimes depuis le décès de Forbes, je dois veiller sur mes intérêts. Et je ne saurais trop vous conseiller de faire de même... Mais je suis sûr que vous saurez vous protéger. J'ignore pourquoi Red a rédigé un testament aussi absurde, mais d'après les événements de la journée, il me semble clair que Wylie préfère une naïve nonne à une catin intrigante. Vous feriez mieux de rentrer vos griffes et de faire taire votre langue acérée, si vous ne voulez pas vous retrouver de mon côté de la barrière.

— Pauvre chéri, rétorqua-t-elle, comment imaginez-vous un instant que je pourrais tomber si bas ?

En fait il exprimait à haute voix les peurs secrètes qui la minaient. Bien qu'ils fussent amants, Wylie et elle n'étaient pas vraiment alliés. Depuis la disparition de Red, en effet, tous les associés soupçonnaient les accidents au Pied de l'Arc-en-Ciel d'être des actes criminels, perpétrés par l'un d'entre eux, qui était en même temps l'assassin de Forbes et de Red.

— Ma chère, ce n'est certes pas vous qui vous abaisseriez, dit-il d'un ton ironique qui la blessa comme un soufflet en plein visage. Mais ne vous inquiétez pas. Vous le savez mieux que personne, j'ai *quelques* scrupules, parfois.

— Ne vous vantez pas, Durango ! répliqua-t-elle avec un rire méprisant en relevant la tête, malgré ses joues encore rouges d'humiliation. J'aimerais mieux coucher avec un serpent qu'avec vous, espèce de porc !

— Allons, allons, Victoria ! Toujours le sempiternel refrain ? Même avec vos moyens limités, vous devriez pouvoir mieux faire ! Dommage que vous soyez une si piètre menteuse, cela doit être terriblement frustrant pour vous. Non, épargnez votre salive. Inutile de nier ce que nous savons tous les deux depuis cette nuit sur Le Casey, lorsque vous avez quitté le lit de Forbes pour tenter de vous glisser dans le mien. Mon pauvre ange ! Ça vous a toujours rendue malade d'imaginer que vous pourriez prendre plaisir à folâtrer avec un bâtard à demi mexicain comme moi. Or, vous y prendriez réellement plaisir, croyez-moi !

Il la parcourait insolemment du regard, et elle eut envie de lui griffer le visage pour effacer son sourire ironique.

— Cependant, poursuivait-il, comme je l'ai déjà fait auparavant, j'ai le regret de devoir vous refuser cette distraction. Contrairement à Wylie, j'ai toujours eu le sens de l'honneur, et je n'ai aucun penchant pour les garces infidèles ni les chercheuses de fortune. Franchement, je me demande comment Wylie ose fermer les yeux quand il couche près de vous. S'il a le moindre bon sens, il doit dormir seulement d'un œil, dans la crainte de se retrouver avec votre couteau pointé sur sa gorge... ou ailleurs. Peut-être est-ce pour cela qu'il est parti avec la religieuse, tout à l'heure. Afin de jouir d'une bonne nuit de détente, dans tous les sens du terme...

— J'espère que vous vivrez assez longtemps pour maudire le jour où vous vous êtes fait de moi une ennemie, Durango ! grinça Victoria, avant d'ajouter, dans un sourire mielleux : Mais vu la vitesse à laquelle les partenaires de la mine disparaissent, je crains d'être privée de ma vengeance. Peut-être, à l'exemple de Forbes et de

Red, devriez-vous aller voir Patrick pour rédiger vos testaments, Wylie et vous.

— Pour vous nommer notre héritière, bien sûr, puisque nous n'avons de famille ni l'un ni l'autre ? Non, merci, Victoria. Nous sommes jeunes, Wylie et moi, et nous n'avons pas la moindre intention de manger les pissenlits par la racine avant un bon moment. D'autre part, poursuivit-il, les yeux plissés, qu'est-ce qui vous fait croire que vous seriez à l'abri de ces prétendus accidents ?

— Êtes-vous en train de m'accuser... ou de me menacer ?

— Choisissez votre pantoufle de vair, ma chère... Et la bonne, de préférence.

— Désolée, vous ne correspondez pas à mon idée du Prince Charmant. Mais peut-être la nonne qui, a priori, doit tout ignorer des hommes, offrira-t-elle son pied à chausser. Judas a été tenté par l'argent, une religieuse pourrait l'être par l'or, après tout, si ce n'est pas par votre personne. Vous feriez mieux de courir après elle et Wylie. Je le connais bien, il me ressemble tant ! Il n'hésitera pas à jouer sur tous les tableaux. Alors, que vous arrivera-t-il quand, grâce à sa séduction sur nous autres femmes, il sera majoritaire dans la mine ? Vous vous trouverez entièrement à sa merci. Et cette perspective me réjouit tellement que je serais bien capable d'accepter de le partager, finalement. La petite a certainement des scrupules. Quelle ironie du sort, non ? En fait, elle n'aura même pas à me le voler. Wylie a en effet certains... appétits pervers, dirons-nous. Hélas, notre novice sera pour lui un piètre morceau dont il ne fera qu'une bouchée. Pauvre enfant, à peine sortie du couvent...

Elle secoua la tête d'un air faussement apitoyé.

— Allons, Durango. Vous devez amèrement regretter de ne pas être du genre à vous marier. Comment pourrez-vous fermer les yeux la nuit, en sachant que vous êtes catholique, et que vous êtes en outre le fils que Red aurait souhaité avoir ?

Une telle colère se mit à flamber dans les yeux noirs de De Navarre que Victoria comprit qu'elle était allée trop loin. Elle recula d'un bond, brandissant son ombrelle comme une arme de protection. Mais, plus rapide qu'un félin des montagnes, il la lui arracha des mains et la brisa en deux sur son genou. Il semblait sur le point de l'étrangler lorsque Killian arriva avec le buggy pour la raccompagner chez elle. De Navarre lui lança brutalement l'ombrelle cassée.

— La prochaine fois, Victoria, tonna-t-il, je jure que ce sera votre satané cou !

Sur ce, il tourna les talons et s'éloigna à grandes enjambées, l'air tellement furieux que les piétons s'écartaient sur son passage.

Victoria le regarda s'éloigner en tremblant. Elle se demandait une fois de plus s'il était le meurtrier de Forbes et de Red. Il était capable de tout, cet homme. Il ne se préoccupait que de lui, et quand il était la proie d'une de ses colères homériques personne, pas même Red, n'aurait osé se mettre en travers de son chemin.

4

Nell Tierney contemplait avec un mélange d'amusement, d'amour et de colère l'homme qui se tenait devant la table de toilette. Il s'adressait une grimace dans le miroir tout en brossant vigoureusement ses dents noircies au cirage. Non loin, sur le dossier d'une chaise, se trouvait le bandage soigneusement taché à la sauce tomate pour qu'il parût ensanglanté, et la béquille gisait dans un coin, abandonnée dès que Nell et l'homme avaient franchi le seuil du joli cottage de l'actrice à Spring Street.

— Franchement, je n'ai jamais eu si honte de ma vie ! s'écria soudain Nell qui arpentait la pièce comme une lionne en cage en tirant nerveusement sur une mèche de cheveux échappée de son chignon. Quand je pense que j'ai accepté de participer à cette horrible comédie !... Oh, je vois encore la tête de cette pauvre petite chez Patrick ! Comme si elle avait reçu un coup de marteau sur le crâne. Red O'Rourke, comment as-tu osé ? Ta propre fille, pour l'amour du ciel ! Élevée dans un couvent pour être soudain, pauvre agneau sans défense, jetée en pâture à ces deux loups... Que Dieu te pardonne, car le Père Flanagan, lui, n'aura pas cette indulgence !

— Sapristi, Nell, s'exclama Red O'Rourke, bel et bien vivant, soudain alarmé, tu ne t'es pas confiée au bon Père, au moins ?

— Bien sûr que non ! rétorqua-t-elle, vexée. Pour rien au monde je ne te trahirais, et tu le sais bien, espèce de monstre. Mais, par ma foi, si j'avais su ce que tu mijotais, si j'avais eu vent de ce satané testament que tu as — Dieu sait par quel stratagème — persuadé Patrick de rédiger... eh bien, je n'aurais pas accepté d'entrer dans ton jeu, ça je peux te le jurer, Red ! C'était déjà dur de dire à Josselyne que tu étais mort. Ça m'a brisé le cœur. J'avais vraiment envie de cracher le morceau ! Et quand Patrick a lu ce terrible testament... j'ai cru mourir. Josselyne me prend pour une garce qui a essayé de te mettre le grappin dessus afin d'obtenir tes parts de la mine et de pouvoir monter un théâtre... Oh, tu sais pourtant combien je souhaitais une fille, combien j'avais hâte de voir la tienne partager notre vie, Red. A présent, grâce à toi, elle ne me pardonnera sans doute jamais. Pire encore, à eux deux, Wylie et Durango vont la dévorer toute crue. Quant à cette rapace de Victoria, elle sera là pour ronger les os, et...

— Allons, allons, ma douce, intervint Red avec ce charme étonnant qui le caractérisait. Ne te mets pas dans des états pareils. Je réglerai les problèmes entre Jossie et toi quand tout sera fini, je te le promets. Élevée dans un couvent ou non, ma fille est une O'Rourke, et elle saura le prouver le moment venu, tu peux en être sûre ! Tu verras. Une fois qu'elle aura ses deux pieds bien plantés dans la riche terre du Colorado, elle donnera du fil à retordre à mes partenaires, ou je ne m'appelle plus Seamus O'Rourke !

— Mais Red, tu l'as vue...

— Si je l'ai vue ? répéta-t-il. Évidemment, Nell. Tu n'imagines pas que je me suis traîné sous ces oripeaux pour rien, tout de même ?

Il fronça les sourcils, puis ses yeux verts s'attendrirent.

— C'est une jolie fille, hein, Nellie ? Le portrait craché de sa chère maman. Par tous les saints du paradis, mon cœur a fait la cabriole quand je l'ai vue descendre du train. Ma fille. Après toutes ces années, ma fille. J'ai failli faire sauter les boutons de ma veste tant je me rengorgeais d'orgueil. Bon sang, j'ai cru que je n'arriverais jamais à me taire... J'avais tellement envie de déclarer qu'elle était la chair de ma chair, de lui dire que son vieux père ne l'avait pas oubliée, qu'il était venu l'attendre comme il l'avait promis.

— Elle t'aime, Red, dit Nell calmement. Elle est tellement malheureuse de te croire mort ! Oh Red, c'est mal ! Pourquoi ne l'as-tu pas fait venir plus tôt près de toi ?

Il demeura longtemps silencieux, occupé à remettre de l'ordre dans sa chevelure ébouriffée et à se débarrasser de ses vieilles frusques. Nell croyait qu'il ne lui répondrait pas, mais il finit par se retourner en secouant tristement la tête.

— A l'époque, je m'étais trouvé plein de bonnes raisons, expliqua-t-il. Maintenant, je me dis qu'elles n'étaient peut-être pas si bonnes, qu'il est possible que je me sois trompé, que j'ai perdu tant d'années où Jossie et moi aurions dû être ensemble. Ah, je ne sais plus... La vie était tellement difficile ici, au début, brutale, dure... Aussi loin qu'on puisse voir, des tentes et des cabanes, des hommes rendus fous par l'appât du gain, des prostituées avides comme des charognards. Je ne pouvais pas amener Jossie avec moi après la mort de Beth, elle était trop petite, trop brisée. Je n'aurais pas eu le temps de m'occuper convenablement d'elle, j'essayais simplement de toutes mes forces de garder la tête hors de l'eau.

« Et puis, les années ont passé. Je... je ne te l'ai encore jamais dit, Nellie, mais j'ai commencé à avoir peur. Dieu me soit témoin, j'ai commencé à avoir peur que ma fille ne puisse plus m'aimer ni être fière de moi. Crénom ! C'était peut-être pure folie de ma part, je n'en sais rien. Mais... je ne l'avais pas vue depuis que je l'avais laissée devant les grilles du couvent, toute petite fille de sept ans... Elle risquait d'avoir oublié son vieux père, après tout ce temps, ou de se le rappeler meilleur qu'il n'était en réalité. C'est d'ailleurs ce que je lisais dans ses lettres. Ah, Nell, les lettres de Jossie ! Elles étaient si bien écrites, si cultivées ! Elle me racontait sa vie au couvent, ce qu'elle y apprenait... pas seulement la religion, mais aussi l'histoire, la littérature, les langues étrangères, l'art, autant de choses que je connais à peine, vois-tu. Au fil des années, je me suis rendu compte qu'elle était devenue une jeune fille savante, bien éduquée, tandis que je restais un pauvre travailleur manuel, qui savait tout juste comment mener honnêtement une entreprise avec les deux mains que le Seigneur lui avait données. J'ai eu peur que... que Jossie, devenue une vraie dame, ne soit... euh... n'ait honte de son vieux père.

« Ah, Nellie, mon amour, tu me connais bien ! explosa-t-il soudain. Je tiens le whisky comme les camarades, je peux me battre contre les plus forts d'entre eux, et j'en suis fier, crois-moi. Mais je suis une sorte de diamant brut, voilà la vérité. Ma langue me sert plus à crier et jurer qu'à soutenir des conversations mondaines. J'ai tout juste assez d'éducation pour signer mon nom, rédiger des lettres maladroites et deviner quand quelqu'un me ment. J'aime mes cigares, mon whisky, je ne dédaigne pas un petit poker de temps en temps et j'ai l'œil attiré par les jolies filles.

Il caressa tendrement la joue de Nell avant de poursuivre :

— Alors, dis-moi, que voulais-tu que Jossie, toute sage, pense de son père, sinon qu'il était un rustre et un pécheur ? Et moi j'aurais su qu'elle avait raison, j'aurais été le dernier sur terre à pouvoir dire le contraire...

Nell, bouleversée, lui prit la main.

— Oh, Red, tu n'as jamais parlé de tes craintes à Josselyne ? Tu ne lui as pas demandé si, après toutes ces années passées au couvent, elle pouvait encore être fière de son père, même avec ses péchés et le reste ?

— Non, Nellie. Je croyais connaître la réponse. Et même si elle avait dit oui, ça n'aurait rien changé. Elle était devenue une femme, au bout de tout ce temps et si elle ressemblait à Beth — qui était un ange descendu du ciel — les satanés bonshommes de cette région lui auraient couru après, pour sûr ! Et c'est bien avec mes poings que j'ai gagné ma Beth, qui était courtisée par tous les freluquets de cinq comtés irlandais.

— Eh bien, si c'est pour toutes ces raisons que tu n'as pas fait venir Josselyne à Central City, Red, je regrette de te dire que tu as été injuste envers elle, déclara fermement Nell. Tu aurais dû lui donner une chance de te connaître mieux, de juger par elle-même si tu étais un père digne de son amour, de son respect. Tu ne lui as pas accordé la possibilité de rencontrer des hommes — sous ta protection ou la mienne. Tu as eu tort de la laisser enfermée dans un couvent, surtout après avoir décidé de rédiger cet horrible testament ! Mais comment as-tu pu faire une chose pareille à ta propre fille, innocente comme un nouveau-né ?

— Pas si innocente, Nell, coupa Red. Jossie n'était pas tellement à l'abri, dans son couvent. Je le sais depuis que j'ai reçu une lettre de la Mère Supérieure, il y a déjà bien des semaines. Par le diable ! La petite friponne !

— Qui ? La Révérende Mère ? s'écria Nell, scandalisée.

— Bon Dieu, non, Nellie ! Ma fille. Toutes ces années, je l'ai crue à l'abri des vauriens de mon espèce, et voilà qu'elle avait décidé de se sauver du couvent pour filer le parfait amour avec un chenapan de Français ! Heureusement qu'elle n'a pas pu aller jusqu'au bout ! Alors quand je craignais qu'elle ne soit trop sophistiquée pour la terre sauvage du Colorado, pour cette satanée mine que j'ai nommée le Pied de l'Arc-en-Ciel, pour son vieux père et ses associés... Maintenant, je sais que, malgré sa douceur et sa gentillesse, Josselyne n'est pas un cygne au milieu des canards. Le bon sang irlandais, robuste et terrien, coule dans ses veines, et j'en remercie Dieu — même si cela a failli la mener au désastre ! — car Beth était trop délicate, trop fragile. C'est bien de pouvoir parler comme un livre, mais ce qui compte vraiment, dans ce monde, c'est la force, la détermination et le bon sens. L'expérience de Jossie l'a rendue plus sage, plus avisée. Je parierais qu'elle ne donnera pas son cœur une seconde fois si facilement !

— Ni si follement, puisque son père a choisi pour elle ? intervint Nell sévèrement. Oh, Red ! Comment peux-tu dire cela alors que tu sais parfaitement que Durango, ou Wylie, est sans doute un saboteur, voire un meurtrier ? Grand Dieu ! Il est même possible qu'ils soient complices, tous les deux !

— Non, en vérité, je ne suis sûr de rien de ce genre à leur sujet. J'ai mes soupçons, bien sûr, et je suis certain au fond de moi de ne pas me tromper. C'était une coïncidence trop extraordinaire, à mon avis, que tous ces satanés accidents commencent après que j'ai dit à Durango, Wylie et Forbes — tous les trois — que nous étions sur le point de découvrir un filon mère. Et puis, il y a eu la chute de Forbes dans le puisard. C'est vrai, il buvait sacrément trop, et il ne tenait pas l'alcool. Mais peut-être bien malgré tout qu'on l'a poussé. Même Victoria est assez forte pour ça... M'est avis qu'elle a toujours eu un œil qui traînait sur les hommes, même du vivant de Forbes. Après tout, elle avait quarante ans de moins que lui. Enfin, il n'y a de pire fou qu'un vieux fou, et cette tête de mule n'a jamais voulu écouter les conseils des autres !

— Mais... si tu es de cet avis pour les accidents, pour la mort de Forbes, pourquoi as-tu fait rédiger cet odieux testament à Patrick ? s'étonna Nell. Cela met Josselyne dans une position dangereuse.

— Tu n'as pas le droit de dire ça ! protesta Red d'une voix vibrante d'indignation. Crois-tu vraiment que j'exposerais ma propre fille au danger pour quelques malheureuses pépites ? Tu parles trop vite, mon petit ! Je veillerai sur elle comme son ange gardien ! Durango et Wylie ne toucheront pas un seul cheveu de sa jolie tête, ou ils devront m'en répondre, par Dieu ! Je ne suis plus tout jeune, mais je suis encore capable d'envoyer ces deux messieurs au carreau, crois-moi !

Il se tut un moment avant de reprendre :

— Ma foi, Nellie, j'étais désespéré, après la dernière lettre de Jossie. Elle allait devenir religieuse, *nonne*, bon sang ! Alors qu'elle connaissait si peu le monde, si peu la *vie* ! Et comment l'aurait-elle pu alors qu'à cause de mes craintes stupides je l'avais empêchée de me rejoindre ici ? Il fallait que je me rattrape vis-à-vis d'elle, en quelque sorte, tu comprends ! Ce testament la forçait à venir à Central City, et l'année que je lui impose l'oblige à y rester. Une fois qu'elle aura goûté à la vie véritable, elle ne retournera plus au couvent. Elle n'a pas de vraie vocation, sinon elle ne se serait pas jetée à la tête de ce satané Français. Et ce n'est pas toi qui me contrediras, Nellie, tu es aussi catholique que moi ! Je suis certain que c'est son cœur brisé qui l'a décidée à se réfugier définitivement dans la religion. D'ailleurs, elle ne m'en a parlé que dans sa dernière lettre, et elle a été incapable de me justifier sa résolution, car elle ignorait que la Mère Supérieure m'avait tout raconté. Hein ? Tu peux répondre à ça, Nellie ?

— Bon, tu as peut-être raison, concéda-t-elle. Quand même, je ne vois pas pourquoi tu as pris plaisir à compliquer une affaire qui l'était déjà suffisamment. Et si Josselyne finissait par épouser Durango ou Wylie ?

— Avant que ça se produise, il faudra publier les bans. Et alors, je ressusciterai, je sortirai de ma tombe, ma douce, pour découvrir si c'est ma fille que veut cette canaille ou mes parts de la mine. Tu vois, Nell, ce testament est une ruse qui doit forcer le tricheur — ou la tricheuse — à dévoiler son jeu... Parce que j'ai fait monter les enchères, tu comprends ? J'ai fait de Jossie une carte supplémentaire dans le paquet, une carte qui peut faire basculer complètement la situation, selon ce que nous allons découvrir. Ne t'inquiète pas pour ma fille. Il ne lui arrivera aucun mal. Jossie est ma chair, mon sang, et je l'aime. Jamais je ne prendrais le moindre risque pour elle, tu le sais bien. Elle sera plus en sécurité ici qu'au couvent. Après tout, je connais bien les types comme Durango et Wylie, je sais me battre sur leur terrain !

« Selon les termes de mon testament, Jossie n'a aucune valeur, sauf si elle reste en vie et se marie... ce qui signifie publier des bans, je te l'ai déjà fait remarquer. Ce n'est pas comme si elle était enlevée et obligée de se marier, ma chérie. Ni Durango ni Wylie ne seraient assez fous pour la compromettre. Ils ne la connaissent pas assez, ils ignorent si elle retournerait ensuite au couvent, ou les attaquerait en justice au lieu de les épouser. Tout devra donc être fait dans la légalité. Et même au cas où l'un d'entre eux arrivait à l'épouser, quel intérêt aurait-il à assassiner sa belle épouse, alors que les parts de la mine seraient devenues siennes le jour même des noces ?

« De plus, écoute-moi bien : elle ne va pas se précipiter sur Durango ou Wylie, alors qu'elle a déjà été échaudée une fois. Pour l'instant, elle est plutôt comme un oiseau dont on a oublié de fermer la cage. Il lui faut essayer ses ailes. Et pendant ce temps-là, Durango et Wylie tenteront d'être le meilleur. Je ne parle pas de Victoria, évidemment. Ah, Nellie, quel spectacle réjouissant ça va être ! conclut-il dans un rire tonitruant.

— Le moins qu'on puisse dire, Red, soupira Nell, c'est que voilà un moyen tout à fait original de trouver un mari à ta fille ! Je sais combien c'est dur pour toi, mon chéri. Je sais que Durango, et même Wylie, représentent les fils que tu n'as pas eus. Penser qu'ils ont été coupables de sabotage, peut-être de meurtre, ce doit être insupportable à imaginer.

Elle secoua la tête, désolée.

— Je ne sais pas lequel tu soupçonnes le plus, poursuivit-elle, celui que tu juges innocent, celui que tu aimerais voir Josselyne choisir, en d'autres circonstances. Mais si tu souhaites qu'il s'agisse de Wylie, tu oublies un petit détail : il n'est pas catholique, et pour cette simple raison, même si elle tombait amoureuse de lui, Jossie ne l'épouserait pas. Quant à Durango, si tu as voulu lui donner un atout supplémentaire, n'y compte pas trop, car il y a bien longtemps qu'il n'est plus croyant...

— Ouais, mais maintenant que ma fille, grâce à moi, vaut son pesant d'or, ou je ne connais pas ces garçons, ou ils vont se précipiter chez le Père Flanagan. Wylie pour suivre des cours de catéchisme, et Durango pour rentrer dans le rang ! Maintenant, dis-moi tout. Qui Josselyne regardait-elle le plus amicalement, cet après-midi chez Patrick, Wylie ou Durango ?

Nellie baissa les yeux et il lui releva le visage en souriant pour déposer un baiser sur ses lèvres.

— Ah, chérie, je te connais trop bien, tu ne peux pas me mentir, tu le sais. Avoue. C'est Wylie qui a gagné ses faveurs, n'est-ce pas ?

— Je ne dirai pas le contraire, confessa-t-elle à contrecœur, sachant que la préférence de Red allait à Durango. Mais par le ciel, Red, si tu avais vu comment Durango se conduisait aujourd'hui ! Même toi, tu en aurais été choqué. Il aurait épuisé la patience d'un saint. Franchement, je suis étonnée que Wylie et lui n'en soient pas arrivés aux mains.

— Ils étaient tous les deux fous de rage à cause de mon testament ? insista Red, les yeux pétillants d'amusement.

— Absolument !

— Magnifique ! Ils vont peut-être se sauter à la gorge plus tôt que je ne l'espérais, et alors nous aurons le fin mot de l'histoire ! Mais dis-moi, Nellie, tu es tout à fait certaine qu'ils ne se doutent pas — et Victoria non plus — que c'est moi qui ai provoqué l'explosion de la mine ?

— Franchement, je ne le crois pas. D'ailleurs pourquoi auraient-ils des soupçons ? Pour eux, tu es enfoui sous un amas de pierrailles, malheureuse victime d'un saboteur inconnu.

— Ouais, mais il y a une différence entre ce qu'ils pensent et ce qu'ils montrent. Ce sont des jeunes loups, et Durango, plus encore que Wylie, n'est pas du genre à se laisser berner facilement... Il m'a lancé cette pièce simplement pour pouvoir mieux m'observer, tout à l'heure, quand je suis venu traîner sous leur nez. Quoi qu'il en soit, admettons pour l'instant que tu as raison.

Il se frotta les mains, plein d'une joyeuse anticipation.

— Cela veut dire qu'une fois déguisé, je peux me déplacer aisément et les espionner, comme j'en avais l'intention. Ah, nous avons fait un grand pas en avant, aujourd'hui, Nellie chérie. Maintenant, il ne nous reste plus qu'à attendre la suite des événements ! Alors essayons de trouver un moyen agréable de passer le temps. Qu'en dis-tu ? Si tu venais me donner un baiser, ma belle ? Tout finira bien, je te le promets.

— Je le souhaite, Red. Sincèrement, je le souhaite. Malgré tout, ajouta-t-elle en soupirant, je ne puis m'empêcher de me rappeler ce qu'écrit Robert Burns dans un de ses poèmes.

— Et de quoi s'agit-il, ma jolie ?

— Il a dit à peu près ceci : les plans les plus intelligents se retournent parfois contre ceux qui les ont élaborés.

5

Après le catastrophique épisode de l'ouverture du testament, Josselyne resta plusieurs jours cloîtrée à la pension de Roworth Street, tant elle redoutait ce qui risquait encore de lui tomber sur la tête.

Elle passa une partie de son temps à faire plus ample connaissance avec Miss Hattie, Zeb et les autres pensionnaires. Souvent, elle regardait par la fenêtre de sa chambre l'activité bourdonnante de la rue, tentait de s'orienter. Il lui arrivait alors d'apercevoir Wylie Gresham ou Durango De Navarre. Elle réfléchissait longuement au testament de son père et à son propre destin. Était-elle faite pour être religieuse ou épouse ? Elle cherchait les réponses dans la lecture de la Bible, dans la prière, et elle écrivit longuement à la Mère Supérieure pour lui raconter ce qui lui arrivait et lui demander son avis. Ce fut d'ailleurs ce qui l'obligea à sortir de sa retraite. Elle dut se rendre à la poste, au carrefour d'Eureka et Pine Street, pour acheter un timbre.

Elle se dirigeait vers la sortie de l'établissement quand elle tomba littéralement sur Wylie

Gresham. Occupée à ranger sa monnaie dans son réticule, elle ne l'avait pas vu entrer et elle le heurta de plein fouet. Les pièces roulèrent sur le sol.

— Oh, non ! s'écria-t-elle en se précipitant pour les ramasser.

Elle savait combien elle devait y faire attention, sous peine de se retrouver démunie. Killian l'avait avertie, tant que la mine n'était pas réparée — et cela pouvait demander des mois — elle ne toucherait pratiquement aucun revenu.

— Je suis absolument désolé, mademoiselle ! dit Gresham en s'agenouillant galamment près d'elle pour l'aider. C'est entièrement ma faute... Miss O'Rourke, quelle bonne surprise !

Il se découvrit aussitôt qu'il l'eut reconnue, si saugrenu, son chapeau à la main dans cette posture, qu'elle ne put s'empêcher de sourire. Elle était ravie de le revoir, et comprit qu'il était son seul allié possible dans la bataille pour le Pied de l'Arc-en-Ciel. Encore qu'elle ne sût guère en quoi elle allait consister.

— Monsieur Gresham...

— Wylie, je vous en prie, proposa-t-il, ses yeux gris pétillant. Tous mes amis m'appellent ainsi, or j'espère que nous allons devenir amis, malgré l'étrange testament que votre père a cru bon de laisser avant de partir. A mon avis, il a voulu nous jouer un bon tour, ajouta-t-il gentiment. Red adorait plaisanter.

— C'est vrai, se souvint Josselyne avec un petit pincement au cœur. Ses lettres étaient toujours pleines de joyeuses anecdotes et de descriptions pittoresques. Les gens qu'il connaissait, ce qui se passait à Central City...

Sa voix s'étrangla.

— Il vous manque beaucoup, n'est-ce pas ? dit doucement Wylie en feignant avec tact de ne pas remarquer ses yeux noyés de larmes.

— En... en effet. C'est-à-dire, ses lettres me manquent. En fait, je n'avais pas vu papa depuis mon entrée au couvent. J'espérais... j'espérais le rejoindre un jour dans le Colorado, mais ça n'a jamais été possible, et... et maintenant, c'est trop tard.

Elle se détourna, le temps de se ressaisir, et Wylie respecta son silence.

— Eh bien, dit-il enfin en regardant autour d'eux, je crois que nous avons tout récupéré.

Il lui tendit son réticule et l'aida à se lever.

— Vous n'avez pas de mal ? s'inquiéta-t-il en la voyant épousseter sa robe.

— Non, non, pas du tout.

Elle attacha soigneusement son aumônière à sa ceinture.

— Vous savez, Miss O'Rourke...

— Josselyne, je vous en prie. Voyez-vous, avant que je ne rencontre M. Killian — Patrick — personne ne m'avait jamais appelée Miss O'Rourke. A dire vrai, cela me paraît si curieux que j'ai presque l'impression qu'on s'adresse à une autre...

— Entendu, Josselyne.

Wylie posta les lettres qu'il avait à la main et sortit avec elle. Ils descendirent côte à côte Eureka Street jusqu'à son magasin.

— Voici ce que je voulais vous dire, reprit-il. Je sais d'expérience combien il est douloureux de perdre une personne aimée. Vous savez peut-être que toute ma famille a péri dans la guerre de Sécession ?

— Oui. Papa m'en a parlé dans une de ses lettres.

— Bon. J'avais seulement dix-sept ans, à l'époque et, comme vous l'imaginez, cela a été un coup terrible. Bref, parfois il est réconfortant de partager sa peine avec autrui. Alors, si vous avez besoin de quelqu'un pour parler de Red, je serai heureux de vous écouter et de vous raconter tout ce que je pourrai sur lui.

— Eh bien, c'est très gentil de votre part, Wylie, répondit Josselyne, sincèrement touchée. Il y a énormément de choses que j'aimerais savoir sur lui : comment il vivait, où il allait, quelles étaient ses occupations favorites... Il parlait si peu de lui, dans ses lettres...

— Cela ne le remplacera pas, Josselyne, j'en suis conscient, mais je serais ravi de vous montrer Central City et de répondre à vos questions. Demain, vers midi, si vous le voulez ? Je passerai vous chercher chez Miss Hattie. Nous pourrions faire plus ample connaissance pendant le déjeuner, ensuite je vous emmènerai pour une visite guidée de la région.

— C'est... une merveilleuse idée, Wylie ! s'écria-t-elle, toute rose de plaisir, les yeux baissés, le cœur battant. Je... je m'en réjouis à l'avance.

— Moi aussi.

Gênée sous le regard chaleureux des yeux gris, Josselyne s'éloigna vivement, nerveuse comme une écolière à l'idée d'aller se promener dans le buggy de Wylie. C'était sûrement un péché, se dit-elle en repensant à Antoine, de se sentir soudain aussi joyeuse — surtout après la mort de son père. Pourtant, il lui semblait avoir des ailes tandis qu'elle reprenait le chemin de la pension.

Perdue dans ses pensées, elle ne prit pas garde au vieux prospecteur qui la suivait discrètement à quelque distance, ni à la sombre silhouette qui l'avait vue parler avec Wylie depuis le seuil du saloon du *Filon Mère*, plus communément appelé « Le Coin des joueurs ». Cependant Red O'Rourke et Durango De Navarre ne quittaient pas des yeux la jeune fille en robe de novice.

Red avait eu bien du mal à se retenir de rire en assistant à la rencontre de sa fille avec Wylie — qui n'était absolument pas due au hasard comme Josselyne l'imaginait. Craignant d'être éconduit s'il l'approchait directement, ce qui se serait certainement produit, Wylie avait attendu derrière la vitrine de son magasin, ses jumelles de théâtre rivées aux yeux, que la jeune fille donnât signe de vie. Dès qu'il l'avait vue se diriger vers la poste, il avait attrapé quelques lettres sur le comptoir et s'était hâté de la rejoindre.

Pauvre Jossie, se dit Red en soupirant. Il avait espéré que sa malheureuse aventure avec le Français lui aurait servi de leçon. Or Nell semblait avoir raison, elle était sans doute encore une enfant innocente et naïve, incapable de deviner que sa rencontre avec Wylie n'était pas fortuite. Heureusement, Red veillait sur elle pendant qu'elle s'essayait à voler de ses propres ailes !

Dissimulé sous un porche, il la regarda s'éloigner, et ses yeux se plissèrent légèrement quand il vit Durango se poster au coin de la rue, un peu plus loin.

Ce garçon le rendait encore plus nerveux que Wylie, car si Red suivait aisément la logique de Gresham, l'attitude de Durango était plus difficile à cerner. Wylie était vif, certes, mais il avait nettement tendance à se croire plus malin que les autres, et les arbres l'empêchaient parfois de voir la forêt. Durango, de l'avis de Red, était beaucoup plus intelligent, beaucoup plus rusé, et par là même beaucoup plus dangereux. Il était en outre imprévisible. Jamais il ne dévoilait son jeu, jamais il ne sous-estimait son adversaire et quand il le fallait, il était un redoutable bluffeur.

Avec une ironie exaspérante, il supportait les railleries de Wylie, mais il ne se gênait pas pour en infliger aux autres — et pas toujours de manière très courtoise.

Red riait encore au souvenir de ce jour, au début de leur association, où Forbes, Durango, Wylie et lui-même avaient découvert près de la mine un individu beau parleur qui prétendait avoir des droits sur leur concession. Furieux, Wylie et Forbes étaient partisans de pendre cet homme, mais Durango s'était contenté d'attraper sa carabine et de lui truffer l'arrière-train de chevrotine. Red revoyait encore le malheureux dégringolant la colline en hurlant d'indignation chaque fois qu'il rebondissait sur un rocher ou heurtait un arbre. Il avait atterri au fond du canyon, s'était relevé avec peine et avait filé sans demander son reste en se tenant le postérieur.

— C'est bien ce que je pensais, avait dit Durango paisiblement, tandis qu'ils le regardaient s'éloigner clopin-clopant. Malgré toutes ses belles paroles, ce type n'avait rien dans le crâne. Il était inutile de gâcher un bon morceau de corde pour lui.

Comment discuter ce genre de raisonnement ? avait pensé Red, amusé.

Quoi qu'il en soit, pour l'instant, et malgré ce qu'il avait affirmé à Nell, Red n'était pas trop sûr de l'issue de son plan. En effet, si Josselyne était la carte supplémentaire dans un paquet qu'il avait lui-même battu et distribué, Durango était certainement le tricheur, capable de dissimuler un ou deux as dans sa manche.

Après la réunion dans le bureau de Killian, Durango était rentré tout droit au saloon, et il n'en était pas sorti depuis. Il avait joué, bu et courtisé les filles comme si rien ne s'était passé. Seule différence, il s'était jeté dans ses activités habituelles avec une sorte de frénésie, comme un homme qui cherche à oublier ses soucis. Contrairement à Wylie, il n'avait pas guetté Josselyne, et c'était tout à fait par hasard qu'il s'était trouvé sur le seuil de son établissement lorsqu'elle sortait de la poste avec Gresham. Il était en train de jeter dehors un mineur complètement ivre.

Red nota cependant avec plaisir que Durango n'était pas rentré aussitôt au saloon. Il s'était avancé jusqu'au coin de la rue où il se tenait encore, à regarder partir Josselyne.

Durango se rendit soudain compte que c'était la première fois qu'il apercevait la jeune fille depuis leur première rencontre. Qu'avait-elle fait tout ce temps ? Sans doute s'était-elle réfugiée dans une chapelle pour prier Dieu de la délivrer de la situation fâcheuse où l'avait jetée l'incroyable testament de son père...

Quelle idée absurde avait pu pousser Red à rédiger un tel document ? se demandait De Navarre, perplexe. Deux explications s'imposèrent à lui. Soit Red avait tout simplement décidé que sa fille n'était pas destinée à devenir religieuse, et il avait monté ce plan extravagant dans le seul but de lui trouver un mari. Soit il avait délibérément cherché à semer la zizanie parmi ses partenaires. Un combat de loups, que Red était bien assez sauvage pour avoir voulu provoquer. Cependant, il avait toujours eu de la méthode, même dans ses actions un peu folles. Donc, si la seconde théorie était la bonne, il complotait quelque chose... ce qui voulait dire qu'il n'était pas mort, comme tout le monde le croyait. Et cette idée-là ouvrait toutes sortes de perspectives intéressantes.

En effet, si c'était le cas, cela signifiait que Red était le saboteur, peut-être l'assassin de Forbes, et qu'il espérait trouver un moyen de s'approprier toutes les actions de la mine. Cela ne correspondait pas au caractère de Red, pourtant le doute tenaillait Durango. La folie de l'or transformait les hommes, et Red avait semblé persuadé qu'ils étaient sur le point de découvrir un filon mère au Pied de l'Arc-en-Ciel. Il était donc tout à fait possible qu'il eût lui-même provoqué l'explosion pour bloquer l'accès aux galeries importantes de la mine et qu'il eût mis en scène sa propre mort afin de pouvoir continuer ses manigances dans l'ombre. Alors, ou bien Miss O'Rourke était de mèche avec son père, et se montrait une excellente comédienne, ou elle n'était qu'un pion innocent dans le projet que Red avait élaboré.

Dans tous les cas de figure, se dit Durango, les yeux plissés, il avait tout intérêt à lier plus ample connaissance avec la jeune fille. Après tout, elle n'avait peut-être pas plus été élevée dans un couvent que lui ! Ils n'avaient que la parole de Red pour le croire. En réalité, Miss Josselyne O'Rourke avait fort bien pu passer les dernières années dans un théâtre de Boston, ou pourquoi pas dans une maison close ! se dit Durango, cynique. Sur le moment, il avait trouvé sa prestation dans le bureau de Killian tout à fait convaincante. Maintenant, il se demandait si elle n'en avait pas fait un tout petit peu trop. Ses grands cils, chastement baissés sur ses yeux verts, servaient fort bien à masquer son expression lorsqu'on avait lu le testament... comme sa robe et son voile dissimulaient tout d'elle sauf son visage. Durango s'aperçut qu'il ne savait même pas de quelle couleur étaient ses cheveux. Si elle se promenait en vêtements civils, il serait sans doute incapable de la reconnaître. En fait, elle pourrait bien les espionner, Wylie, Victoria et lui, ils ne s'en rendraient même pas compte !

Cette idée lui rappela le mendiant qui avait abordé Josselyne devant le bureau de Killian. Cet épisode lui avait paru extrêmement bizarre, surtout quand Nell avait forcé le vagabond à s'éloigner en le saisissant par le bras. Si Durango avait lancé une pièce à l'homme, c'était pour mieux l'observer. Quelque chose le troublait en lui. Comme Durango revoyait la scène dans sa tête, il fut frappé par une idée si absurde qu'en toute autre circonstance, il l'aurait immédiatement chassée de son esprit. Cependant, en l'occurrence, il décida qu'elle valait la peine d'être étudiée de plus près. Et pour cela, il lui fallait se rapprocher de Josselyne, et découvrir si elle était loup ou agneau. Si Red était vivant et Josselyne sa complice, ils le lui paieraient !

Mais si elle était innocente, si Red, vivant, la manipulait à son insu, ou s'il était bien mort, la laissant à la merci de son ignoble testament ?... C'était là l'horrible pensée qui ne le lâchait pas, depuis que Victoria lui avait parlé devant le bureau de Killian. En dehors des parts de la mine, si Josselyne était vraiment une novice, comment pouvait-il lui, Durango, laisser la fille de Red tomber entre les griffes de Wylie ? Dans le *lit* de Wylie ? Ce lit qu'il partageait déjà avec Victoria.

Pourtant, que pouvait faire Durango ? S'il proposait à Josselyne de l'épouser, s'il la mettait en garde contre Wylie, elle croirait qu'il en voulait à son héritage, refuserait, et ne tiendrait même pas compte de ses avertissements. Et si elle l'acceptait pour époux mais qu'elle fût la complice de son père, il avait toutes les chances d'être la prochaine victime d'un accident à la mine. Ses actions sur le Pied de l'Arc-en-Ciel reviendraient alors à Josselyne, donnant à Red la moitié des parts contre le quart de Wylie et celui de Victoria.

Les cartes étaient distribuées, se dit Durango avec une grimace, et les enjeux étaient donnés pour une partie qui promettait d'être infernale.

Avec une certaine amertume, il décida qu'il était temps pour lui de miser s'il voulait s'asseoir à la table de jeu avec les autres.

D'un pas résolu, il s'engagea dans Eureka Street à la suite de Josselyne.

6

— Pourquoi ne pas entrer et l'essayer ?

La voix rauque de Durango à son oreille fit sursauter Josselyne, alors qu'elle se tenait devant la vitrine d'un magasin où trônait la robe la plus somptueuse qu'elle eût vue de toute son existence.

— Monsieur De Navarre ! s'écria-t-elle en portant la main à sa gorge comme pour se protéger contre une bête féroce. Vous m'avez fait peur. Je... je ne vous avais pas entendu approcher.

— Tous mes amis — et aussi mes ennemis — m'appellent Durango, ma sœur, dit-il, une lueur ironique dans le regard, son demi-sourire aux lèvres. C'est vrai, vous ne m'avez pas remarqué. Vous étiez tellement absorbée dans la contemplation de cette robe... J'ai cru un moment que vous aviez pris racine sur le trottoir ! Néanmoins, je ne voulais pas vous effrayer. Je vous prie de m'excuser.

Il se pencha vers la vitrine pour voir ce qui avait si longtemps retenu l'attention de la jeune fille. Il s'agissait d'une excellente copie d'un modèle de grand couturier anglais. Elle était faite de soie verte tissée de fils d'or, avec de larges manches bouffantes, retenues par des rubans, qui dégageaient les épaules. Le corsage, très ajusté, avait un décolleté à la limite de la décence, bordé de dentelle délicate. Par un contraste exquis, le reste était de coupe très stricte, avec une basque sur une jupe moulante évasée dans le bas. Des gants de dentelle verte, un réticule et des souliers de cuir complétaient la toilette. Un instant, Durango tenta de se représenter une religieuse dans une tenue aussi raffinée, n'y parvint pas, et allait y renoncer quand il se rappela les descriptions que Red faisait de son épouse, Beth. « Une rousse aux yeux verts, une sorcière celte. » Alors naquit dans son esprit l'image de Josselyne dans la robe verte, avec ses cheveux roux — car ils l'étaient forcément — cascadant en boucles sur ses épaules, ses yeux verts mystérieux, ses épaules laiteuses et ses seins audacieusement mis en valeur par la finesse de son buste. Il s'humecta nerveusement les lèvres.

Si Judas a été tenté par l'argent, une religieuse peut bien l'être par l'or, avait dit Victoria...

— Elle est ravissante. Vous devriez entrer voir si elle vous va, dit-il, soudain impatient de découvrir ce qui se cachait sous l'austère habit de novice.

— Non, je... je ne peux pas, répondit-elle à regret. Je suis une religieuse... ou presque. Ce genre de toilette n'est pas pour moi. Et même si c'était le cas, elle est certainement bien trop chère.

Et de plus d'une façon, pensa Durango.

— Dois-je en conclure, demanda-t-il légèrement, que vous avez renoncé à vos droits sur la mine et que vous avez l'intention de retourner au couvent ?

Elle lui jeta un coup d'œil à la fois confus et prudent, qui le mit instantanément sur ses gardes. Peut-être était-elle un agneau sans défense, mais son instinct fonctionnait, on voyait à son regard qu'elle avait senti l'odeur du loup... à moins qu'elle n'en fût un elle-même, déguisé en brebis. Il contempla de nouveau la ravissante robe de soie verte. Josselyne s'était-elle arrêtée là pour rêver un instant, pour s'imaginer la portant, ou au contraire pour se rappeler qu'elle pourrait s'offrir des toilettes extravagantes dès que son père aurait pris le contrôle de la mine et exploité le filon mère qu'il était sûr d'y trouver ?

— Non, je... je n'ai pas encore pris ma décision, dit-elle, les cils baissés sur ses joues roses masquant à Durango l'expression de son regard.

Elle entrouvrit légèrement ses lèvres pulpeuses un peu frémissantes sous le regard de l'homme. Il ne lui avait guère prêté attention auparavant, tant il avait été choqué par le testament de Red. A présent, il la parcourait des yeux et, malgré la robe austère, les idées qui lui venaient à l'esprit n'étaient pas du tout chastes !

— Un tel bouleversement, poursuivait-elle. Un changement total de vie, il faut que j'y réfléchisse longuement...

C'est cela, prends ton temps, tout ton temps, mon petit ange-sorcière. Je n'ai pas encore décidé non plus ce que je veux faire de toi. Une bouche comme la tienne n'est pas celle d'une religieuse, destinée à embrasser un rosaire au lieu d'un homme. Si j'avais une fille comme toi, je l'aurais enfermée dans un couvent, moi aussi. Red, vieux fripon! Avoir attendu si longtemps pour nous la faire connaître, à Wylie et à moi... et nous laisser maintenant nous demander si elle est une aubaine ou un piège. Elle vaut son pesant d'or... même en dehors de celui de la mine.

— Vous avez une année devant vous, fit-il remarquer.

— C'est vrai, souffla-t-elle.

Elle était mal à l'aise, sous son regard insistant, un peu comme avec Antoine lorsque des flammes s'allumaient dans ses yeux. Elle ne s'était jamais sentie menacée par Wylie. C'était un gentleman, et s'il possédait de bas instincts, il avait la décence de les cacher. Durango ignorait ce genre de scrupules. Tout en lui, de son attitude provocante à son regard insolent, était intensément mâle, viril, sexuel. Un tigre qui se léchait les babines à l'avance. Elle frémit, à la fois de peur et d'excitation perverse à cette pensée.

Elle n'aimait pas les sensations qu'il éveillait en elle, pourtant elle était infiniment troublée, infiniment vivante. Un homme qui n'avait pas hésité à pousser Forbes dans un creuset, à faire disparaître Red dans une explosion, ne laisserait certainement pas une naïve couventine l'empêcher d'obtenir la mine d'or qu'il convoitait. Pourtant, Josselyne devait se mettre en travers de son chemin. Pour la mémoire de son père.

Elle prononcerait ses vœux plus tard. Après tout, le couvent n'aurait pas bougé, dans un an.

A supposer qu'il lui fallût tout ce temps pour démasquer cette canaille. Et peut-être finalement épouserait-elle Wylie... Elle savait, tout au fond de son cœur, que sa vocation n'était pas totalement sincère, et d'autre part, elle ne supportait pas l'idée que Nell fît construire un théâtre avec les actions de son père. Il était néanmoins réconfortant de se dire que le couvent lui servirait de refuge en cas de nécessité. En attendant, Josselyne devrait se contenter comme protection de sa robe de novice.

A contrecœur, elle se détourna de la vitrine si tentante, de la robe qui était à elle seule une provocation.

— Je dois partir, maintenant, dit-elle.

Le mensonge lui vint aisément. Pourtant, c'était un péché et, à retardement, elle rougit, baissa les yeux.

Pour la première fois depuis des années, ses journées n'étaient pas structurées. Elle était libre d'agir comme bon lui semblait... et elle se sentait un peu perdue sans la cloche du couvent pour rythmer son emploi du temps. Où il n'y avait pas d'ordre régnait obligatoirement le chaos. Combien de fois la Révérende Mère le lui avait-elle répété ! Ce chaos s'ouvrait devant elle comme un gouffre immense, sombre et périlleux. Un faux pas, et elle s'abîmerait dans ces profondeurs insondables. La routine engendrait la sécurité, elle le comprenait maintenant qu'elle en était à des milliers de kilomètres.

— Au revoir, monsieur De Navarre, dit-elle d'une voix qu'elle voulait aussi glaciale que celle de Victoria Stanhope Houghton, mais qui tremblait légèrement.

Au souvenir du lumineux sourire dont elle avait gratifié Wylie, Durango eut envie de l'attraper aux épaules et de la secouer pour lui faire entendre raison. Qu'elle fût sainte ou pécheresse, elle aurait intérêt à prendre son parti plutôt que celui de Wylie, qui cachait sous des manières avenantes et d'élégants atours une nature froide, blasée, inconstante. Une nonne représenterait une nouvelle perversité pour lui, mais il s'en lasserait vite et reviendrait sans tarder à ses relations avec les filles de mauvaise vie.

Les poings serrés, Durango se dit rageusement que ce n'était pas son rôle de veiller sur la fille de Red. Sans cette clause ridicule du testament, il ne lui aurait pas accordé plus d'un regard distrait. Il aimait son existence de célibataire, cependant il était vexé que Josselyne lui préférât Wylie. Malgré lui, il avait espéré qu'elle valait mieux que ça.

Il se demanda un instant s'il devait parler à Gresham de ses soupçons sur Red, puis décida de n'en rien faire. Wylie imaginerait qu'il mentait pour le séparer de Josselyne et le déposséder des parts de Red. D'autre part, Wylie était grand garçon, il n'avait qu'à ouvrir les yeux. Et si son badinage avec Josselyne poussait Red à sortir de son trou pour le tuer, cela ferait toujours un associé de moins dans la mine, un de moins avec qui partager le butin. La vie était dure. Un homme intelligent se devait de prendre ce qu'il pouvait, comme il le pouvait... or, Durango n'était certes pas stupide.

— Au revoir, ma sœur.

Sa voix effleura Josselyne comme le léger claquement d'un fouet, comme un aiguillon qui la menait vers quelque chose qu'elle redoutait instinctivement, mais qui se révélerait peut-être aussi inévitable que le destin.

Elle frissonna et dut faire appel à toute sa volonté pour s'éloigner dignement au lieu de s'enfuir en courant comme elle en mourait d'envie. Elle sentait qu'il ne bougeait pas, et son regard sur elle, presque tangible, la brûla bien longtemps après qu'elle eut disparu à sa vue.

Josselyne se reprochait sévèrement de prendre plaisir à la compagnie de Wylie. Tant qu'elle continuait à porter son habit de novice, pour bien indiquer qu'elle avait l'intention de devenir l'épouse du Christ et non celle d'un homme, elle devait se conduire comme telle... Pourtant, elle avait du mal à garder cette résolution à l'esprit en présence de Wylie. Il était si beau, si charmant qu'elle trouvait difficile de ne pas céder à une certaine attirance.

A la vérité, plus les jours passaient, plus elle retrouvait les sensations qu'avait fait naître Antoine. Il y avait des flambées de désir dont elle avait honte. Il y avait des rêves précieux qu'elle avait tenté autrefois de chasser à jamais de son esprit, mais qui revenaient et qu'elle chérissait de nouveau, longuement, tendrement. Un foyer à elle. Un mari. Des enfants. Tout ce à quoi une religieuse devait renoncer pour se consacrer à Dieu et Le servir. Lorsque ces perspectives d'avenir lui avaient été arrachées par la trahison d'Antoine, le sacrifice ne lui avait pas paru insurmontable. Mais à présent qu'elles étaient à sa portée, Josselyne comprenait à quel point elle les désirait. Leur prix en était la part de Red dans la mine. Était-il trop élevé ? Dans un petit coin de son esprit, elle commençait à l'accepter.

Pendant plusieurs semaines, Wylie vint la chercher à la pension de famille pratiquement un jour sur deux. Ils prirent des petits déjeuners chez Miss Hattie. Ils déjeunèrent chez John Best. Ils dînèrent au *Teller House*, l'un des hôtels les plus élégants du pays, créé en 1872, à une époque où les auberges de Central City n'offraient à leurs clients que des paillasses.

Le *Teller House* était devenu le centre de toutes les affaires et mondanités de la région. Il ne se passait pas de jour que son registre ne reçût la signature d'une personnalité en vue. Le président Ulysse Grant lui-même y avait séjourné à deux reprises, dont une fois où on avait pavé son chemin de lingots d'argent entre sa voiture et l'entrée de l'établissement, l'or étant jugé trop commun pour lui. Wylie raconta l'anecdote à Josselyne, et ajouta, pour son plus grand plaisir, qu'elle était infiniment plus belle dans sa robe de novice avec sa croix de bois pour toute parure que les élégantes en robe de chez Worth, couvertes de joyaux, qui se trouvaient dans le salon de l'hôtel. Ce compliment lui alla droit au cœur, ce qui ne l'empêcha pas d'admirer avec une pointe d'envie toutes ces ravissantes toilettes et de s'imaginer ainsi vêtue.

Wylie fit visiter Central City à Josselyne dans son élégant buggy tiré par deux chevaux gris et racés. Il lui montra chaque bâtiment, l'emplacement de la future gare, et l'ancien relais de poste à la place duquel s'élèverait bientôt un théâtre, le premier du Colorado, qui serait un complément de choix au *Teller House*.

Il l'emmena aussi à Black Hawk et jusqu'à Nevadaville. Dans tous leurs périples, il se montra un guide aussi amusant qu'intéressant. Il lui parla de l'histoire des villes minières, la truffant d'anecdotes sur l'époque héroïque où Durango, Forbes, Red et lui-même se traînaient dans la boue à la recherche de cet or qui leur permettrait de devenir riches.

— Regardez, dit-il un jour, lors d'une de leurs promenades, en lui désignant une maison gothique sur Country Road. C'est la résidence du shérif Billy Cozen. On raconte qu'un soir, avant que le comté de Gilpin ne possède une prison, le shérif a ramené chez lui deux prisonniers pour qu'ils ne s'évadent pas, et qu'il les a attachés au pied de son lit, bien que sa femme fût malade à cette époque !

— Oh, Wylie ! Vous plaisantez ! s'écria Josselyne en souriant.

— Pas du tout ! insista-t-il, avant d'ajouter, avec ce regard qui la bouleversait et lui faisait baisser les yeux : en fait, une autre légende rapporte qu'il s'agissait même de sa nuit de noces.

Il la fixa un long moment avec insistance puis, persuadé devant son trouble qu'il avançait dans la bonne direction, il fouetta les chevaux.

Il n'y avait qu'un seul endroit où il refusa, gentiment mais fermement, de l'emmener : le Pied de l'Arc-en-Ciel. Comme la plupart des mines d'or, c'était un paysage aride, dangereux, déclara-t-il, où travaillaient des hommes durs, brutaux, un lieu qui ne convenait pas à une dame. Josselyne en fut extrêmement déçue. Elle avait très envie de voir cette mine qui lui avait, en quelque sorte, arraché son père. Si elle voulait découvrir le meurtrier de Red, il fallait qu'elle en apprît le plus possible sur le Pied de l'Arc-en-Ciel et ceux qui y travaillaient. Après tout, elle savait seulement ce que son père lui avait dit : l'un de ses associés était un saboteur et un criminel.

Cependant, il avait pu se tromper. Peut-être fallait-il chercher le coupable ailleurs... Bien que Josselyne fût certaine qu'il s'agissait de Durango De Navarre, sans doute secondé par Victoria Stanhope Houghton. Car Durango était le pire pécheur qu'elle connût. Comment Red avait-il pu un seul instant soupçonner un homme de la classe de Wylie d'être le malfaiteur ?

Central City était une petite ville, et par deux fois Wylie et Josselyne tombèrent sur De Navarre. Une fois au *Teller House*, alors qu'il sortait en vacillant du bar, un cigare aux lèvres, une bouteille à la main, deux voluptueuses créatures pendues à son bras. La deuxième fois au relais de poste où il venait chercher son ombrageux étalon noir qui, indiqua Wylie, portait le nom prédestiné de *El Diablo*, le diable.

— Un outil sans doute moins pratique que Barnum et Bailey, dit Durango de sa voix un peu traînante en regardant les deux chevaux gris de Wylie. Mais je n'ai pas une passion pour le cirque.

Après cette allusion ironique au magasin général où Wylie vendait, entre autres, des outils, il poursuivit :

— Je suis simplement un sacrément bon joueur, surtout à la Suée Mexicaine. A moins que nous n'ayons pas joué à ce jeu depuis si longtemps que tu aies oublié ? Dans ce cas, je vais te rafraîchir la mémoire, et comme tu me sembles sacrément décidé à forcer sur moi, je vais être obligé de monter pour voir tes cartes...

Josselyne ne comprit pas ces allusions voilées, mais elle saisit l'essentiel du discours de Durango, car, à partir de ce jour-là, il se mit à lui rendre régulièrement visite, avec une telle insistance qu'elle ne savait comment le décourager. D'ailleurs, elle se devait de le connaître mieux. Comment pourrait-elle démasquer celui qu'elle croyait être l'assassin de son père si elle refusait tout contact avec lui ? Il serait bien plus efficace de le laisser croire qu'il ne lui déplaisait pas et d'attendre qu'il se trahisse lui-même par quelque faux pas. Néanmoins, chaque fois qu'il se présentait à la pension de Miss Hattie, Josselyne serrait les dents en s'apprêtant à subir ses attentions. De toute évidence, ce n'était pas un gentleman !

Sa façon de la courtiser — si c'était le cas — différait grandement de celle de Wylie. Il avait une attitude souvent insolente, provocante. Il n'épargnait pas sa sensibilité, et s'exprimait volontiers de manière inconvenante, prenant un plaisir évident à la voir rougir, s'amusant de ses protestations courroucées.

Il gardait sa main dans la sienne plus longtemps qu'il n'était séant lorsqu'il l'aidait à monter ou descendre de voiture, et il la scandalisait par ses regards indécents. En fait, bien que Josselyne sût qu'il n'obtiendrait la part de Red que s'il l'épousait, Durango, au grand étonnement de la jeune fille, semblait fort peu se soucier d'obtenir sa préférence. Plus d'une fois, elle le rabroua vertement. Mais au lieu de provoquer chez lui un changement d'attitude, ses remarques indignées l'aiguillonnaient et il continuait à tenter de lui faire perdre son sang-froid.

Josselyne se sentait terriblement frustrée. Malgré tout le temps qu'elle consacrait à Wylie et à Durango, elle n'était pas plus avancée dans son enquête que lorsqu'elle était arrivée à Central City près de trois mois auparavant.

Plus que jamais, elle était persuadée que, pour aboutir dans ses recherches, il lui fallait en apprendre plus sur la mine et les gens qui participaient à l'entreprise. Le fait qu'elle s'intéressât au Pied de l'Arc-en-Ciel désorienterait sûrement le criminel. Et comme Wylie refusait toujours de l'y accompagner, elle dut se résigner à se tourner vers Durango.

Non que l'idée de partir seule avec lui dans les montagnes lui fût agréable. Mais à qui d'autre demander ? Il y avait peu de chances que Victoria acceptât de l'y accompagner. Du temps de Forbes déjà elle s'y aventurait rarement et depuis sa mort, elle n'y avait pas mis une fois les pieds. En outre, la jeune veuve ne connaissait rien au métier, et elle ne lui serait d'aucune utilité. Non, il ne restait que Durango, aussi contrariant que ce fût. Comme il n'était pas un gentleman, il ne verrait aucun inconvénient à l'emmener là-haut, et il ne risquait pas de répondre, comme Wylie, que ce n'était pas « un endroit convenable pour une dame » !

Enfin, un bel après-midi de printemps, elle prit son courage à deux mains et se dirigea résolument vers le saloon à la recherche de Durango. Au lieu d'attendre une de ses visites imprévisibles, elle prendrait les devants et lui demanderait de l'accompagner à la mine, se jura-t-elle.

Elle était déterminée à entrer directement dans l'établissement, mais lorsqu'elle arriva devant, elle entendit des gros rires et des cris mêlés aux notes d'un piano désaccordé. Elle s'arrêta, hésitante, devant les portes battantes. Elle ne pouvait se résoudre à pénétrer dans un lieu aussi mal famé ! Elle faillit rentrer à la pension, mais finalement, elle parvint à persuader un passant d'aller dire à Durango qu'elle l'attendait à l'extérieur.

Ensuite, il se passa un si long moment qu'elle pensa que Durango refusait grossièrement de la voir, et elle allait tourner les talons quand il apparut enfin sur le seuil, son inévitable cigare aux lèvres et la bouteille à la main.

— Désolé de vous avoir fait attendre, ma sœur, dit-il avec insolence, amusé de son évidente contrariété. Je ne pouvais tout de même pas abandonner une main gagnante, hein ?... Bon. Pour une fois, c'est *vous* qui me rendez visite. Quelle surprise ! A quoi dois-je ce plaisir exceptionnel ?

Avant qu'elle eût le temps de répondre, Josselyne, stupéfaite, l'entendit pousser un juron tonitruant. Il posa sa bouteille et s'élança en courant sur le trottoir de bois, sans se soucier des passants qu'il bousculait. Bouche bée, elle le vit attraper un gamin mexicain par le col et le secouer violemment.

— Comment osez-vous ? protesta-t-elle, indignée, en courant vers eux. Que faites-vous ? Lâchez immédiatement ce pauvre enfant, espèce de brute !

— Pauvre enfant ? C'est un fieffé voleur, ma sœur. Et si vous étiez moins naïve, vous vous apercevriez qu'il a arraché votre réticule.

Josselyne vit en effet les liens qui retenaient sa bourse pendre à sa taille, coupés net par un coup de couteau. Quant au petit Mexicain, il tenait encore l'objet du délit serré dans sa main. Muette de contrariété, elle fixait le gamin sale et maigre qui lui jeta un regard mauvais à travers ses larmes avant de se mettre à se débattre vainement pour échapper à la poigne de fer de Durango.

— Lâchez-moi ! Lâchez-moi ! hurlait-il en accompagnant ses cris d'une bordée de jurons à faire rougir un charretier. Au secours ! A l'aide !

— *Silencio !* tonna Durango en le secouant de nouveau pour le faire tenir tranquille après avoir récupéré la bourse de Josselyne. Tu es en mauvaise posture, *muchacho*, et si tu fais l'idiot, je pourrais bien appeler le shérif pour qu'il te remette entre les mains de la justice.

— Oh, non, Durango ! intervint Josselyne, bouleversée. C'est un enfant. Il ne pensait pas à mal, j'en suis sûre ! Il s'agit simplement d'une très mauvaise plaisanterie. Certainement ses parents ou le Père Flanagan sauront trouver une punition appropriée.

Durango se mit à parler rapidement en espagnol à l'enfant, le secouant de temps à autre quand il refusait, entêté, de répondre. Enfin, Durango résuma la conversation à Josselyne.

— Il s'appelle Cisco, et il ne sait pas quel est son nom de famille. Ses parents sont décédés, il ne se les rappelle même plus. Il pense que son père est mort d'un accident minier et sa mère d'une longue maladie. Il a sept ans et vit dans la rue depuis l'âge de quatre ans. Il a survécu en mendiant et en volant tout ce qu'il peut, nourriture, vêtements, argent. Il est désolé pour votre bourse, mais il avait faim. Son dernier « repas », des restes trouvés dans une poubelle, date de deux jours.

— Mais... c'est horrible ! s'écria Josselyne.

— Malheureusement, c'est fréquent, dans les régions minières, déclara Durango. Tout le monde n'a pas la chance d'être élevé dans un couvent, à l'abri des dures réalités. La vie est brutale, le monde est cruel... Vous l'auriez appris par vous-même si ce petit malin était arrivé à voler votre sac. Car si j'en juge par son poids, je suis certain que vous avez commis l'imprudence de porter sur vous jusqu'à votre dernier dollar...

— Ce n'est pas votre problème, Durango, dit-elle sèchement.

— Cela me concerne dans la mesure où, à cause de votre stupidité, je risque de me retrouver dans l'obligation de veiller à votre subsistance, rétorqua-t-il, agacé.

— Oh ! Comment osez-vous penser un seul instant que j'accepterais de l'argent de vous, comme... comme une...

— Femme entretenue ? suggéra-t-il avec un mauvais sourire. Descendez de votre petit nuage, ma sœur ! Nous vivons dans un monde réel, et si vous vous retrouviez sans un sou demain, vous n'auriez que trois solutions. Retourner au couvent à Boston et prendre le voile, encore vous faudrait-il de l'argent pour le voyage. Vivre de notre charité, à Wylie et à moi, car vous n'obtiendriez certainement rien de la part de Victoria. Ou encore nous épouser, l'un ou l'autre. Comme je ne suis pas du genre à me marier et que, depuis le temps que vous parcourez le pays en compagnie de Wylie, je n'ai pas encore entendu sonner les cloches nuptiales, j'en arrive à croire que vous seriez obligée de ravaler votre orgueil et accepter un secours, en vous accommodant le mieux possible avec votre conscience.

— J'aimerais mieux vivre dans la rue!

— Ne vous montrez pas plus folle que vous ne l'avez été jusqu'à présent, ma sœur, dit-il en la dévisageant de ce regard insolent qu'elle détestait. Les femmes ont un seul moyen de survivre, dans la rue... et franchement, je doute que vous ayez les qualités nécessaires!

Josselyne reçut sa remarque vulgaire comme une gifle. Elle pâlit, les narines frémissantes, tandis qu'une incroyable colère montait en elle. Elle levait la main pour frapper Durango et effacer son odieux sourire quand elle vit le petit visage terrifié de Cisco et reprit son sang-froid.

— Vous êtes un rustre, Durango.

Elle s'était exprimée d'une voix calme, froide, qui fit presque honte à De Navarre. Puis il se rappela qu'elle n'était sans doute pas plus nonne que lui, mais qu'elle travaillait main dans la main avec Red pour obtenir le contrôle de la mine.

— Et vous faites une scène en public, devant

cet enfant, poursuivait-elle. Si vous voulez bien me donner quelques indications, je vais l'emmener dans un orphelinat, où se trouve sa place.

— Il n'y en a pas, répondit-il sèchement.

— Je... je vous demande pardon ?

— D'orphelinat, de maison d'accueil, comme il vous plaira de les appeler. Il n'en existe aucun.

— Vraiment ?

— Vraiment !

— Mais c'est... c'est terrible, inconcevable !

— C'est une réalité de la vie, ma sœur.

— Oh, cessez de m'appeler ainsi ! Vous le faites uniquement pour me vexer, car vous savez que je n'ai pas encore prononcé mes vœux !

— Oui, dit-il, l'air innocent, et imaginez que vous le deveniez vraiment, toutes les parts de Red serviraient à construire un théâtre pour Nell Tierney... au lieu d'un établissement plus utile, un orphelinat, par exemple.

— Vous vous y entendez pour retourner le fer dans la plaie, Durango, observa Josselyne, décontenancée. Je n'en attendais pas moins de vous. Néanmoins, puisqu'il n'existe aucun abri pour cet enfant — et qu'il n'en existera pas de si tôt — je vais moi-même m'occuper de lui.

— Geste noble mais peu judicieux, ma sœur. Qu'est-ce qu'une femme suprêmement chaste comme vous pourrait comprendre aux enfants... aux petits garçons en particulier ?

— Il y avait des enfants, au couvent.

— Des mécréants comme ce petit Cisco ? J'en doute, ma sœur. Il est intelligent, rusé — sinon il n'aurait pas survécu tout ce temps seul dans les rues — et je ne crois pas que la vie que vous avez menée vous ait préparée à vous occuper d'un gamin comme lui. Il a coupé les cordons de votre bourse et vous ne vous êtes aperçue de rien ! Si je vous le confiais, je parie qu'en moins de cinq minutes il aurait récupéré votre argent et vous aurait faussé compagnie.

— Non ! s'indigna-t-elle.

— Si, je le ferais ! intervint Cisco.

Il avait compris que l'on n'avait pas l'intention de le remettre à la force publique, et du coup il avait séché ses larmes et retrouvé tout son aplomb.

— Même que la prochaine fois, vous me rattraperez pas ! ajouta-t-il en tirant la langue à Josselyne.

— Eh ! Surveille tes manières, *muchacho* ! déclara Durango en le secouant de nouveau. Sinon, je t'administre une fessée dont tu te souviendras longtemps !

— Mais, *señor*, protesta l'enfant, c'est qu'une femme, une bonne sœur... et en plus elle est folle ! Vous avez dit vous-même...

— Ne t'occupe pas de ce que j'ai dit ! aboya Durango, furieux de cette accusation justifiée. Si tu sais où se trouve ton intérêt, tu ferais mieux de te comporter correctement, ou alors... Tu es bien trop jeune pour parler comme ça, et si j'étais à ta place, je me montrerais un peu plus respectueux. Je pourrais encore te faire jeter en prison, tu sais !

Maté, l'enfant se tut et cessa de se débattre pour échapper à la poigne de Durango.

Josselyne soupira en regardant le petit visage têtu du garçon. Elle ne savait que faire. Elle devait bien reconnaître qu'elle ne saurait pas comment se débrouiller avec lui. De toute évidence, il ne la craignait absolument pas. Il ne connaissait que brutalité et privations, ce qui le rendait dur, sournois. Il fallait quelqu'un de plus fort qu'elle pour le mettre dans le droit chemin. Un homme bon mais sévère...

— Wylie ! s'écria-t-elle soudain, ravie de cette idée. Wylie pourrait se charger de lui !

Durango resta bouche bée un instant, muet d'étonnement. Puis, sous le regard courroucé de la jeune fille, il s'appuya au mur tout proche et partit d'un rire inextinguible. Il faillit même lâcher Cisco qui en profita pour essayer de nouveau de filer et de récupérer la bourse de Josselyne. Heureusement, il l'en empêcha, malgré le fou rire qui ne le quittait pas.

— Wylie ! répéta-t-il enfin en s'essuyant les yeux. Wylie hébergeant un petit voleur orphelin ! J'aimerais voir ça !

— D'accord ! dit Josselyne d'un ton sèchement réprobateur, furieuse de la mauvaise opinion qu'il avait de Wylie. Vous pouvez nous accompagner à son magasin. Et tout de suite, je vous prie.

Elle eut la surprise de se voir obéie sur-le-champ. Durango lui prit le bras et se dirigea vers la boutique en poussant l'enfant récalcitrant devant lui.

La porte tinta quand ils entrèrent, et un vendeur, reconnaissant Durango, se précipita vers eux.

— Dites à Wylie que Durango et la sœur sont ici, ordonna-t-il. Avec un cadeau pour lui.

— Oui, monsieur De Navarre, répondit l'employé avec respect. Tout de suite, monsieur De Navarre.

Il fila dans l'arrière-boutique, et Wylie ne tarda pas à apparaître. Il sourit dès qu'il aperçut Josselyne, sourire qui s'effaça aussitôt qu'il vit Durango et le garçon dépenaillé.

— Josselyne, dit-il avant de lui baiser la main, ce serait une merveilleuse surprise si vous n'étiez en si douteuse compagnie.

Le geste affectueux n'échappa pas à Durango, dont le sourire se figea un bref instant. Wylie lui lança un coup d'œil de défi avant de se tourner de nouveau vers la jeune fille.

— Je ne puis croire que vous ayez choisi de votre plein gré la présence de Durango, il a dû s'imposer. Vous n'avez qu'un mot à dire, et je le renverrai à ses chères affaires...

— Non, non, ce n'est pas ça... commença Josselyne.

— Alors je crains de mal comprendre, dit Wylie d'une voix glaciale.

Il la considérait d'un œil froid, et elle en fut déconcertée, peinée. Elle appréciait son amitié et faisait grand cas de son opinion.

— Quigg dit que vous avez un... cadeau pour moi, poursuivait-il. Mais il se trompe, je suppose.

— Non, pas du tout ! s'écria-t-elle en posant la main sur son bras. Oh, Wylie, j'ai tant besoin de votre aide ! Quand vous saurez de quoi il s'agit, je suis certaine que vous n'hésiterez pas un instant à prendre la bonne décision.

Elle raconta toute l'affaire, en passant sous silence la raison qui l'avait amenée devant le saloon de Durango, et termina, le souffle court.

— Vous voyez, Cisco a terriblement besoin d'un foyer, d'un père, et j'ai pensé... c'est-à-dire...

— Josselyne ! Vous n'avez tout de même pas imaginé un instant que je prendrais ce gamin chez moi ! s'exclama Wylie, dégoûté. Un voyou des rues qui saisirait la première occasion de me dévaliser ! Regardez autour de vous ! Nous sommes dans un magasin, pour l'amour du ciel, pas dans une maison de redressement. Savez-vous ce qu'il m'en coûte de faire monter toutes ces marchandises jusqu'ici ? Ce chenapan ne tarderait pas à me ruiner ! Je suis un homme d'affaires, célibataire de surcroît, pas un bienfaiteur de l'humanité en détresse. Non, Josselyne, franchement, j'aimerais pouvoir vous aider, mais je dois refuser. Ça ne marcherait pas. Ça ne pourrait pas marcher. Vous vous en rendez compte, j'espère ?

— Non, répondit-elle tristement. Je croyais que vous, justement, vous comprendriez...

— Mais je comprends, Josselyne, croyez-moi, dit-il plus doucement. S'il s'agissait de n'importe quoi d'autre, je serais trop heureux de vous rendre service. Mais je travaille énormément. Je vis dans quatre pièces au-dessus du magasin, et je prends tous mes repas à l'extérieur. Je ne dispose même pas d'une chambre à donner. Quel genre de vie pourrais-je offrir à ce garçon ?

Elle ne répondit pas, et Wylie se tourna avec colère vers Durango.

— C'est toi qui as eu cette idée, Durango, j'en suis sûr ! Pour qu'elle ait une mauvaise opinion de moi. Maintenant que tu m'as montré à Josselyne « sous mon vrai jour », tu vas jouer les héros et proposer de te charger de cette petite fripouille ?

— Il n'est pas la personne qui convient pour cette tâche, intervint Josselyne, terriblement déçue.

— C'est possible, Josselyne, rétorqua Durango avec un sourire méprisant, mais je n'ai pas un cœur de pierre, comme ce misérable individu ici présent. Viens, fils, dit-il gentiment à Cisco. Ça sent mauvais, ici. Je me demande si les clients de Wylie savent qu'il vend des marchandises avariées...

— Oh, toi ! éclata Wylie.

— Du calme, du calme, Wylie. Tu ne voudrais pas donner à notre petite religieuse une encore plus mauvaise impression de toi... Ça pourrait te coûter cher, si tu veux rester dans la course.

— Ne lui prêtez pas attention, Josselyne, dit Wylie, les dents serrées. Vous n'êtes pas dupe, n'est-ce pas ? C'est une ruse pour gagner vos faveurs et vous détourner de moi. Il veut la part de Red, aussi essaye-t-il de nous évincer, Victoria et moi — comme il a évincé les autres — pour tout avoir. As-tu aussi l'intention de me tuer, Durango, et de maquiller le crime en accident, comme tu l'as fait pour Forbes et Red ?

Josselyne pâlit en entendant formuler à haute voix les soupçons qu'elle nourrissait en secret.

— Bon Dieu, Wylie, si tu étais armé d'autre chose que ton pistolet joujou, je te descendrais sur place pour ces paroles, prononça Durango d'une voix qui donna des sueurs froides à Josselyne. Je t'avertis, si tu répètes une seule fois cette calomnie, tu auras intérêt à porter un holster à la ceinture, parce que tu ne t'en tirerais pas si facilement, même en souvenir du vieux temps.

Traînant Cisco derrière lui, Durango traversa le magasin, s'arrêta à la porte, se retourna avec un regard dédaigneux à Josselyne.

— Un bon conseil, ma sœur. Si j'étais vous, je mettrais mon argent à la banque, en lieu sûr.

La porte claqua derrière lui et toutes les sonnettes se mirent à tinter comme un glas dans le silence qui s'était abattu sur la pièce.

7

— A-t-il tué mon père, Wylie ? demanda Josselyne en tremblant. L'a-t-il fait ? Répondez-moi ! *Durango a-t-il tué mon père ?*

— Je le crois, oui, répondit Wylie, ses yeux gris voilés par une émotion indéfinissable. Attendez, Josselyne, attendez !

Trop tard. Dans un envol de jupe et de voile, la jeune fille s'était précipitée dans la rue. Un chariot faillit la renverser et s'arrêta juste à temps, les chevaux cabrés menaçant de la heurter de leurs sabots. Le conducteur, effrayé, l'insulta. Elle ne voyait rien. Elle n'entendait rien. Elle voulait seulement rattraper la haute silhouette sombre de Durango qui se dirigeait à grandes enjambées vers le saloon, Cisco trottinant à côté de lui.

— Durango ! Durango ! criait-elle, avec l'impression que ses poumons allaient éclater, tandis qu'elle descendait la rue en courant. Durango !

Il allait pousser la porte du saloon quand il l'entendit. Il se retourna, l'œil noir, et s'arrêta sur le trottoir pour l'attendre.

Elle arriva enfin, épuisée, essoufflée, avec un douloureux point de côté.

— C'est... c'est vrai ? Vous... vous avez fait ça ? demanda-t-elle, cherchant désespérément à lire la vérité sur son visage. Vous avez... tué mon père ?

— Me croirez-vous si je vous dis non ?

— Je n'en sais rien... répondit-elle franchement.

A ce moment, alors qu'il la regardait bien en face, comme un homme qui n'a rien à se reprocher, elle doutait.

— Alors, à quoi serviraient mes dénégations ? dit-il, la mâchoire serrée.

— Je ne sais pas.

— Dans ce cas, pourquoi m'avoir suivi ?

Il s'exprimait sèchement, les yeux plissés, le regard perçant.

— Je ne sais pas, répéta-t-elle.

— En effet, ma sœur, vous ne savez pas grand-chose.

Il l'observa une longue minute avant de se tourner vers la porte du saloon en criant :

— Ho-Sing ! Viens voir un peu !

Un Chinois apparut aussitôt, souriant et saluant, avec sa longue natte noire, un tablier noué autour de la taille, armé d'un grand couteau.

— Ho-Sing, voici Cisco, présenta Durango qui tenait encore la main de l'enfant. Emmène-le, donne-lui un bain, trouve-lui des vêtements corrects et prépare-lui un repas. Puis enferme-le dans la réserve jusqu'à mon retour. Je te préviens, il ne se laissera pas faire, il essaiera de s'échapper. Il est sous ta responsabilité. S'il réussit à filer, je coupe ta natte !

Le Chinois continuait à sourire, mais visiblement il prenait les ordres de son patron au sérieux. Il s'adressa à Cisco.

— Toi pas faire couper natte Ho-Sing, petit garçon crasseux. Toi prendre bain. Toi t'habiller proprement. Toi manger. Allez.

Il l'attrapa par l'oreille et, quand l'enfant protesta, il le secoua.

— Chut ! Toi tranquille. Les dames en haut faire la sieste. Toi pas contrarier Ho-Sing, sinon moi te couper en rondelles et te mettre dans la soupe. Toi pas beaucoup viande sur os, mais sûrement bon goût. Mmm... Faire bon repas chinois.

Il se lécha les lèvres d'un air gourmand.

Cisco, terrifié, se mit à gigoter, à hurler, à jurer en espagnol et en anglais, jusqu'à ce que Ho-Sing lui assène un bon coup sur la tête du plat de son coutelas avant de l'entraîner à l'intérieur du saloon en le morigénant avec véhémence dans un charabia aussi incompréhensible que celui de Cisco.

— Vous allez vraiment le garder ? demanda Josselyne, incapable de dissimuler un sourire devant le comique de la scène.

— Eh bien, le saloon n'est sûrement pas le meilleur foyer pour un garçon de son âge, mais c'est mieux que rien, je pense. Il aura au moins un toit sur la tête et trois repas par jour... et s'il veut me jouer un de ses vilains tours, il le regrettera. Je n'ai aucune intention de me laisser damer le pion par un gamin de son espèce !

Il n'y avait rien à répondre. Un saloon devait représenter le paradis comparé à un sordide coin de rue. Certes, elle n'approuvait pas que Cisco fût exposé à d'affreuses tentations comme la boisson, le jeu et les « dames en haut ». Néanmoins, n'ayant pas d'autre solution en tête, elle décida de ne pas s'opposer à cet arrangement, du moins pas avant la messe de dimanche à Saint-Patrick, où elle parlerait au Père Flanagan. De toute évidence, Durango et Ho-Sing n'auraient aucun mal à empêcher le gamin de s'enfuir, ni à le faire obéir. Cependant, elle était encore surprise que Durango eût pris la peine de se charger de lui. C'était un geste de bonté qu'elle n'aurait jamais attendu de sa part, et c'était en tout cas une réaction nettement plus généreuse que celle de Wylie. Elle se demanda vaguement si Durango avait une arrière-pensée en recueillant Cisco, mais au fond d'elle, elle ne le croyait pas.

— Je devrais vous remercier de le prendre chez vous, dit-elle.

— Oh, mais ne croyez pas que ce soit tout à fait désintéressé, dit-il avec un sourire cynique. Pour me remercier d'avoir fourni un toit à ce malheureux gamin, vous allez être obligée de m'accompagner à la banque, où vous ouvrirez un compte et déposerez votre argent. Je suis sûr que la présence d'un enfant dans mon établissement ne bouleversera pas mon existence, néanmoins je ne tiens pas à ce que vous vous fassiez attaquer de nouveau par un petit voyou et que vous me le colliez ensuite sur les bras. Franchement, ce serait plus que je ne peux en supporter.

Il la prit par le bras et l'emmena à la *First*

National Bank, qui se trouvait de l'autre côté de la rue.

Quand ils en ressortirent, Josselyne avait la bourse bien plus légère... et l'esprit aussi, rassurée qu'elle était de savoir son argent en sécurité au fond d'un coffre inviolable. Elle aurait dû s'en occuper dès son arrivée à Central City, mais elle n'y avait même pas pensé. Au couvent, elle rangeait l'argent de poche que son père lui envoyait parfois dans sa commode dont elle ne fermait même pas le tiroir à clé. Personne n'aurait eu l'idée de fouiller ses affaires... et encore moins de la voler !

En silence, ils se mirent en chemin pour la pension de Miss Hattie. Josselyne se demandait si elle pouvait faire confiance à Durango ou non, pourtant elle avait besoin de lui pour l'emmener au Pied de l'Arc-en-Ciel. Au début, elle avait été convaincue qu'il était le saboteur, le meurtrier, elle en aurait mis sa main à couper. Après l'épisode de cet après-midi, elle n'était plus sûre de rien. Durango De Navarre était un escroc, c'était certain. Mais il représentait aussi une énigme, et il fallait absolument qu'elle en apprenne davantage sur lui, pour le repos de l'âme de son père, et pour elle aussi. Même s'il avait tué Forbes et Red, elle ne se sentait pas en danger imminent. Ni Wylie ni lui n'avaient intérêt à lui faire du mal avant d'avoir obtenu les parts de Red — celles de Josselyne à présent. Elle ne se mettrait en position dangereuse, voire fatale, qu'au moment où elle déciderait — si cela se produisait un jour — d'épouser l'un des deux associés de son père.

— Durango, dit-elle enfin, j'ai une faveur à

vous demander. J'aimerais que vous m'emmeniez visiter la mine.

— Où est le problème ? Wylie a refusé de vous y accompagner ?

— Oui.

— Ça ne m'étonne pas. Il déteste voir les femmes se mêler des affaires des hommes. Il tolère l'intervention de Victoria parce que... il n'a pas le choix. Mais vous... c'est bien différent.

Il s'interrompit, regarda un instant au loin, puis revint à Josselyne.

— Bon. C'est pour ça que vous étiez venue me voir, n'est-ce pas ? Je me suis demandé ce que vous faisiez là, mais ensuite, j'ai complètement oublié de me reposer la question.

— Vous m'emmènerez, n'est-ce pas ?

— Ça dépend.

— Oh... de quoi ? demanda-t-elle, imaginant toutes sortes de réponses plus extravagantes les unes que les autres.

— Savez-vous monter ? fit-il simplement.

— Monter... à cheval, vous voulez dire ?

— Évidemment, à cheval ! répondit-il, une étincelle d'amusement dans le regard. A quoi pensiez-vous ?

— Je... je ne sais pas. Les gens montent des mules, des ânes, par ici, non ?

— Entre autres animaux...

— Quels autres ?

Dans sa naïveté, elle ne comprenait absolument pas à quoi il faisait allusion, pourtant, agacée, elle sentait qu'il s'amusait à ses dépens. Avec un grand sourire, il s'expliqua carrément.

— Des animaux à deux pattes, Josselyne. Franchement, bien que cela ne vous soit sans doute jamais arrivé, je n'aurais pas cru être obligé de préciser ma pensée. Si je me trompe, dites-le-moi, car il m'intéresserait beaucoup de savoir si vous avez... de l'expérience.

Il la parcourait d'un regard ardent, et Josselyne se sentit rougir violemment, tandis qu'elle comprenait enfin la signification de ses paroles. Elle s'embrasait de honte, d'embarras, et d'une autre sensation fort désagréable qui lui faisait battre le cœur, qui la laissait tremblante. Au couvent, elle avait parfois entendu chuchoter des pensionnaires au sujet de ce qui se passait entre un homme et une femme. Et Antoine, au cours de leurs rencontres clandestines, lui avait donné quelques leçons pratiques, quoique incomplètes. Néanmoins, Josselyne ne connaissait pas grand-chose et, bien qu'elle en fût scandalisée, elle avait envie d'en apprendre plus... Or Durango semblait avoir une énorme connaissance du sujet. Malgré tout, elle devinait confusément que cette conversation n'était pas convenable, et elle tenta d'y mettre un terme.

— Vous... vous ne devriez pas me parler ainsi, dit-elle dans un murmure. Vous n'êtes pas un gentleman, Durango.

— Vous me l'avez déjà dit à plusieurs reprises. D'ailleurs je n'ai jamais prétendu en être un ! En fait, contrairement à Wylie, je me suis donné beaucoup de mal pour vous faire comprendre ce que je suis réellement. Mais vous n'avez pas répondu à ma question, Josselyne.

— Non. Non, je ne suis jamais montée sur un cheval... ni sur quoi que ce soit d'autre !

— Vous êtes donc véritablement une novice, dans tous les sens du terme, souffla-t-il. Mon Dieu, vous rougissez ! Vous aurais-je offensée ?

Il était ouvertement ironique, et elle s'irrita :

— Oh, vous êtes diabolique ! Je ne sais vraiment pas pour quelle raison j'ai pu un instant imaginer aller quelque part avec vous !

— Parce que la mine n'est pas un lieu pour une dame, et que Wylie est trop *gentleman* pour vous y emmener, répondit Durango avec un calme exaspérant.

— Et pas vous ?

— Non. C'est bien ce sur quoi vous comptiez, n'est-ce pas ? Il y a certains avantages à mon comportement. Contrairement à Wylie, j'aime bien donner aux femmes ce qu'elles demandent. En outre, avec moi, il ne pourra rien vous arriver, à la mine. Vous risquez tout au plus d'avoir les oreilles blessées par le langage des ouvriers, et le postérieur douloureux à cause de la promenade à cheval.

— Mais... je ne sais pas monter, je vous l'ai dit, lui rappela-t-elle comme ils arrivaient à la porte de la pension. En outre, je n'ai pas de cheval. Apparemment, papa n'en possédait pas, et je n'ai pas assez d'argent pour en louer un. J'espérais... c'est-à-dire, je pensais que vous me prendriez dans votre buggy.

— Ma douce et ravissante amie, croyez bien que je serais ravi de vous prendre dans mon buggy... ou dans mon lit, ou n'importe où, dit-il en riant, ravi de la voir rougir d'humiliation en se rendant compte qu'elle avait encore dit une bêtise. Malheureusement, continua-t-il plus sérieusement, je n'ai guère envie de risquer d'abîmer mon véhicule sur cette route cahoteuse, quelle que soit la qualité de ses ressorts.

Il ouvrit la barrière du jardin et s'effaça pour la laisser passer.

— Il est déjà bien difficile à un chariot de monter cette route, qui n'est rien d'autre qu'un mauvais chemin plein de cailloux et de nids-de-poule.

— Alors, que suggérez-vous, je vous prie ? demanda-t-elle, raide.

Il avait accepté de la conduire à la mine, certes, mais il ne cessait de dresser des obstacles pour l'empêcher de s'y rendre.

Ses yeux brillaient, et elle se demanda quel plan machiavélique venait encore de germer dans son esprit retors.

— Ne vous inquiétez pas, Josselyne ? Si Dieu n'y pourvoit pas, je m'en chargerai. Je passerai vous chercher ici demain matin à dix heures précises. Ça vous va ?

Il toucha son chapeau et tourna les talons. Elle le suivit des yeux, pensive, tandis qu'il s'éloignait en sifflotant.

Perdue dans sa rêverie, elle ne remarqua pas le vieux mineur perché sur un banc à quelque distance, qui la regardait par-dessus son harmonica. Mais Durango, lui, ralentit à sa hauteur et regarda un moment l'homme à la tête penchée, refusant toujours de croire à ce qu'il voyait, dont il était pourtant à peu près sûr. Il jeta une pièce dans le chapeau posé à terre à côté du vieillard et dit :

— Hé, mon brave, si tu connais *Les Yeux verts*, joue-le pour moi, tu veux ? Parce que je crois, oui, je crois vraiment qu'ils commencent à me sourire.

Red O'Rourke eut bien du mal à ne pas bondir pour étrangler Durango De Navarre de ses propres mains.

8

— Il a deviné, Nellie, je te dis !

Red se passa la main dans les cheveux tandis qu'il arpentait nerveusement le boudoir de son amie.

— Durango sait que je suis vivant. Sinon, pourquoi m'aurait-il donné une pièce... et deux fois, encore ? Il m'a regardé bien en face, froidement, et il m'a demandé de lui jouer *Les Yeux verts* parce qu'il croyait qu'ils commençaient à lui sourire. Il me narguait, je te jure, il essayait de me rendre fou pour que je me dévoile ! C'est pourquoi il veut me faire croire qu'il s'intéresse à ma fille.

— D'un autre côté, c'est peut-être vrai... qu'il s'intéresse à Josselyne, je veux dire, suggéra Nell, inquiète. Après tout, grâce à ton satané testament, ils n'ont pas perdu de temps pour la courtiser, Wylie et lui. En plus, même sans ta clause sur les parts de la mine, Josselyne — ou ce qu'on peut en voir sous sa tenue de novice — est une belle jeune femme, Red. Et Dieu sait que Durango et Wylie n'ont pas les yeux dans leur poche !

— Ouais, avoua-t-il. Mais quand même, ça ne devait pas se passer comme ça ! Je voulais qu'ils se bagarrent tous les deux pour obtenir la mine, dans le but de découvrir quel est le salaud qui a saboté le Pied de l'Arc-en-Ciel et assassiné Forbes. Je ne m'attendais pas qu'une de ces canailles promène ma fille à longueur de journée à travers le pays, pendant que l'autre se demande comment il arrivera à soulever ses jupes ! Tudieu ! Cette idée me rend fou ! Si Durango sait que je suis en vie, tu peux être sûre qu'il ne pensera plus au mariage, puisqu'il n'aura plus aucune chance d'obtenir mes parts en épousant Josselyne.

— Tu ne peux être sûr de rien, fit remarquer Nell. Tu te fais peut-être des idées parce que ta conscience n'est pas en repos. Et si c'est le cas, c'est bien fait pour toi ? Tu devrais avoir honte d'avoir utilisé ta fille comme appât dans ton plan pervers, Red ! Je suis allée à la boutique de Wylie ce matin, et l'employé, Quigg, m'a dit qu'hier Wylie avait accusé Durango de vous avoir assassinés, Forbes et toi. Durango aurait répondu que la prochaine fois qu'il dirait une chose pareille, il le tuerait.

— Bon, voilà ce que j'attendais ! s'écria Red en se frottant les mains, ravi.

— Red O'Rourke ! Tu es capable de déclarer froidement que tu espères voir Durango et Wylie s'entre-tuer ? s'indigna Nell.

— Mais non, chérie. Ils n'en arriveront pas là, Wylie est bien trop prudent pour se battre contre Durango, et Durango ne tirerait jamais sur un type qui ne serait pas aussi bien armé que lui. Non, tout se passera à la dérobée... et c'est alors que je découvrirai quel est le fils de garce qui veut s'approprier la mine. En attendant, Nellie, ma belle, je compte sur toi pour donner à ma fille quelques conseils avisés au sujet des hommes... surtout des canailles comme Wylie et Durango.

— Et comment veux-tu que je m'y prenne ? le contra-t-elle avec un regard noir. Grâce à toi et à ton misérable testament, la pauvre petite ne veut pas me voir, et je ne peux guère le lui reprocher ! Elle croit que je suis une catin qui a tenté de la séparer de son père et qui veut maintenant mettre la main sur son héritage. Elle devient rouge comme une tomate chaque fois qu'elle invente un prétexte pour refuser poliment une de mes invitations. C'est parce qu'elle ment, et que c'est un péché. Elle a décliné toutes mes tentatives de rapprochement. Alors, qu'as-tu à suggérer ?

— Ma foi, Nellie, je n'avais jamais remarqué que tu manquais de vivacité d'esprit ou de débrouillardise, dit Red, l'air étonné. Tu es actrice, non ? Et une sacrément bonne actrice, encore, je l'ai toujours dit. Fais semblant d'ignorer les bonnes manières et invite-toi à prendre le thé. Installe-toi dans le salon de Miss Hattie et refuse d'en bouger jusqu'à ce que Jossie vienne te rejoindre. Ça ne me semble pas très compliqué !

— Ah, les hommes ! soupira Nellie en levant les yeux au ciel. Que le diable vous emporte, tous ! Alors il faut que je passe non seulement pour une femme intéressée, mais en plus pour une sotte mal éduquée, c'est ça ! Je te préviens, Red, quand toute cette histoire sera terminée, tu auras intérêt à mettre les choses au point entre la petite et moi, sinon, par le ciel, je jure qu'elle ne te pardonnera jamais, et moi non plus !

— Allons, allons, Nellie, ma chérie !

— Pas de « chérie » avec moi, Red O'Rourke, ça ne marche pas ! Et ne m'approche pas, car je ne me laisserai pas attendrir par tes caresses ou tes baisers. L'un de nous deux doit garder le sens commun pour aider cette chère enfant — avant que Wylie ne la conduise à l'église ou que Durango ne l'entraîne sur la mauvaise voie.

Elle saisit rageusement son chapeau, ses gants et son ombrelle.

— Ceci étant dit, je vais de ce pas ruiner ma réputation de personne bien élevée... Ce qui, après tout, vaut mieux que de se conduire en total inconscient, comme toi !

— Bravo, mon amour ! applaudit Red. C'est parfait ! Je savais bien que tu ne me laisserais pas tomber. Maintenant, vas-y, et sans traîner !

— Oh, toi... toi ! Je ne sais pas ce que je te ferais ! cria-t-elle.

Laissant derrière elle un sillage de parfum, elle sortit en claquant la porte, faisant trembler toutes les fenêtres de la maison.

— Elle n'est pas rousse, mais elle a certainement le foutu caractère irlandais, marmonna Red après son départ.

Soudain, il fit un bond quand, sous l'effet de résonance du choc, un vase, posé sur le manteau de la cheminée, alla s'écraser bruyamment au sol.

Comme bien des femmes, Nell avait eu le dernier mot, finalement.

9

Quelques semaines plus tôt, la Révérende Mère s'était installée dans son fauteuil et avait chaussé ses lunettes pour entreprendre la lecture de la lettre de Josselyne. Elle était longue — plusieurs pages — et ici et là, l'encre avait bavé, noyée par des larmes. Ça n'avait pas été facile, apparemment, à Central City, la jeune fille avait été profondément bouleversée par l'étrange testament de son père. Elle connaissait à peine ses associés, pourtant, il lui fallait en choisir un pour époux. Or l'un des deux était un véritable filou. Elle s'interrogeait également sur son désir de prendre le voile, et suppliait la Mère Supérieure de lui donner son avis.

La vieille dame replia la lettre en soupirant, pensive. Puis elle ôta ses lunettes et se frotta les yeux avec lassitude. La journée avait été longue. De nombreux problèmes avaient requis son attention, dont le plus grave était sans doute le rapport de Sœur Theresa sur l'état des finances de l'établissement. Le couvent était pauvre, et la situation s'aggravait sans cesse. Malheureusement, c'était inévitable. Les familles catholiques qui, traditionnellement, envoyaient leurs filles dans cette institution, avaient presque toutes émigré vers d'autres quartiers de Boston. A présent, le Nord était principalement habité par des Juifs.

La Révérende Mère avait envoyé de nombreux courriers aux autorités religieuses pour les informer de cet état de fait et leur annoncer que, faute d'élèves et d'argent, elle avait déjà dû fermer une aile du couvent. Elle avait reçu en retour des paroles de sympathie, mais aucune aide concrète. On ne pouvait pas grand-chose pour elle. Les temps étaient difficiles, et il n'était pas simple de transférer un couvent d'un endroit à un autre. Il existait d'autres priorités. Même dans une ville comme Central City « la plus riche du monde », on trouvait, d'après la lettre de Josselyne, des veuves et des orphelins dans le besoin. Cette idée avait fait mal à la Mère Supérieure, qui aimait énormément les enfants, avec leur fraîcheur, leur innocence, leur besoin d'apprendre. Ils représentaient la promesse du futur.

Eh bien, si elle ne pouvait rien pour le couvent en ce moment, elle se rendrait tout de même utile en répondant à Josselyne.

Elle entreprit de rédiger une longue lettre, de cette belle écriture que toutes les sœurs lui enviaient, et qui était en fait le secret péché de vanité de la Mère Supérieure.

Chère Josselyne...

La vieille dame termina son pénible message et le posta, espérant que le coup ne serait pas trop violent pour la pauvre jeune fille qui pliait déjà sous de bien douloureux fardeaux à Central City.

Le soleil avait absorbé le brouillard matinal pour révéler une splendide matinée de printemps. Durango arriva à la portée de la pension de famille, monté sur son étalon noir, tenant par la bride un petit âne gris. Josselyne en fut à la fois irritée et amusée.

— Vous voyez, ma sœur, dit-il en souriant, je vous avais dit de ne pas vous inquiéter. Dieu — avec un peu de mon aide, je l'avoue — a pourvu à tout. Voici Sassafras, le plus doux et le plus paresseux petit âne que vous connaîtrez jamais. Il est très affectueux, et il ne risque absolument pas de s'emballer. En fait, il vous faudra sûrement une badine rien que pour le faire avancer d'un pas. Et comme il n'est pas très grand, même si vous tombez, ce ne sera pas de haut.

— C'est une plaisanterie, Durango ? demanda Josselyne, hésitant entre l'indignation et la reconnaissance tandis qu'elle regardait le petit animal avec méfiance.

— Pas du tout ! protesta-t-il en prenant l'air blessé. En fait, Sassafras semblait envoyé par le ciel, et j'ai été sûr que le Seigneur vous le destinait.

— Que voulez-vous dire ? Comment l'avez-vous trouvé ?

Elle ne pouvait s'empêcher de se demander s'il ne l'avait pas volé !

— Je l'ai gagné ! annonça-t-il triomphalement. Aux cartes, hier soir. Normalement, je ne l'aurais jamais accepté, vous pensez bien. Mais le prospecteur qui l'a mis dans la partie ne possédait plus que ça, et le malheureux avait tellement envie de rentrer chez lui, dans l'Est... Comme mon jeu n'était pas merveilleux, j'avais peu de chance de gagner le coup. Mais le destin en a décidé autrement. J'ai tiré la dame de cœur, qui était justement la carte qu'il me fallait. J'en ai conclu que, puisque je n'avais absolument aucun besoin d'un âne, Dieu vous le destinait, Josselyne. Donc, si vous le voulez, il est à vous.

— Eh bien, je... je ne sais que dire...

La jeune fille avait un peu honte de l'avoir soupçonné de vol... encore que l'avoir gagné au jeu fût à peine plus convenable. Mais à cheval donné — ou âne, en l'occurrence — on ne regarde pas les dents, se rappela-t-elle.

— Dites oui, et nous y allons...

Durango sauta légèrement à terre.

— Ho-Sing nous a préparé un pique-nique, dit-il en montrant un panier accroché à sa selle. Un mélange de nourriture chinoise, mexicaine et je ne sais quoi encore, mais au moins, vous ne mourrez pas de faim...

Josselyne fut non seulement surprise mais touchée de sa gentillesse qui révélait un aspect de sa personnalité qu'elle avait du mal à concilier avec son image de meurtrier. D'ailleurs, plus le temps passait, plus elle revenait sur son opinion première. Pourtant, si ni Durango ni Wylie n'étaient coupables, qui était le criminel ? Victoria ? Peu vraisemblable — sauf si elle avait été aidée. Un des employés de la mine ? C'était la seule conclusion logique... Cependant, il restait à trouver le motif, car aucun des mineurs ne profitait de la fermeture provisoire de la mine.

Durango l'aida à monter en selle et lui expliqua

patiemment comment diriger l'âne. Enfin, doucement, ils se mirent en route. Josselyne encourageait sa monture à l'aide d'une badine que Durango avait coupée à un arbre du jardin de Miss Hattie.

Sur Eureka Street, ils furent hélés par Nell. Elle leur expliqua qu'elle était en route pour la pension de famille où elle avait l'intention de prendre le thé avec Josselyne.

— Désolée de vous faire faux bond, Nell, dit la jeune fille en rougissant de ce demi-mensonge, mais Durango m'emmène au Pied de l'Arc-en-Ciel. J'ai très envie de visiter la mine qui a été partie intégrante de la vie de papa. Nous nous verrons une autre fois, j'espère.

— Demain après-midi ? insista Nell.

Incapable de trouver une nouvelle excuse, Josselyne fut obligée d'accepter.

Après avoir annoncé qu'elle arriverait à quatre heures le lendemain à la pension, Nell s'éloigna vivement, comme si elle avait soudain hâte de disparaître.

Durango et Josselyne laissèrent rapidement Central City derrière eux et commencèrent l'ascension de la colline.

Josselyne, inquiète au début, prit peu à peu de l'assurance. Sa monture ne risquait pas de s'emballer, et elle se contentait de trottiner gentiment derrière l'étalon de Durango. La jeune fille, enfin détendue, prit le temps de regarder autour d'elle.

Au début de la ruée vers l'or, les collines étaient couvertes d'arbres. A présent, beaucoup étaient entièrement déboisées. On avait utilisé les troncs pour construire des habitations et édifier les mines qui parsemaient le paysage. Il ne restait que quelques bouquets de pins, épicéas et peupliers caractéristiques de la région. Sur les tertres herbeux, les fleurs sauvages s'étalaient comme une vaste mer balayée par le vent, tandis que les sommets enneigés des montagnes se dressaient, scintillants, dans le soleil. Des rubans de nuages flottaient dans le ciel bleu cobalt, et l'air, débarrassé de l'odeur de fumée, était riche des parfums vifs du printemps et de la terre.

Josselyne, maintenant habituée à respirer en altitude, humait avec délice les fragrances de la nature, qui se mêlaient à celles des bêtes et du cuir des selles.

Sassafras avait une fourrure courte et rugueuse quand on la caressait à rebrousse-poil et une oreille pendante qui lui donnait un petit air de comique triste tout à fait émouvant. Parfois, il agitait sa longue queue afin de chasser les mouches, et ne manquait pas de heurter Josselyne au passage, comme pour se venger des coups de baguette qu'il recevait lorsqu'il traînait ou s'attardait à arracher une touffe d'herbe au bord du chemin.

La route, comme l'avait dit Durango, n'était guère plus que deux ornières creusées par les roues des chariots dans le sol rocheux. Ici et là, des rocs tombés d'un éboulis obstruaient le chemin, mais malgré les difficultés, Sassafras avait le pied sûr et Josselyne ne redoutait plus qu'il trébuchât et l'entraînât dans sa chute au fond des canyons qui bordaient le sentier. Néanmoins, elle s'accrochait au pommeau de la selle, qu'elle ne lâcha pas avant d'arriver en vue de la mine.

Elle en avait aperçu beaucoup, au cours des dernières semaines, mais elle fut terriblement déçue par le Pied de l'Arc-en-Ciel, qui était dans un état lamentable. En fait, la concession semblait plus délabrée que certaines autres dont Josselyne avait pensé qu'il s'agissait des plus pauvres de la région. L'endroit était parsemé de rochers et autres débris dus à l'excavation en cours, et les baraquements étaient si mal entretenus qu'elle s'étonna qu'ils ne fussent pas soufflés par le moindre coup de vent. Des planches de bois, résidus de l'explosion de la chambre des pompes et celle des machines, jonchaient le sol rendu boueux par les pluies printanières.

Un sanglot amer étrangla Josselyne. C'était le rêve de son père, pour lequel il s'était donné tant de mal, à cause duquel elle n'avait pu venir le rejoindre dans le Colorado quand il en était encore temps. Elle avait envie de rire jusqu'à en pleurer, et elle eut du mal à retenir le cri sauvage qui montait en elle.

Durango l'observait entre ses paupières mi-closes.

— Pas tout à fait ce à quoi vous vous attendiez, hein ?

— Non, pas vraiment, parvint-elle à articuler en se détournant pour cacher les larmes qui lui montaient soudain aux yeux.

— Les apparences sont souvent trompeuses, Josselyne, dit-il, énigmatique.

Elle eut l'étrange impression qu'il ne faisait pas seulement allusion à la mine. Voulait-il parler de lui ? Elle lui lança un coup d'œil de biais.

Elle l'avait presque toujours vu avec son chapeau à large bord rabattu sur les yeux, plutôt sale et mal rasé, un cigare entre les dents et une bouteille d'alcool — du mescal avait-elle appris — à la main. D'ailleurs il était en train d'en sortir une de sa sacoche. Il la déboucha et en avala une grosse gorgée au goulot avant de s'essuyer la bouche d'un revers de manche. Puis il sourit devant son air réprobateur.

— Ça donne soif, de monter à cheval, déclara-t-il en remettant le bouchon en place. Venez. Je vais vous faire faire le tour du propriétaire et vous présenter les ouvriers — si toutefois vous avez encore envie de visiter cet endroit peu attrayant qu'est une mine d'or détruite par une explosion... Comme Wylie vous l'a dit, ce n'est pas un lieu pour une dame...

— Vous regrettez de m'avoir amenée ? demanda Josselyne, soupçonneuse.

— Pas du tout ! Je craignais au contraire que *vous* ne le regrettiez.

— Pas du tout ! répondit-elle en écho.

— Dans ce cas, allons-y !

Ils menèrent leurs montures jusqu'à l'entrée de la mine. Durango aida Josselyne à mettre pied à terre, en la tenant solidement par la taille. Heureusement, car elle se tordit la cheville sur une pierre et serait tombée s'il ne l'avait retenue. Déséquilibrée, elle s'agrippa machinalement à lui... et retint son souffle en sentant contre elle le corps musclé et puissant de son compagnon. Elle se dit vaguement qu'il avait certainement pris un bain le matin, car il sentait bon, mélange de savon épicé, de tabac, et son haleine était douce sur sa joue. Elle leva les yeux vers son visage et vit dans son regard une lueur qui la fit frissonner de la tête aux pieds. Son cœur se mit à battre la chamade et tout au fond d'elle naquit une sensation, à laquelle elle ne voulait pas donner de nom, qui l'effraya et la stimula à la fois. Elle avait si chaud qu'elle craignit un instant de s'évanouir.

Toute rouge de confusion, elle se dégagea et recula en prenant garde à l'endroit où elle mettait les pieds. Quand elle osa enfin le regarder de nouveau, il avait un air impénétrable... et elle ne saurait jamais ce qu'il en coûtait à Durango de masquer ses émotions.

L'incident avait l'air si naturel, pensait-il, lorsque Josselyne lui était tombée dans les bras... Et peut-être était-ce réellement un hasard. Mais il pouvait s'agir aussi de l'acte calculé d'une comédienne accomplie. Où était la vérité ? Plus troublant encore. Il ne pouvait nier avoir eu envie d'elle quand il l'avait tenue entre ses bras. Elle sentait la lavande et le printemps. Son corps était doux, souple, et il déplorait qu'elle portât la robe de novice qui dissimulait ses formes. Si seulement il pouvait lentement, très lentement, la dépouiller de ses vêtements, ôter son voile pour voir la couleur de sa chevelure. Il était furieux de ne pas savoir si elle était nonne ou garce — ce qu'à l'instant, il souhaitait presque.

Il attacha leurs montures devant la cabane qui servait de cuisine, puis il prit le panier de pique-nique, et ils pénétrèrent dans le long bâtiment. Là il lui présenta le premier des neuf employés qu'elle rencontrerait à la mine, un homme maigre et nerveux surnommé le Vétéran depuis si longtemps que lui-même avait presque oublié son vrai nom.

— La fille de Red, tu dis ? Que je sois damné ! s'écria-t-il en secouant la tête. Je savais même pas qu'il en avait une ! Heureux de vous connaître, ma sœur.

— Le Vétéran cuisine pour tous les ouvriers, Josselyne, expliqua Durango en posant le panier sur la longue table commune. Mais je ne vous conseille pas de goûter ses plats. Ses haricots sont durs comme des cailloux et ses biscuits feraient d'excellentes munitions pour un fusil.

— Oh, ça va, Durango ! dit le vieil homme en crachant du jus de chique au sol pour bien montrer ce qu'il pensait des commentaires de son patron. Quelqu'un qui vend du whisky frelaté n'a pas de leçons à me donner !

Il se tourna vers la jeune fille.

— L'écoutez pas, ma sœur. Il plaisante, voilà tout. Ils s'amusent tous à me mettre en boîte pour voir si je vais m'énerver. Et moi je réponds. « Si vous aimez pas ma cuisine, trouvez quelqu'un d'autre. » Ça me vexe pas du tout, j'ai jamais dit que j'étais capable de faire autre chose que du bon pain noir. Et il est fameux, parce que j'en garde toujours un bout pour faire de la levure à la miche suivante. Alors, qu'ils trouvent quelqu'un d'autre s'ils veulent. Voilà ce que je réponds ! En attendant, ils ont intérêt à la fermer et rester hors de ma cuisine. Peut-être que je fais pas des trucs originaux comme le satané Chinois de Durango, mais au moins quand on s'assied à ma table, on sait ce qu'on mange... C'est pas comme Ho-Sing qui fait du ragoût de chien, j'en suis sûr !

Le sourire de Josselyne, que le discours du Vétéran avait amusée, s'éteignit brusquement. Elle jeta un coup d'œil soupçonneux au panier, et Durango éclata d'un grand rire.

— Je vous l'assure, Josselyne, quoi que cet individu puisse vous raconter, Ho-Sing ne se sert jamais de la viande de chien quand il cuisine ! Le Vétéran, tu devrais avoir honte de raconter des absurdités pareilles. Pour la peine, j'ai presque envie de renoncer à te demander un morceau de ce pain dont tu te vantes tellement, et sur lequel je comptais afin d'améliorer notre pique-nique !

Le brave homme eut un sourire réjoui.

— Ben, je devrais pouvoir vous en donner deux tranches, et peut-être un peu de beurre, puisque c'est pour la fille de Red. Je tiens pas à ce que vous mouriez de faim, ma sœur. Parce que je veux bien être pendu s'il y a quelque chose de bouff... de mangeable dans ce foutu panier !

Laissant le vieil homme à sa cuisine, Josselyne et Durango se dirigèrent vers le bâtiment qui abritait l'entrée principale de la mine. A l'intérieur se trouvaient des machines et des structures qui parurent fort compliquées à Josselyne jusqu'à ce que Durango lui en expliquât le fonctionnement.

Il y avait d'abord les chevalements, de première importance — un échafaudage installé sur le sommet du puits, qui portait la corde d'extraction, un énorme câble d'acier tressé. Puis le treuil, où Josselyne ne vit qu'un enchevêtrement de roues et d'engrenages tandis que Novak, le machiniste, en enroulant ou déroulant le câble sur une gigantesque bobine, faisait monter ou descendre une benne à minerai pour envoyer du matériel au fond du puits et remonter les débris.

Loin en dessous, on entendait le ronronnement des autres machines et outils — foreuses, avaleurs, masses, pioches, pelles, haches, soufflards, pompe. Il y avait aussi le bruit que faisaient les chariots sur les rails et le tintement incessant de la cloche qui était le seul moyen pour ceux d'en bas de communiquer avec le machiniste, et vice versa. Dans une mine plus importante, on aurait trouvé au moins deux ou trois cloches distinctes et un nombre équivalent d'élévateurs. Mais le Pied de l'Arc-en-Ciel n'en possédait même pas un. Les ouvriers devaient se déplacer du haut en bas du puits dans la benne à minerai, et ils étaient obligés de s'en remettre entièrement à Novak quant au bon fonctionnement de l'engin.

Josselyne, en apprenant cela, ne s'étonnait plus que le Slave taciturne lui eût à peine accordé un coup d'œil quand Durango le lui avait présenté. La sécurité des mineurs dépendait de lui. A la moindre erreur de sa part, ils dégringoleraient, rebondissant contre les parois, et leurs restes iraient s'écraser tout au fond, dans le puisard d'eau bouillante responsable de la vapeur qui s'échappait du puits.

Tel avait été l'horrible sort réservé à Forbes Houghton. Quand cela se produisait, il fallait, comme pour Forbes, attraper les restes des malheureux à l'aide de grappins afin de pouvoir les enterrer convenablement. Des chutes de ce genre étaient la principale cause de mortalité dans les mines, et elles étaient provoquées la plupart du temps par l'espèce d'ivresse qui s'emparait des mineurs lorsque, leur travail terminé, ils remontaient vers la surface. Ils perdaient alors tout sens de l'équilibre et basculaient hors de la benne.

En entendant cela, Josselyne eut le cœur retourné, et elle envisagea de renoncer à explorer la mine plus avant. L'idée de monter dans la benne et de descendre comme un poids mort dans les profondeurs noires et fumantes du puits la terrorisait.

— N'ayez pas peur, Josselyne, la rassura Durango. Novak connaît son travail. Mais si vous préférez rentrer tout de suite...

— Non, dit-elle enfin en levant résolument le menton. Si je dois devenir un jour la propriétaire d'un quart de la mine, il est important que je connaisse tous les aspects de son fonctionnement. Sinon, Wylie, vous et même Victoria aurez toujours un avantage sur moi dans notre association.

— Wylie et moi, certainement, si vous avez décidé de vous plier aux dernières volontés de Red pour obtenir vos parts de l'exploitation, fit remarquer Durango avec un petit sourire, les yeux brillants.

Il marqua un temps pour la laisser s'imprégner de ses paroles, puis il reprit sur le ton de la conversation, le visage indéchiffrable.

— Wylie vous a-t-il déjà adressé sa demande en mariage ?

Une seconde, Josselyne eut envie de répondre par l'affirmative, pour voir sa réaction. Mais elle réalisa que si Durango était le meurtrier, elle se mettrait ainsi en danger. Et brusquement, le puits lui sembla dangereux, avec ses profondeurs béantes, ses ombres sinistres, la fumée qui semblait sortir de la bouche d'un monstre invisible. Si Durango la poussait, pour déclarer ensuite qu'elle était tombée accidentellement, il était vraisemblable que Novak, tout absorbé par sa tâche, serait incapable de témoigner du contraire.

Elle se rendit compte, malgré sa frayeur, que Durango était aussi tendu qu'elle, sous son attitude nonchalante, tandis qu'il attendait sa réponse. Un peu comme un prédateur qui se prépare à bondir sur sa proie. Prenait-il son élan pour la pousser dans le puits, comme il avait peut-être poussé Forbes ?

Le plus discrètement possible, elle s'éloigna du trou menaçant. Inutile de tenter le sort, si ses soupçons se révélaient exacts, se dit-elle.

— Non, Wylie n'a pas encore parlé de mariage.

— Mais vous pensez qu'il le fera avant la fin de la fatidique année, n'est-ce pas ?

— Je crois, commença Josselyne en choisissant soigneusement ses mots, qu'aucun d'entre nous — pas même vous, Durango — ne tient à voir les parts de papa finir sous forme de théâtre au bénéfice de Nell Tierney.

— C'est vrai. Et comme je suis un célibataire endurci, il ne nous reste plus qu'à espérer voir Wylie se résoudre à aller chez le Père Flanagan apprendre le catéchisme. Ainsi, quand il sera prêt à franchir le pas, si cela se produit, vous pourrez répondre oui, n'est-ce pas ?

Bien qu'elle eût peur de lui, Josselyne fut

piquée au vif, même si cela lui coûtait les parts de Red dans la mine, Durango n'avait visiblement aucune intention de la demander en mariage ! Non qu'elle eût accepté cette brute pour époux ! Tout de même, l'idée qu'il ne s'intéresse absolument pas à elle, ni à son héritage l'intriguait, et sa peur diminuait légèrement.

Ce manque d'avidité ne correspondait pas au profil d'un homme qui aurait saboté la mine et tué deux hommes... Était-il innocent, ou jouait-il avec elle au chat et à la souris ? Elle n'en savait rien. Son cœur inclinait à le disculper. Un homme qui donnait de l'argent à un mendiant et offrait un toit à un petit voleur orphelin ne pouvait commettre de crime. Mais sa tête lui rappelait que les apparences sont parfois trompeuses, comme Durango lui-même l'avait fait remarquer, et que si elle baissait sa garde, elle risquait de signer en même temps son arrêt de mort.

Durango la tira de sa rêverie en lui demandant :

— Vous êtes prête ?

Il montrait la benne que Novak venait de remonter.

— Oui... oui, je le suppose, répondit-elle sans pouvoir maîtriser le tremblement de sa voix.

Bien que Durango lui eût affirmé que la benne pouvait contenir huit hommes, deux à l'intérieur et six accrochés à l'extérieur, elle lui parut extrêmement petite et peu sûre. Elle oscillait dangereusement au bout du câble, et le puits lui parut encore plus sombre et terrifiant. La vapeur montait en sifflant comme si des serpents étaient tapis au fond du trou. L'idée de descendre dans cet enfer, et en plus avec Durango, la paralysait littéralement.

— Vous n'êtes pas obligée, vous savez, lui rappela-t-il en la voyant, toute pâle, se mordre les lèvres comme pour les empêcher de trembler.

— Je... je sais, souffla-t-elle, tentant désespérément de dominer ses émotions. Mais d'une certaine manière, je... je crois qu'il le faut.

— Alors, montez. Et ne regardez surtout pas en bas.

Avant qu'elle eût le temps de comprendre ce qu'il faisait, il l'avait soulevée de terre et la tenait au-dessus du vide. Josselyne sentit sa tête tourner quand elle aperçut l'abîme qui s'ouvrait sous ses pieds. Tout dansait autour d'elle, elle perdait l'équilibre... Il lui sembla qu'elle demeurait une éternité suspendue au-dessus de l'immonde trou, sa vie reposant entre les mains de Durango. Un instant, elle crut vraiment sa dernière heure arrivée. Elle ferma les yeux et se mit à prier. Soudain, il la lâcha, pour la déposer dans la benne qu'il stabilisa alors qu'elle allait se balancer contre les parois du puits. Elle fut tellement soulagée de ne pas avoir été lâchée dans le vide qu'elle s'accrocha au rebord de la benne pour se retenir, car ses jambes se dérobaient sous elle.

— Pour l'amour du ciel, Josselyne, dit-il en la secouant. Ne vous évanouissez pas ! Vous risqueriez de basculer par-dessus bord !

Tout en parlant, il agrippa le câble pour arrêter le mouvement de la benne et sauta à ses côtés. Il la saisit aux bras avec une telle force qu'elle fut sûre d'avoir des bleus le lendemain.

— Ça va ? demanda-t-il d'une voix angoissée. Josselyne, ça va ?

— Oui, parvint-elle à murmurer en ouvrant les yeux, fascinée une fois de plus par le trou qui s'ouvrait sous elle.

— Bon Dieu, vous n'avez pas écouté ce que j'ai dit ? Ne regardez pas en bas ! Ne recommencez plus !

Il la serra brusquement contre lui, et lui enfouit le visage contre sa large poitrine, pour l'empêcher de voir ce vide qui l'attirait et l'effrayait en même temps.

— Ce qui vous arrive s'appelle le vertige, dit-il doucement en caressant sa tête voilée comme pour apaiser un enfant. Cela passera si vous ne regardez pas vers le bas. Je peux vous lâcher, à présent ?

— Oui, dit-elle d'une voix étouffée par les plis de sa chemise blanche, qui sentait bon la lessive.

Elle se demandait distraitement comment il faisait, alors qu'il était propre, pour paraître toujours négligé.

Il la repoussa lentement, sans toutefois lâcher ses bras, au cas où elle serait tentée une nouvelle fois de succomber à la panique. Mais malgré son attirance presque irrésistible pour le trou noir — et son invraisemblable envie d'y plonger — elle parvint à s'accrocher au regard de Durango. Et elle eut la surprise d'y lire de l'inquiétude. Elle était tellement habituée à ses manières cavalières ! Elle en oubliait parfois qu'il savait se conduire parfaitement, quand il le désirait.

— C'est bien, dit-il en souriant. Continuez à me fixer. Je vais demander à Novak de commencer à nous descendre. Nous tomberons assez vite, mais il n'y a aucun danger, le câble est solide.

Vous pouvez vous accrocher au rebord de la benne, mais prenez bien garde de rester à l'intérieur. Sinon, vous risquez de perdre une main, un bras, ou pire. Le puits est étroit, ses parois irrégulières, et parfois le roc a des saillies dangereuses, aiguisées comme des lames. Vous comprenez ?

Elle acquiesça faiblement de la tête. Elle regrettait amèrement d'être venue à la mine, d'avoir insisté pour y descendre. Elle aurait tout donné pour sortir de cette benne, se retrouver sur la terre ferme. Et pourtant, à la simple idée d'avoir à franchir le pas qui la ramènerait sur le plancher du bâtiment, au-dessus du trou noir, elle se trouvait clouée sur place.

Elle comprenait à présent pourquoi Wylie, malgré ses supplications, avait obstinément refusé de la conduire au Pied de l'Arc-en-Ciel. Si seulement Durango avait eu les mêmes scrupules ! Elle le maudit intérieurement. Et elle avait tellement peur qu'elle ne pensa même pas — comme elle l'aurait fait quelques mois auparavant — à demander pardon à Dieu de ses pensées peu charitables à l'égard de Durango. En réalité, elle ne ressentait aucune honte ni culpabilité des paroles peu convenables qui lui venaient d'elles-mêmes à l'esprit.

Elle devait être complètement folle, pour avoir demandé à Durango de l'accompagner ici, en sachant qu'il avait, selon toute vraisemblance, tué Forbes et son père, qu'il projetait probablement de l'assassiner aussi pour qu'elle n'épouse pas Wylie, qu'elle ne le rende pas maître de la moitié de la mine... Peut-être était-il en train de mijoter un plan pour se débarrasser d'elle définitivement... ou pire.

Elle frissonna en se rappelant ce qui avait failli lui arriver avec Antoine, et ses pensées prirent un tour différent, mais tout aussi horrible. Des images de cauchemar lui emplirent l'esprit.

Et si Durango prétendait être un célibataire endurci uniquement pour la mettre en confiance, parce qu'il était certain qu'elle refuserait de l'épouser s'il le lui demandait ? Elle lui avait clairement fait comprendre qu'elle préférait Wylie — mis à part sa religion. Peut-être avait-il décidé de la violer, pour l'obliger à se marier avec lui. Il en était bien capable, après tout. Ce n'était pas un gentleman, elle avait eu maintes fois l'occasion de le constater. Il était catholique, certes, mais sûrement pas pratiquant, tout dans sa façon de vivre le disait : il buvait, jurait, jouait, et fréquentait des prostituées. Donc il ne respecterait pas forcément sa robe de novice... Surtout avec les parts de la mine en jeu. Elle avait été stupide de ne pas y penser plus tôt !

Elle leva les yeux vers lui. Il était si grand, si impressionnant ! Elle se sentit toute petite et fragile. Quelle chance aurait-elle de s'en tirer, s'il décidait, une fois au fond de la mine, de l'attirer vers un coin secret où il pourrait la clouer au sol et abuser brutalement d'elle ? Aucune. Elle serait entièrement à sa merci et, avec tout le bruit qui régnait dans les galeries, personne ne l'entendrait crier. Déjà le son de la pompe était assourdissant, elle imaginait ce que ce serait en bas. Pour la première fois, elle se félicita de se trouver dans une benne et non dans un élévateur. Il ne serait pas assez stupide pour tenter des gestes déplacés dans cet espace instable !

Au moment même où ces idées lui traversaient l'esprit, elle se trouva projetée contre Durango alors que, dans une secousse, la benne se mettait en marche. Absorbée dans ses pensées, elle n'avait pas vu son compagnon donner le signal du départ à Novak, elle ne s'y était pas préparée.

— Courage, Josselyne.

Le souffle de Durango était tiède à son oreille, et elle frémit.

Un courant de peur et d'excitation mêlées la parcourut tandis qu'il la serrait contre lui. La benne descendait à une vitesse vertigineuse entre les murs humides, comme si la serre s'ouvrait sous leurs pieds pour laisser Josselyne suspendue dans les bras de Durango. L'estomac au bord des lèvres, le cœur battant, elle s'accrochait à lui. Ses oreilles bourdonnaient, le vent s'engouffrait sous son voile et sa robe.

La tête contre sa poitrine, Josselyne entendait le battement sourd et régulier du cœur de Durango. Elle baignait dans sa force, sa chaleur, et tremblait de se trouver si proche de tant de virilité. Durango la sentit frémir comme un petit oiseau pris au piège, et il se demanda si c'était par peur de la descente ou par peur de lui. Dans le dernier cas, elle était vraiment innocente, pure... ou extrêmement habile à simuler. Qui était la véritable Josselyne ? Une ingénue, une comédienne patentée ? Il l'apprendrait tôt ou tard, se jura-t-il.

Ses seins, écrasés contre son torse, étaient ronds et doux sous l'habit de novice, leurs pointes durcies par la peur, par le froid... et peut-être par sa présence. Cette idée enchanta Durango, cela prouvait que Josselyne n'était pas aussi insensible à son charme qu'elle le prétendait. A chacune de ses respirations, il sentait sa poitrine se gonfler, tentante, excitante, et le désir montait en lui, irrépressible. Il avait envie de rire et de jurer à la fois, contre le sort qui le poussait à avoir envie d'une religieuse qui lui était interdite, interdite à tous les hommes.

Il connaissait parfaitement son pouvoir sur les femmes, car aucune ne lui avait jamais résisté. Si Josselyne n'avait semé en lui ce petit doute — qu'elle fût bien en réalité une innocente couventine — il l'aurait déjà attirée dans son lit. Ce qui aurait diablement compliqué le plan retors que Red avait élaboré en rédigeant cet invraisemblable testament. Cela aurait aussi compliqué la situation de Wylie, ce Wylie froid et calculateur, cet homme sans foi ni loi qui avait pris Victoria pour maîtresse avant même le décès de Forbes... et qui prendrait aussi Josselyne s'il en avait l'occasion.

Brusquement, les paroles cyniques de Victoria, devant chez Killian, lui revinrent à l'esprit, et l'image de Wylie et Josselyne au lit ensemble s'imposa à son esprit. Ils étaient nus tous les deux, Josselyne ne portait que son voile, voile de religieuse, voile de mariée, et Wylie caressait ses seins, ces mêmes seins que Durango sentait à présent contre lui, tendus, gonflés, audacieux.

Involontairement, il la serra un peu plus, et elle poussa un petit gémissement. *Elle gémira ainsi quand un homme lui fera l'amour,* pensa Durango. Et il ressentit un pincement de jalousie tout à fait inattendu à l'idée que cet homme pût être Wylie.

Si Josselyne avait réellement été élevée au couvent, elle devait attendre du mariage amour et fidélité. Or, Wylie ne saurait lui offrir ni l'un ni l'autre.

Il ne l'aura pas!

Durango le pensait si fort qu'il craignit de s'être exprimé à haute voix. Puis, rassuré, il eut envie de rire, il avait pu, même fugitivement, envisager l'éventualité de s'unir de façon permanente à une religieuse, simplement pour la protéger contre Wylie! S'il était prêt à mettre des bâtons dans les roues de son associé, il ne l'était certainement pas à épouser Josselyne. Que Wylie la prenne donc, se dit-il avec une sorte de sauvagerie. Mais pas son héritage! Après tout, c'était sans doute une tricheuse, une menteuse, la complice du plan machiavélique de son père.

Même s'il se révoltait pour l'instant à cette idée, Durango était à peu près sûr qu'elle était disposée à se vendre au plus offrant... comme Victoria l'avait toujours été, se dit-il avec une certaine amertume.

La seule chose qu'il ne supportait pas était que les parts de la mine fassent partie intégrante de Josselyne. Pas question que Wylie mette la main dessus... Encore que si Red était vivant, comme Durango en était persuadé, il y eût de fortes chances pour qu'il fût le saboteur et l'assassin de Forbes, et qu'il projetât de débarrasser Josselyne d'un époux indésirable. Après quoi ils seraient à eux deux propriétaires de la moitié de la mine. Dans ce cas, en épousant Josselyne, Wylie signerait son arrêt de mort. D'ailleurs, Durango, et même Victoria, ne pourraient ensuite espérer faire de vieux os. Red et Josselyne ne reculeraient pas devant deux crimes supplémentaires pour arriver à leurs fins.

Durango eut soudain envie de voir le visage de Josselyne, mais la vapeur d'eau et l'obscurité ne le permettaient pas. Il la sentait seulement serrée contre lui, tremblante, avec son corps jeune, incroyablement vivant, paradoxalement rendu plus séduisant encore par les plis de l'habit sage qui se soulevait dans le vent. Elle avait l'air d'un ange. D'un ange vengeur. En cette minute, il la désirait et la maudissait à la fois, et il se demandait avec colère si elle était en train d'envisager comment son père et elle allaient le faire disparaître.

DEUXIÈME PARTIE

AU CŒUR DE LA MINE

10

Le Pied de l'Arc-en-Ciel, Colorado, 1877

Bien qu'elle eût toujours peur, Josselyne n'avait plus froid. Plus ils descendaient, plus l'atmosphère devenait chaude et humide, les vagues de vapeur montant à présent comme sur les trottoirs de Boston au cœur de l'été. Elle était provoquée par le puisard, expliqua Durango, un bassin d'eau au fond du puits. Chauffé par le centre même de la terre, le puisard, bouillonnant et sifflant comme un chaudron de sorcière, pouvait atteindre cent cinquante degrés et plus. Un mineur malchanceux qui y tombait, comme Forbes, avait bien peu de chances de s'en tirer. Un journal local avait raconté, le mois précédent, l'histoire d'un homme du nom de John Exley, qui s'était trouvé dans le creuset seulement jusqu'à la taille. On avait pu le sauver rapidement, mais il avait perdu toute la peau de ses jambes, et il était mort peu après.

Quand la benne arriva au fond du puits, Josselyne était couverte de transpiration. Son voile et sa robe lui collaient à la peau, elle avait du mal à respirer. Après que Durango l'eut aidée à sortir de la benne, elle prit son mouchoir et s'épongea le visage, pendant qu'il informait Long Tom Henry qu'ils étaient bien arrivés. Long Tom, il le lui expliqua ensuite, était chargé de contrôler tout ce qui se passait au fond et d'actionner la cloche pour communiquer avec Novak, ce qu'il était en train de faire. C'était un homme plutôt agréable, mais, en dehors du fait qu'elle fût obligée de crier pour couvrir le bruit infernal qui régnait au fond de la mine, Josselyne ne put se résoudre à lui parler. En effet, à l'exception d'un bonnet, d'un pantalon de toile et de ses souliers, Long Tom était nu, son torse musclé luisant dans la faible lumière des lanternes accrochées aux parois du tunnel qui partait du puits.

— Que portez-vous sous votre robe, Josselyne ? hurla Durango pour se faire entendre malgré le vacarme assourdissant des machines.

Elle se tourna vers lui et s'aperçut qu'il était en train de déboutonner sa chemise, révélant une fine toison brune. Elle en fut tellement choquée qu'elle n'entendit même pas son impertinente question. Jamais de sa vie Josselyne n'avait vu un homme torse nu. Mais alors qu'elle s'était vivement détournée de Long Tom, elle se trouva, contre son gré et pour sa plus grande honte, irrésistiblement attirée par le spectacle de Durango à demi nu. Il était doré comme la statue de quelque dieu païen, puissant et mince à la fois. Josselyne ne put s'empêcher de se rappeler qu'il l'avait tenue contre sa poitrine dans la benne, et elle eut l'impression de brûler intérieurement. Durango nota son embarras et sourit.

— Je crois que j'ai... oublié de vous prévenir que l'on ne portait pas grand-chose sur soi, au fond de la mine, dit-il, une lueur diabolique dans le regard.

La colère l'emporta soudain sur la gêne de Josselyne. Il avait volontairement omis de préciser ce détail, elle en était certaine. Mais pourquoi ? Parce qu'il savait que l'idée de la demi-nudité des hommes l'aurait empêchée de descendre dans la mine, et que cela aurait contrecarré ses projets malintentionnés ? La peur d'être violée puis forcée de l'épouser revint s'imposer à son esprit. Il était bien pratique pour lui de pouvoir se débarrasser déjà d'une partie de ses vêtements ! Et que lui avait-il demandé, à l'instant ? Elle essayait de se le rappeler quand il répéta sa question.

— Que portez-vous sous votre robe, Josselyne ?

Il la parcourait d'un regard enveloppant. Elle comprit soudain que sa robe mouillée lui moulait étroitement le corps. Elle rougit violemment, se mordit la lèvre et croisa machinalement les mains sur sa poitrine, comme pour se protéger.

— Cette question n'est pas digne d'un gentleman ! rétorqua-t-elle, ses yeux verts flamboyant.

Son éclat n'eut pas l'effet attendu, car il se contenta de répondre paisiblement.

— Il y a longtemps que nous sommes d'accord sur ce point, ma douce, je ne suis pas un gentleman.

Sur ce, il partit d'un grand éclat de rire. Puis

il s'approcha tout près, de façon à être entendu d'elle seule, mais il ne la toucha pas.

— Pour l'amour du ciel, Josselyne ! dit-il d'une voix où restaient encore des traces d'amusement. Vous croyez vraiment que si j'avais l'intention de vous violer, je le ferais en présence de Long Tom Henry ? Ce serait dommage ! Il y a des endroits plus agréables que le sol caillouteux d'une vieille mine, ma chérie.

Elle fut extrêmement humiliée qu'il l'eût ainsi devinée et qu'il formulât à haute voix ses craintes secrètes.

— Comme vous l'avez sûrement remarqué, Josselyne, poursuivait-il, il fait une chaleur infernale, ici, et vous risquez de succomber... à cette chaleur, je veux dire. Afin d'éviter cela, et si, comme je le suppose, vous portez une quantité de sous-vêtements, je vous suggère d'en retirer autant que vous le pouvez, afin d'éviter de vous évanouir.

— Votre sollicitude me touche, Durango, déclara Josselyne d'un ton pincé, mais je crois que je vais courir le risque.

— Comme vous voudrez. J'avoue, ajouta-t-il ironiquement, que l'idée que vous acceptiez de vous évanouir en toute sécurité dans mes bras me flatte. Une autre jeune femme vertueuse, dans ces circonstances, pourrait craindre que le rustre que je suis n'hésite pas à... abuser de la situation.

— Vous... vous n'oseriez pas ! protesta-t-elle, les yeux agrandis d'inquiétude.

— Vous avez peut-être raison, dit-il sans la quitter du regard. Mais peut-être vous trompez-vous... Nous y allons ?

Josselyne n'avait pas le choix, elle accepta la main qu'il lui tendait. C'était elle qui avait insisté pour visiter la mine, et aussi pour descendre au fond. Wylie l'avait pourtant avertie que ce n'était pas un endroit pour une dame. Durango aussi ! Mais elle s'était entêtée, elle avait refusé de les écouter. Pourquoi se montrait-elle toujours impulsive, volontaire ? La Mère Supérieure lui avait bien dit qu'un jour elle le regretterait... Voilà, elle le regrettait à présent... amèrement. Elle aurait mieux fait de rester à Boston, au couvent, où se trouvait sa place, au lieu de traverser tout le pays afin de se retrouver à Central City. Pour être tout à fait sincère, elle devait bien s'avouer que ce n'était pas la seule disparition de son père qui l'y avait poussée, mais aussi sa curiosité au sujet du testament, son désir de vengeance contre le meurtrier... Et surtout, son envie de connaître l'aventure, une fois dans sa vie, avant de s'enfermer définitivement derrière les hauts murs du couvent pour y mener une vie réglée de religieuse.

La Révérende Mère répétait souvent aussi que, d'une manière ou d'une autre. Dieu exauçait toujours les vœux. Eh bien, il avait certainement exaucé les siens, soupira Josselyne. Elle vivait ce jour-là une aventure qui lui suffirait pour le reste de son existence ! Elle n'en voulait plus ! Et surtout pas le genre d'aventure qui l'obligeait à se retrouver derrière un homme demi-nu en train d'emprunter d'étroits et sombres couloirs où l'attendait peut-être un sort pire que la mort !

Elle n'en pouvait plus de chaleur, et regrettait déjà de n'avoir pas suivi le conseil de Durango.

Elle faillit lui dire qu'elle avait changé d'avis, qu'elle ne tenait pas tellement à explorer les basfonds de la mine, mais son orgueil l'en empêcha. Même si le prix à payer était sa vertu, ou même sa vie, Josselyne s'était juré de découvrir si Durango avait tué son père et Forbes. Et malgré tous les inconvénients, cet endroit lui semblait le meilleur.

Elle fut de nouveau tentée de renoncer lorsque Durango, muni d'une lanterne, l'entraîna à sa suite dans une galerie qui s'étendait, interminable devant eux. De petites sphères se mirent soudain à briller comme des pierres précieuses dans la lumière avant de se dissoudre dans l'ombre en éparpillant des gravillons.

— Qu'est-ce que c'était ? demanda-t-elle nerveusement.

— Des rats. Il y en a des milliers, ici. Ils sont pratiquement domestiques. Suffisamment, en tout cas, pour venir aux heures des repas grappiller les miettes que les hommes leur envoient. En fait, nous sommes inquiets quand ils ne se montrent pas. Ils sentent certaines choses mieux que nous, par exemple d'infimes mouvements dans le roc. Aussi quand nous les voyons tourner comme des fous à la recherche d'un trou pour se cacher, nous sommes à peu près sûrs qu'il va y avoir un éboulement.

Josselyne prit soudain conscience de la précarité de la situation, à des mètres sous terre, avec pour toute protection les larges poutres qui retenaient les parois de la mine. Angoissée, elle regarda autour d'elle. Il était parfaitement possible que le Pied de l'Arc-en-Ciel s'effondre tout à coup, l'ensevelissant sous une montagne de pierres et de terre. Elle se rapprocha légèrement de Durango, comme s'il pouvait la protéger de tout désastre. S'il s'en rendit compte, il eut le tact de ne pas émettre de commentaire.

Tandis qu'ils progressaient, elle s'aperçut que la mine était un véritable labyrinthe, avec des galeries qui partaient dans tous les sens, des intersections, des changements subits de direction.

Parfois le sol devenait meuble, humide, ce qui était la plaie de tout mineur, expliqua Durango. Il fallait souvent utiliser un système de longues poutres raccordées les unes aux autres par des tenons et des mortaises pour fabriquer un plancher qui permette aux ouvriers de travailler plus aisément et avec une meilleure sécurité.

— Évidemment, certains propriétaires font des économies sur la qualité de l'installation, continua-t-il. Mais Red n'a jamais voulu mettre en danger la vie de ses hommes, et il s'est toujours assuré par lui-même que les poutres étaient convenablement mises en place.

— Oui, ça ne m'étonne pas, dit doucement Josselyne. C'est ainsi que je me le rappelle.

Ils demeurèrent un moment silencieux. C'était là que Red avait rencontré la mort... Des larmes subites jaillirent des yeux de Josselyne et se mêlèrent à la sueur sur son visage. Il était impossible qu'un chagrin aussi spontané soit feint, se dit Durango. A moins que... Après tout, les fréquentes larmes de crocodile que versait Victoria semblaient elles aussi tout à fait sincères, si on ne la connaissait pas bien. Quand il reprit enfin la parole, sa voix était dure.

— J'aurais voulu vous montrer quelques veines, malheureusement, elles ont toutes été bouchées par les explosions de notre mystérieux saboteur.

— Mais... pourquoi ? demanda Josselyne, déconcertée par son changement de ton.

Elle n'arrivait toujours pas à comprendre les motivations du criminel.

— Pourquoi aurait-on voulu faire une chose si horrible ? reprit-elle.

— Pour interrompre l'exploitation de la mine, évidemment, répondit Durango, le visage imperturbable, un peu démoniaque, à la lumière de la lanterne.

— Cela, je le comprends...

Josselyne essayait de ne pas réfléchir au chemin qu'ils avaient parcouru. Ils étaient seuls, et le bruit de la mine était atténué, lointain, brisé seulement par l'égouttement de l'eau et la course des rats.

Les traits de Durango se troublèrent devant ses yeux, et elle essuya de nouveau la sueur qui ruisselait sur son visage. Elle avait l'impression de brûler de fièvre, et n'aspirait qu'à un grand verre d'eau fraîche. Un peu plus tôt, Durango lui avait donné à sucer un morceau de glace, que l'on gardait dans un endroit spécial de la mine pour que les ouvriers ne se déshydratent pas dans l'atmosphère surchauffée.

— Ce que je ne comprends pas, continua-t-elle, c'est pourquoi il n'a pas complètement détruit la mine. Ç'aurait été plus simple, moins dangereux, plus... définitif.

— Certainement... Mais voyez-vous, ma chère

Josselyne, si les spéculations de votre père étaient exactes, quand le premier sabotage a eu lieu, avant la mort de Forbes, nous étions seulement à quelques mois, quelques semaines, quelques jours peut-être, de tomber sur un filon mère. Dans ce cas, faire sauter toute la mine était détruire à jamais l'espoir de l'atteindre. Alors qu'en la fermant seulement, et croyez-moi, il fallait être sacrément bon artificier pour y réussir, on gardait la possibilité de l'exploiter de nouveau un jour, après avoir tout déblayé — ce que nous sommes en train de faire.

— Qui... qui était au courant de l'existence de ce filon mère ?

Josselyne avait l'impression qu'elle était sur le point de découvrir quelque chose d'important, qui confirmerait ou infirmerait la culpabilité de Durango dans le meurtre de Red.

Son cœur battait follement tandis qu'elle attendait la réponse.

— Votre père, évidemment, Forbes — mais il était mort lors de la dernière explosion — Victoria, Wylie... et moi.

— C'est tout ?

— Oui, Josselyne. Une des quatre personnes vivantes à ce moment-là qui avaient un intérêt à fermer la mine, le temps d'éliminer les autres un par un pour avoir une chance de s'approprier — seule — des millions.

Durango lui avait assené ces paroles d'une voix coupante, tant il en voulait à Josselyne de son interrogatoire, de son manque de confiance en lui. Avait-elle posé les mêmes questions à Wylie ? Sans doute pas. Sa rage s'intensifia à cette idée.

— Et qui parmi vous est un... sacrément bon artificier ? Ce sont bien vos termes ?

Malgré elle, Josselyne était fascinée par Durango comme un lapin par le serpent... avant que le serpent ne frappe mortellement sa proie.

— C'est bien ce que j'ai dit, répondit-il d'une voix dangereusement douce. Votre père était expert en explosifs. Il aurait pu placer les charges. Wylie aussi.

— Et... et vous, Durango ?

— Et moi.

Ces derniers mots résonnèrent, menaçants, dans le silence ponctué seulement par l'écoulement de l'eau. Josselyne eut soudain l'impression que Durango était devenu immense et qu'il la dominait, satanique, inquiétant, prêt à lui sauter dessus. Elle porta la main à sa gorge et recula instinctivement, sans se rendre compte qu'une girafe, sorte de wagonnet circulant dans les galeries, se trouvait derrière elle. Durango tendit vivement la main pour la retenir, mais Josselyne le crut habité de mauvaises intentions. Avec un hurlement, elle faisait demi-tour pour s'enfuir en courant quand elle trébucha sur la chaîne qui retenait la girafe et tomba à l'intérieur du wagonnet. La force de sa chute entraîna le véhicule le long de la pente en direction d'une autre galerie.

Tout s'était passé si vite que Durango n'avait même pas eu le temps de crier pour avertir Josselyne. Sans prendre la peine de poser la lanterne, il se mit à courir derrière le wagonnet vers l'entrée du tunnel. Soudain il prit son élan et bondit sur la girafe, véritable projectile humain. Il atterrit lourdement sur Josselyne.

Sans se préoccuper des cris de la jeune fille, il jeta la lampe dans un coin du wagonnet, et se rendit compte qu'elle était brisée. Le pétrole devait se renverser, laissant peut-être une traînée derrière eux. Le cœur battant, il imagina l'explosion qui risquait de se produire, et le feu qui s'ensuivrait... terreur de tous les mineurs. Il soupira de soulagement quand la mèche crachota et s'éteignit.

Plongé dans l'obscurité la plus totale, il s'agrippa aux rebords du wagonnet et sortit ses pieds pour les laisser traîner par terre afin de ralentir leur descente.

Josselyne était folle de peur. Elle ne comprenait rien. Elle savait seulement qu'elle mourait de chaleur, qu'elle suffoquait ! Elle s'agita désespérément sous Durango à la recherche d'un peu d'air jusqu'à ce qu'elle réussisse enfin à se retourner. Elle se mit alors à le frapper à l'aveuglette, sur la tête, sur les épaules, à le griffer, à essayer de le repousser.

— Bon Dieu, Josselyne ! gronda-t-il, impuissant à se défendre, agrippé qu'il était au wagonnet. Arrêtez ! Arrêtez ! J'essaie de vous sauver la vie, petite imbécile !

Mais elle était au-delà de toute pensée raisonnable. Elle continua à le frapper et à le griffer, jusqu'au moment où la girafe atteignit le bout de la pente, allant heurter violemment une série de wagonnets alignés dans la galerie. Prévoyant le choc, Durango avait, au dernier moment, saisi Josselyne dans ses bras, lui protégeant la tête de ses mains, faisant écran le plus possible. Son épaule droite et son dos furent mis à vif sous le choc, et sa tête douloureusement projetée en avant. Il serra les dents pour ne pas crier de douleur et s'efforça de ne penser qu'à Josselyne qui gémissait faiblement entre ses bras.

— Vous êtes blessée? Josselyne, vous êtes blessée ? demanda-t-il, anxieux, maudissant l'obscurité qui l'empêchait de la voir.

— Non... non, je ne crois pas, répondit-elle d'une toute petite voix. En tout cas, je... je n'ai mal nulle part. J'ai seulement chaud et... je me sens toute drôle... J'ai soif, terriblement soif.

Elle se passait la langue sur les lèvres, rêvant d'un verre d'eau avec une telle intensité qu'elle espérait presque le voir se matérialiser sous ses yeux. Puis elle imagina les sommets neigeux fondant et l'eau bienfaisante descendant jusqu'à elle dans la mine. Elle l'entendait ruisseler... mais bien sûr, elle l'entendait. Il y avait toujours des écoulements dans une mine !

— Tenez bon ! ordonna Durango.

Elle était sûrement secouée. Et assoiffée. Bon sang ! Il lui avait pourtant dit de se débarrasser de quelques sous-vêtements ! Pourquoi avait-il fallu qu'elle se montre si sottement pudique ?

— Josselyne, ça va aller, le temps que j'essaie de rallumer la lampe ?

— Oui. Ça va, vraiment, déclara-t-elle plus fermement en tentant de se redresser.

Elle se sentait un peu étourdie, mais elle ne voulait pas le lui avouer. Il risquerait de profiter de sa faiblesse.

— Détendez-vous, conseilla-t-il. Je ne vais pas vous faire de mal, je vous le jure.

Tout doucement, pour ne pas l'effrayer, il l'allongea au fond du wagonnet et récupéra son voile, qui lui avait été arraché pendant l'accident. Il le plia et le lui glissa sous la tête en guise d'oreiller. Soulagée, Josselyne resta immobile, à essayer de se ressaisir tout à fait, tandis qu'il tâtonnait dans l'obscurité à la recherche de la lanterne.

Quand il l'eut enfin trouvée, il gratta prudemment une allumette. La mèche prit, et il put constater qu'il restait suffisamment de pétrole au fond du réservoir. Il se retourna alors vers la jeune fille.

Sangre de Cristo! Elle était magnifique !

Durango voyait sa somptueuse chevelure pour la première fois. Les épingles qui la retenaient sous le voile avaient glissé, et la masse lumineuse, rousse comme il l'avait deviné, cascadait en lourdes boucles sur ses épaules. A la lueur vacillante de la lanterne, elle semblait presque avoir une vie propre. Jamais Durango n'avait vu de plus beaux cheveux ! Involontairement, il sentit monter en lui l'envie presque irrésistible d'y enfouir ses doigts, son visage, de les embrasser, de sentir leur douceur contre sa peau. Ils formaient un halo flamboyant à son ravissant visage en forme de cœur, aux pommettes hautes, mais aussi à son corps dont les lignes voluptueuses lui apparaissaient enfin. Ses immenses yeux, du vert des peupliers en été, étaient grands ouverts, frangés de longs cils recourbés qui ombraient délicatement ses joues. Elle avait une bouche parfaite à la lèvre inférieure pleine et généreuse, et un petit nez finement dessiné.

Durant leur descente vertigineuse, sa robe avait été en partie arrachée, comme par un amant impatient, et son cou nacré s'offrait à Durango, ainsi que la douce rondeur de sa poitrine sous la chemise de coton blanc. La transpiration faisait comme une rosée du matin dans le sillon de ses seins qui se soulevaient et s'abaissaient régulièrement au rythme de sa respiration, leurs pointes nettement visibles sous la camisole.

La lampe éclairait doucement sa silhouette immobile qui semblait celle d'un ange lumineux descendu du ciel, tout environné d'ombre.

C'était une religieuse. Cette idée mal venue s'imposa d'elle-même à Durango. S'il la touchait, il serait perdu... et elle aussi car, il en avait la certitude, il ne la laisserait jamais ensuite repartir pour Boston prononcer ses vœux.

Il serra les dents et se jura de ne pas la toucher, malgré son désir. Il n'était pas assez vil pour tirer avantage de la situation. Pourtant, Josselyne l'implorait du regard. Cherchait-elle de l'aide, de la compassion... ou autre chose ? Il l'ignorait. Il savait seulement qu'elle avait besoin de lui, et qu'il avait envie d'elle. Il jura doucement, et Josselyne frémit d'appréhension, ainsi que d'une autre émotion plus sombre, plus primitive qu'elle ne pouvait identifier.

Il ressemblait au fier Lucifer après sa descente aux enfers, se dit-elle tandis qu'il s'agenouillait près d'elle, le visage dans l'ombre, puissant, orgueilleux, indomptable... séduisant. Archange déchu, prince de ce royaume des ténèbres où elle était consumée non seulement par les flammes mais aussi par une brûlure intérieure qu'elle n'avait jamais expérimentée, même avec Antoine. Josselyne était fascinée par la toison de sa poitrine, humide de transpiration, qui luisait doucement comme le duvet d'un corbeau.

Les yeux noirs de Durango, rivés aux siens, scintillaient étrangement, et ses muscles jouaient sous la peau lisse et dorée. La jeune fille sentait son corps s'éveiller à une sorte de désir, mais désir de quoi ? se demandait-elle, effrayée. Même dans les bras d'Antoine, elle avait ressenti cette peur, qui la gardait en retrait. Si elle s'avouait d'où elle venait, le démon qui sommeillait en elle depuis toujours briserait ses chaînes, se libérerait, et elle serait perdue.

Mais il semblait plus fort qu'elle, ce désir. Il grondait comme un loup, et elle ne parvenait pas à le dompter. Comme la boîte de Pandore, il ne se laissait pas museler, et avec ses hurlements venaient toutes sortes d'images et de désirs chaotiques, puissants, interdits, qu'elle avait espéré anéantir en s'enfermant définitivement au couvent. Elle tenta encore de les repousser.

Cependant, elle ne pouvait effacer le fait que Durango lui avait sauvé la vie, et qu'elle lui devait quelque chose en retour, or elle était terrorisée par ce qu'il exigerait d'elle.

Elle était destinée à être l'épouse de Dieu, pas la maîtresse de Lucifer. Pourtant lorsque, comme si elle n'avait plus de volonté propre, elle tendit lentement les bras vers Durango, c'était un geste à la fois de défense et aussi de supplique, d'abandon.

Elle allait être perdue à jamais pour Wylie, perdue à jamais pour le couvent, se dit Durango... et peut-être n'était-elle pas du tout novice.

— Jossie... murmura-t-il.

Il passa entre eux une sorte de courant, chargé d'électricité, dû au contrecoup du danger auquel ils avaient miraculeusement échappé, à la mort frôlée de si près. Ils étaient jeunes, vibrants, ils tenaient à la vie et ils s'y accrochèrent comme ils s'accrochèrent l'un à l'autre. Durango saisit Josselyne dans ses bras et enfouit son visage dans son cou avant de prendre ses lèvres avec une passion sauvage.

Elle ne s'était pas attendue à ça, à ce déchaînement qui flamba à l'instant où il exigea ses lèvres. C'était comme un orage en montagne, déchirant les cieux, et elle avait l'impression d'être frappée par la foudre. Son sang grondait comme le tonnerre à ses oreilles, elle était engloutie par les nuages sombres d'où elle ne pourrait jamais se dégager. Elle se débattit. Elle avait peur de lui, peur d'elle-même, et elle lutta pour se libérer. En vain, il était trop fort. Les mains plongées dans ses cheveux, il la serrait contre lui, la dominait, l'épuisait, sa bouche ne la quittait pas, la savourait, la dévorait, buvait son souffle, jusqu'à ce qu'elle cédât enfin, contre son gré.

Elle était dévastée, brisée. Jamais Antoine ne l'avait embrassée ainsi, avec cette violence, et en elle s'éveillaient des sensations tout aussi violentes, exquises et torturantes. Étourdie, à bout de souffle, elle chercha de l'air pur et le trouva dans l'haleine de Durango, tandis qu'il traçait de la langue le contour de ses lèvres, avant de plonger dans la douceur soyeuse de sa bouche.

Josselyne gémit à cette délicieuse invasion, et son corps la trahit en s'épanouissant sous cette intrusion, en s'y abandonnant. Ses mains, d'elles-mêmes, se nouèrent autour du cou de Durango pour l'attirer plus près encore. Leurs langues se mêlèrent et elle apprit instinctivement la leçon qu'il lui enseignait en brisant brutalement les murs du couvent pour lui faire découvrir le monde tel qu'il était, tel qu'Antoine n'avait jamais su le lui montrer. Elle ne pouvait plus penser, elle n'était que sensations.

La terre s'ouvrait sous elle, emportant avec elle toute stabilité, toute sécurité, pour ne laisser dans son sillage que le danger, l'incertitude. La langue de Durango était le serpent tentateur du jardin d'Éden. Elle la forçait à goûter son nectar... au risque d'être chassée à tout jamais, d'être damnée.

Le péché d'Ève devint le sien, et elle déchut, comme Lucifer avait déchu, tandis que ses mains, ses lèvres étaient sur elle. Et elle l'embrassait, elle avait une faim inextinguible de lui, glorieuse sous ses assauts, les yeux grands ouverts sur tout ce qu'elle avait refusé de voir auparavant.

Une digue se brisa tout au fond d'elle, laissant jaillir un flot de désir trop longtemps retenu, la bousculant comme une mer en furie, la poussant vers quelque rivage inconnu, inexploré, où l'attendaient l'assouvissement et le destin, où rien n'était important que Durango.

Elle avait redouté qu'il ne prît sa virginité, mais à présent elle ne s'en souciait plus. C'était son sort, comme si toute sa vie l'avait conduite à cet instant, à ce tournant crucial où elle devait choisir entre la sage sécurité et la sensualité déchaînée.

Elle avait choisi. Ou plutôt, Durango avait choisi pour elle. Elle flottait sur les vagues du désir, le flot de la passion qu'il éveillait en elle, et elle ne pouvait s'arrêter. Elle n'en avait pas la force. Comme s'il la lui avait ôtée, comme si tous ses os avaient fondu. Elle était devenue vif-argent, elle n'avait plus de volonté propre. Il l'avait pliée à sa volonté à lui, plus forte, quand il l'avait allongée dans la benne, l'écrasant de toute sa puissance virile, la rendant intensément consciente de sa féminité, de sa fragilité.

Durango enfouissait son visage dans les cheveux de la jeune fille, se grisait de leur douceur, de leur parfum. Il caressait sa gorge blanche, y laissait une traînée de baisers, et Josselyne gémissait et ondulait sous lui, faisant redoubler le désir qui lui déchirait les reins. Sa tête roulait d'un côté et de l'autre tandis qu'il effleurait de la langue la veine qui battait follement à sa gorge.

— Douce... douce... murmura-t-il d'une voix rauque.

Un intense frémissement la parcourut tout entière. Elle se consumait sous ses caresses, pourtant elle en voulait plus encore. Elle était incroyablement réceptive, et sa peau brûlait sous les doigts experts de Durango. Farouche, il prit de nouveau ses lèvres, tandis que ses mains descendaient vers ses seins tendus sous la légère camisole. Elle eut un petit hoquet de plaisir, de peur, de ravissement. Haletante, elle le sentit tracer des petits cercles autour du bout de ses seins gonflés, durcis, et son cœur s'affola complètement tandis qu'un plaisir insensé l'envahissait. Pourtant elle savait, tout au fond d'elle, que c'était trop, trop tôt, que dans quelques minutes il prendrait tout à fait possession d'elle et qu'elle serait perdue.

Elle se débattit de nouveau, poussée par un sursaut désespéré de préservation. Mais Durango lui coinça les mains derrière le dos et défit avec impatience les rubans de sa camisole, libérant tout à fait ses seins. Le souffle chaud sur sa peau, il lécha les gouttelettes de sueur qui perlaient sur son torse, pendant qu'il taquinait un de ses seins du pouce.

— Dieu, Jossie ! J'ai tellement envie de toi...

Sa bouche couvrit un téton durci, et elle cria, si submergée par la passion qu'elle crut en mourir. Le plaisir était plus fort que tout. Perverse. Elle était une garce perverse. Et elle l'avait toujours su. Comme elle l'avait maintes fois secrètement redouté, elle brûlait à présent en enfer à cause de ça, ange déchu pris au piège des bras de Lucifer, captive consentante de son sauvage domaine souterrain.

Les yeux de Durango luisaient comme des charbons ardents à la lumière de la lanterne. Son corps doré l'écrasait, ses lèvres parcouraient sa peau embrasée, comme pour la marquer à jamais de son sceau. Son cœur allait éclater, elle allait s'évanouir...

— Durango, souffla-t-elle en s'accrochant désespérément à lui tandis que la galerie tournoyait follement, s'obscurcissait devant ses yeux.

— Durango...

Soudain, un gouffre miséricordieux l'engloutit, elle avait perdu conscience.

11

Mon Dieu ! Il avait failli violer Josselyne ! Il *l'aurait violée*, si elle ne s'était pas évanouie...

Il la contempla, si séduisante ainsi dévêtue, et il plissa les yeux. Non, il ne s'agissait pas d'un viol, car si elle avait eu peur au début, ensuite elle avait ressenti autant de désir que lui... et elle n'était pas complètement innocente, en plus. Il n'était pas le premier homme à l'embrasser, il avait assez d'expérience pour s'en rendre compte. Cependant, malgré l'incroyable passion qu'il avait déchaînée en elle, elle ne s'était montrée ni coquette ni experte, et il en restait désorienté. Il était toujours incapable de dire si elle était ange ou catin.

Peut-être s'échappait-elle parfois du couvent pour rencontrer un amant ? Certaines jeunes filles le faisaient... celles qui n'avaient pas la vocation, en tout cas. Or malgré son voile et sa robe de novice, Josselyne n'avait pas l'étoffe d'une religieuse, cela il en était à présent convaincu. Pourtant, aucune comédienne, si talentueuse fût-elle, ne serait arrivée à simuler autant de naïveté conjuguée à une passion débridée. Mais il lui restait encore à découvrir qui elle était vraiment.

Un peu honteux, il se rappela la façon dont il s'était jeté sur elle. Un animal en rut ! Il l'avait pratiquement obligée à se soumettre à son farouche désir. Il n'avait pas tenu compte de ses protestations, de ses efforts pour se libérer de son étreinte, il avait brutalement pris sa bouche, il l'avait serrée contre lui pour qu'elle sentît toute la puissance de sa virilité. Il s'était comporté comme un monstre bestial. Jamais elle ne le lui pardonnerait...

Il contempla longuement sa somptueuse chevelure emmêlée, ses lèvres gonflées, ses seins blancs, et il eut un douloureux pincement de regret au cœur. Il l'avait désirée, il la désirait encore de toutes les fibres de son être. Il vit Wylie passer les mains dans ses mèches rousses, Wylie embrasser ses lèvres si douces, caresser ses seins ronds, et il fut saisi d'une rage jalouse et meurtrière. Si Wylie s'était trouvé près de lui, il aurait été capable de l'étrangler.

— Maudit sois-tu, Red ! jura-t-il entre ses dents. Maudit sois-tu pour avoir placé Jossie dans une telle situation !

Elle était beaucoup trop bien pour un malotru comme Wylie, beaucoup trop bien pour une canaille comme lui-même, dut s'avouer Durango, même si c'était une menteuse et une tricheuse.

Malgré tout, il était décidé à la faire sienne. Et il fut douloureusement tenté de terminer ce qu'il avait achevé. Il eut toutes les peines du monde à se contenter de remettre de l'ordre dans ses vêtements et de la porter vers la sortie de la galerie.

Elle s'était évanouie à cause de la chaleur, il fallait la sortir au plus vite de la mine, la faire respirer, lui donner à boire.

Il se dirigea rapidement vers le tunnel principal, espérant qu'elle ne lui en voudrait pas trop de s'être ainsi imposé à elle pour s'assurer sans le moindre doute qu'elle ne se donnerait jamais à Wylie, qu'elle n'aurait plus d'autre choix que de se tourner vers lui, Durango.

Red avait été inquiet, lorsque Nell était venue lui raconter que Durango emmenait Josselyne à la mine. Si entêtée fût-elle, il ne parvenait pas à imaginer sa douce petite fille insistant pour visiter le Pied de l'Arc-en-Ciel. Wylie et Durango l'avaient certainement mise en garde contre cet endroit sauvage et dangereux. Bien qu'il eût toute confiance en Durango pour la protéger, il sauta dans le buggy de Nell, bien déterminé à ne pas quitter le couple des yeux.

Le trajet fut difficile, comme il s'y attendait. Le petit coupé de Nell n'était pas fait pour les rudes sentiers de montagne. Néanmoins Red persévéra. La petite voiture avait tenu le coup une fois — le jour où il avait fait sauter la mine — elle résisterait bien à un second voyage.

Red atteignit enfin l'endroit où Nell l'avait attendu la nuit de l'explosion, et il attacha son cheval sous un gros buisson avant de terminer son ascension à pied.

Heureusement, il avait pensé à se munir de jumelles, et il trouva un endroit d'où il pouvait épier sans être vu tout ce qui se passait à la mine.

Il était de plus en plus anxieux à mesure que

le temps passait et qu'il ne voyait pas les deux jeunes gens reparaître. Il n'appréciait pas du tout qu'ils fussent entrés dans la mine. Si Durango avait de mauvaises intentions vis-à-vis de sa fille, elle pourrait toujours appeler à l'aide, personne ne l'entendrait. Quand cette idée lui vint, Red faillit courir récupérer Josselyne, au mépris de son incognito. Puis il se dit que Durango n'était pas assez ignoble pour commettre un viol. D'autre part, jamais Jossie n'oserait monter avec Durango dans la benne, ni descendre au fond du puits.

Pourtant ils ne ressortaient toujours pas. Que pouvaient-ils bien faire ? Bon sang ! Ils étaient là-dedans depuis un temps fou !

Il venait juste de décider de se montrer quand la porte du bâtiment s'ouvrit pour laisser passer Durango. Le soulagement de Red fut de courte durée, car il vit aussitôt Josselyne, visiblement inconsciente dans ses bras, les cheveux défaits, les vêtements en désordre. Il crut que le pire était arrivé.

— Sainte Marie mère de Dieu ! s'écria-t-il, furieux et angoissé à la fois. Ce salaud a bel et bien violé ma fille !

Il bondit sur ses pieds et se mit à courir, prêt à tuer ce fils de garce de ses propres mains. Mais son pied se prit dans une crevasse et il s'effondra en poussant un cri.

— Bon Dieu de bon Dieu ! jura-t-il, le visage déformé par la douleur, en pensant à la fois à sa fille et à sa cheville certainement cassée.

Il s'efforça de respirer lentement pour se calmer. Il fallait qu'il sauve Josselyne... Il se mit à quatre pattes, puis il s'assit par terre, empoigna sa jambe et tira de toutes ses forces afin de dégager son pied de la crevasse. Il serra les dents pour ne pas crier tant la douleur était vive. Malheureusement, il y mit une telle énergie que, lorsque le pied céda, il fut entraîné par son mouvement et se mit à dévaler la pente raide.

Il hurla tandis qu'il rebondissait sur les rochers acérés.

Il atterrit au bas de la colline, où il demeura longtemps immobile, tentant de retrouver son souffle, les bras et les jambes écartés. Dans son déguisement de clochard, il ressemblait à un épouvantail à moineaux renversé par un coup de vent.

Enfin il parvint à se traîner jusqu'au buggy, à se redresser en s'accrochant à une roue et à détacher le cheval. Ensuite, gémissant sous l'effort et la douleur, la sueur perlant à son front, il grimpa dans la voiture. Il avait si mal qu'il lui restait une seule solution, retourner en ville et demander l'aide de Nell. Comment aurait-il pu secourir sa fille dans l'état où il se trouvait ? Il était bien forcé de laisser Josselyne entre les sales pattes de Durango... Il frémit en songeant à la colère de sa compagne quand elle apprendrait le drame... Elle ne perdrait pas de temps à le plaindre pour sa cheville cassée, au contraire elle le traiterait de tous les noms, avec la rage et la verve caractéristiques de son tempérament irlandais.

— Oh, Jossie, qu'ai-je fait ? Qu'ai-je fait ? se lamenta-t-il à haute voix, tant sur sa fille que sur lui-même.

Il dirigea le buggy vers Central City et la fureur de Nell, qu'il méritait certainement.

Mais comment aurait-il pu deviner ? se demanda-t-il avec amertume. Il avait toujours considéré Durango et Wylie comme des fils. Il les aimait, et jusqu'à cet instant, il n'avait pas vraiment envisagé que l'un d'eux pût être le saboteur. En fait, avant que l'on ne trouve Forbes au fond du puisard, c'était lui qu'il avait soupçonné. Une fois Forbes couché sous la terre, les accidents avaient continué, et Red s'était dit que le criminel pouvait être Wylie ou Durango tout en se refusant à le croire vraiment. A présent, avec une violente nausée, il se rendait compte qu'il n'y avait plus de doutes sur la culpabilité de Durango. Un homme capable de violer une religieuse était un vaurien de la plus belle espèce.

— Pardonne-moi, oh, je t'en supplie, pardonne-moi, ma fille chérie, gémissait-il comme une litanie, tandis que le buggy cahotait sur le mauvais chemin.

Josselyne avait imaginé se réveiller en enfer, aussi fut-elle dans un premier temps simplement consciente d'un merveilleux bien-être, d'une agréable fraîcheur, tandis que la brise qui entrait par la fenêtre faisait doucement voler les rideaux de mousseline.

Elle avait fait un cauchemar, un affreux cauchemar. Dieu merci, elle se trouvait en réalité dans sa chambre à la pension... Cependant, peu à peu, elle se souvint que les rideaux, chez Miss Hattie, étaient de cretonne bleue, et elle s'aperçut qu'elle était presque nue.

Elle porta la main à son front douloureux sur lequel on avait posé une compresse mouillée et tenta de se redresser. Tout lui revenait soudain. Il ne s'agissait pas d'un cauchemar, se dit-elle, angoissée, en apercevant Durango près d'elle.

— Non... non... !

— Chut, Jossie.

Il se pencha vers elle, inquiet, et la repoussa contre l'oreiller d'une main tendre mais ferme. Il prit la compresse, la trempa dans une cuvette d'eau et l'essora avant de la lui remettre sur le front.

— N'essayez pas de parler ni de bouger. Vous souffrez d'un coup de chaleur. Nous nous trouvons dans l'appentis, derrière la cuisine, où votre père passait la nuit quand il n'avait pas le temps de redescendre en ville, et dont nous nous servons, Wylie et moi, lorsque, pour une raison ou pour une autre, nous devons rester à la mine. Vous ne tarderez pas à aller mieux. Voulez-vous un peu d'eau ?

Les yeux agrandis de terreur, Josselyne se faisait toute petite, craignant de le contrarier.

Il l'avait embrassée passionnément, et il avait fait bien d'autres choses encore plus intimes, avant qu'elle ne s'évanouisse dans le tunnel. Tout lui revenait en mémoire avec une brutalité douloureuse. Elle se rappelait sa bouche exigeante sur la sienne, son corps qui l'écrasait dans la benne, ses mains enfouies dans ses cheveux, son souffle sur sa peau, sur ses seins nus, sa langue sensuelle...

Oh, Dieu !

Après, c'était le trou noir. Que s'était-il passé ? Elle n'en savait rien... Dieu tout-puissant ! Durango l'avait-il violée ? Prise de panique, elle scruta son visage comme pour y trouver la réponse, mais il était impassible, indéchiffrable.

Je ne pourrais sûrement pas l'ignorer, s'il l'avait fait, se persuada-t-elle. Cependant elle avait si peu d'expérience qu'elle n'en était pas certaine.

Elle se creusa la tête en essayant de se rappeler ce que chuchotaient les filles dans le dortoir du couvent... Mais ce n'étaient que spéculations naïves où il était question de romantisme, où les hommes paraissaient sous un jour héroïque, séduisant. Rien à voir avec la cruelle réalité d'un homme viril qui abuse d'une jeune fille.

Josselyne frémit à la pensée que Durango avait peut-être terminé ce qu'Antoine avait seulement commencé. Ces mains qui, à présent, lui tendaient gentiment un verre d'eau avaient-elles brutalement relevé ses jupes et...

Ça suffit ! se morigéna-t-elle sévèrement. *Tu ne sais même pas s'il a fait quelque chose !*

Tu ne sais pas non plus s'il n'a rien fait, objecta une petite voix. *Demande-le-lui, pour l'amour du ciel !*

Malgré l'envie qu'elle en avait, elle ne pouvait se résoudre à poser la question, à demander à Durango s'il avait pris sa virginité. Elle ne parvenait pas à oublier sa propre attitude, la façon honteuse dont elle s'était comportée dans ses bras. Lui lancerait-il sa conduite au visage ? Non, elle n'arrivait pas à l'affronter alors qu'il était si proche d'elle, comme un félin guettant sa proie.

Durango, à son visage effrayé, à la manière dont elle se rétractait à son contact, devina ce qui se passait en elle. Finalement, si elle n'était pas vraiment religieuse, elle n'était certainement pas catin non plus. Même si elle s'était montrée passionnée, c'était en réalité une toute jeune fille terrifiée par ce qui avait si follement flambé entre eux dans la galerie. Il se rappela le courage qu'elle avait manifesté dans la benne à minerai, la manière dont elle avait vaincu son vertige et insisté pour descendre quand même au fond du trou infernal, et il ne put s'empêcher de l'admirer. Peu de femmes auraient eu ce cran, cette volonté. Il se sentit honteux et coupable de la voir si angoissée et de ne pas immédiatement la rassurer sur ce qui s'était passé après son évanouissement. Mais chaque fois qu'il l'imaginait dans les bras de Wylie, sa décision se renforçait : il ne dirait rien. Si Josselyne se croyait — à tort — souillée, elle n'épouserait pas Wylie, elle se tournerait vers lui, Durango, celui qui l'avait séduite. Ainsi, il aurait réussi à maintenir l'équilibre des pouvoirs sur le Pied de l'Arc-en-Ciel, et peut-être ne mettrait-il pas sa vie en danger en l'épousant.

Il n'avait pas envie de croire que Red fût encore vivant, et responsable des catastrophes à la mine, mais c'était une éventualité qu'il ne pouvait écarter, or il ne voulait pas prendre de risques.

— Venez, Jossie, dit-il en lui tendant la main. Vous semblez aller mieux ; je vais vous ramener à Central City. Je suis désolé que nous n'ayons pas l'occasion de goûter ce que Ho-Sing nous a préparé, mais il vaut mieux que nous déjeunions ensemble un autre jour. Demain, par exemple. Nous avons eu tous les deux suffisamment d'émotions pour la journée. En outre, vous êtes restée inconsciente un long moment, et l'après-midi est déjà bien avancé.

« Demain ? » Comment pouvait-il imaginer qu'elle sortirait de nouveau avec lui ? C'était un ignoble individu, mais en plus il était complètement fou ! Elle ne pouvait lui faire confiance et jamais elle ne lui pardonnerait ce qu'il lui avait — probablement — fait. Malgré sa soif, elle était tellement terrorisée qu'elle avait tout juste pu avaler quelques gorgées d'eau. Un homme qui l'avait violée une fois — si c'était le cas — n'hésiterait sûrement pas à recommencer. Or elle n'avait aucune intention de devenir la maîtresse de Durango De Navarre !

En attendant, elle était à sa merci, et elle jugea plus sage de ne pas le contrarier avant de se retrouver en sécurité dans sa chambre à la pension. Néanmoins, elle répugnait à prendre la main qu'il lui tendait. Elle serra nerveusement le drap sur sa poitrine en balbutiant :

— Où... où sont mon voile et ma robe ? Je... je ne peux pas partir ainsi. Si on me voyait, les... les gens jaseraient.

Elle tendait la perche à Durango pour qu'il lui dise enfin ce qui s'était passé dans la galerie, mais il ne lui accorda pas cette faveur. Sa réponse, au contraire, fut énigmatique.

— Oui, la plupart des gens pensent toujours le pire, et parfois cela se trouve être la vérité.

Il se détesta de l'induire ainsi en erreur, mais il pensait de nouveau à Wylie et il s'obligea à lui adresser un sourire moqueur.

— Naturellement, poursuivit-il, la conduite d'une religieuse est irréprochable — ou devrait l'être. Vous le savez sûrement mieux que moi. Maintenant, si vous voulez bien m'excuser, je vais aller chercher vos vêtements dans la cuisine. J'ai demandé au Vétéran de les laver et de les repasser. Ils étaient noirs de la poussière de la girafe, ajouta-t-il en la couvrant d'un regard lourd qui la fit rougir de honte. Il a dû également réparer la couture qui avait craqué... bien que je ne sois pas certain de son habileté à l'aiguille. Mais il vaut mieux que vous arriviez chez Miss Hattie dans une tenue convenable.

Quelques instants plus tard, il lui apportait sa robe et son voile. Hélas, au lieu de la laisser, il s'appuya nonchalamment au montant de la fenêtre, alluma un petit cigare et attendit, sans la quitter des yeux. Il avait l'intention de rester, ce mufle !

— S'il vous plaît... j'aimerais être seule pour me préparer, dit-elle aussi froidement que possible, le cœur battant devant son sourire carnassier.

— Ne faites pas l'enfant, Jossie ! C'est moi qui vous ai dévêtue. Et après ce qui s'est passé entre nous, ma douce, vous n'allez tout de même pas jouer les pudiques avec moi !

Elle se mordit cruellement la lèvre pour s'empêcher de fondre en larmes. Oh, si seulement elle n'était pas bloquée avec lui ici, elle lui montrerait sa façon de penser ! Mais en l'occurrence, elle n'osait rien dire qui risquât de le provoquer. Elle savait à présent de quoi il était capable, et, pire, elle savait parfaitement que ses défenses ne tiendraient pas longtemps contre lui. Durango était un vaurien ! Et elle-même ne se jugeait guère mieux...

Alors, quelle importance s'il la regardait s'habiller ? Ses sous-vêtements étaient tout à fait chastes. Néanmoins, elle était rouge de confusion quand elle sortit enfin du lit. Comme elle avait peur de tourner le dos à Durango, elle lui offrit fugitivement le charmant spectacle de sa fine silhouette en camisole et pantalon de coton avant d'enfiler prestement sa robe. Les mains tremblantes, elle attacha sa ceinture, puis elle tressa ses cheveux qu'elle dissimula de son mieux sous le voile.

Durango ne prononça pas un mot. Quand Josselyne trouva enfin le courage de le regarder, elle s'aperçut qu'il fumait toujours, les yeux perdus sur le paysage, comme s'il avait oublié sa présence... Elle ne pouvait se douter de l'effort que cela lui demandait. Il avait irrésistiblement envie de la jeter sur le lit et de la faire sienne. Lui-même ne comprenait pas la force du désir qui le bouleversait. Elle était une femme après tout, comme toutes les autres... A peine cette idée formulée, Durango la rejeta. Non. Elle était différente des femmes qu'il avait connues. Elle représentait un ensorcelant mélange de pureté et de passion ; elle se tenait hors d'atteinte, pourtant elle l'avait attiré à lui dans le wagonnet, et elle s'était abandonnée avec une ardeur qu'il n'aurait jamais crue possible.

Car elle lui avait bel et bien répondu avec un désir débridé, révélant des trésors de sensualité sous son apparence de vestale.

Maintenant qu'il avait goûté à sa douceur, il voulait boire le calice jusqu'à la lie, que ce fût amer ou non. Il était intoxiqué par elle, comme si elle lui avait fait avaler un philtre qui l'eût envoûté, placé sous son charme. Sinon, pourquoi aurait-il eu à ce point envie de la posséder ? Il était propriétaire d'un saloon, que diable ! Ils étaient aussi différents l'un de l'autre que le jour et la nuit !

Et pourtant... pourtant quand il se rappelait sa glorieuse chevelure épandue autour d'elle, sa jolie tête renversée en arrière, son cou de cygne offert à ses baisers, il ne songeait plus à ce qui les séparait. Il voulait seulement la faire tomber de son piédestal pour la posséder corps et âme. Et il le ferait, se promit-il avec une sorte de rage. Un jour, il finirait par l'avoir... quoi qu'il dût leur en coûter à tous les deux.

12

Josselyne était dans un tel état qu'elle se trouvait incapable de mettre de l'ordre dans ses pensées chaotiques. Elle était morte de honte en se rappelant sa réaction aux caresses de Durango. Non seulement elle n'était pas faite pour devenir religieuse — ce qu'elle avait toujours su au fond de son cœur — mais en plus elle n'était qu'une catin, une fille de joie prête à se donner aux deux seuls hommes qui l'avaient embrassée dans sa courte vie... Or, tous deux étaient des filous de la pire espèce !

Durango, après l'avoir forcée à se vêtir en sa présence, déclara qu'elle n'était pas en état de rentrer à dos d'âne. Malgré les protestations de la jeune fille, il laissa l'animal à la mine et la prit en selle avec lui.

Il la serra dans ses bras puissants et ne la lâcha pas durant tout le trajet de retour jusqu'à la pension de famille. Et pour être tout à fait honnête, Josselyne devait bien s'avouer que si elle frémissait, ce n'était pas seulement de peur mais aussi de ce même élan sauvage qui l'avait jetée vers Durango au fond de la mine...

Elle fut tellement soulagée en arrivant devant le cottage de Miss Hattie qu'elle sauta à terre et courut vers le porche sans se retourner.

Hélas, au lieu de comprendre qu'il était indésirable, Durango la suivit résolument, la dépassa même pour lui ouvrir la porte. Il pénétra sur ses talons. Une fois entrée, elle se tourna vers lui, furieuse, prête à le prier vertement de s'en aller, mais elle n'en eut pas le temps. Zeb sortait de la cuisine. En la voyant il rougit de plaisir, et, pour ennuyer Durango, Josselyne adressa au petit-fils de Miss Hattie son plus lumineux sourire.

Bon sang, ce jeune imbécile est amoureux d'elle ! se dit Durango avec colère. Que se passait-il au juste sous le toit de Miss Hattie ? Peut-être Josselyne ne s'était-elle jamais sauvée du couvent pour rencontrer un homme en cachette. Peut-être était-ce ce godelureau qui l'embrassait, au nez et à la barbe de Durango et de Wylie ? Il eut envie d'assommer le garçon qui regardait Josselyne avec adoration.

— Bonsoir, Miss Josselyne, dit Zeb en risquant un coup d'œil envieux et hostile à Durango. Je pensais bien que c'était vous. Vous avez fait une bonne promenade ? Grand-maman m'a dit que vous étiez au Pied de l'Arc-en-Ciel. Si j'avais su que vous aviez envie de visiter la mine de votre papa, j'aurais été heureux de vous emmener dans notre chariot. Euh, je...

Un petit muscle jouait dangereusement sur la mâchoire de Durango, et le courage de Zeb le déserta brusquement.

— Ce... ce que je voulais vous dire, balbutia-t-il, c'est... La lettre que vous attendiez... elle est arrivée cet après-midi.

Il désignait une enveloppe posée sur le porte-habits.

C'était de la Révérende Mère. Josselyne la saisit avec un petit cri et la serra contre elle tandis qu'elle se dirigeait vers le salon pour la lire. Pour sa plus grande contrariété, Durango l'y suivit, s'installa dans un fauteuil près d'elle et alluma un de ses éternels petits cigares sans même lui demander la permission. Toutefois, sur un regard courroucé de la jeune fille, il retira en souriant ses pieds de la table à thé de Miss Hattie.

— Ne vous occupez pas de moi, Jossie, dit-il. Lisez votre lettre, j'ai le temps. D'après votre soupirant, elle est importante pour vous...

Elle lui lança un regard noir.

— Zeb n'est pas mon soupirant. C'est seulement un ami.

— Vous m'en voyez ravi — pour vous et pour lui.

Il plaisantait, mais Josselyne décela une certaine dureté dans sa voix. Il la couvait du regard comme si elle lui appartenait, et qu'elle n'eût pas le droit de lever les yeux sur un autre homme.

Elle frissonna. S'il se croyait des droits sur elle, c'est sûrement qu'il avait ravi sa virginité! Non! Elle refusait d'y penser tant qu'elle ne serait pas sûre.

Décidée à l'ignorer, elle ouvrit l'enveloppe, et entreprit de lire les pages à l'écriture serrée.

Elle fut tellement stupéfaite qu'elle dut les lire une seconde fois.

Ensuite, elle resta un long moment immobile,

abasourdie. Elle ne parvenait pas à y croire ! La Révérende Mère, au lieu de l'exhorter à revenir à Boston, lui conseillait le plus sérieusement du monde d'obéir au testament de son père et d'épouser soit Wylie, soit Durango.

Évidemment, écrivait-elle, *si aucun des deux hommes ne vous convient, vous devez laisser Dieu et votre conscience vous guider, décider pour le mieux. Cependant, il y a une mauvaise nouvelle, que je dois vous annoncer parce qu'elle peut influer sur votre décision, donc sur votre avenir. Comme vous le savez, nous sommes un couvent pauvre, et Sœur Theresa m'a informée que la situation empire de jour en jour. J'ai épuisé toutes les ressources à ma disposition et je cherche une assistance financière. Malheureusement, il y a tant de miséreux à secourir dans le monde que je reçois bien peu d'argent.*

Je ne voudrais pas vous charger d'un fardeau supplémentaire, le vôtre vous suffit. Cependant, les choses vont tellement mal... Je crains vivement d'être obligée de fermer les portes du couvent avant la fin de l'année. Dans ce cas, et si vous voulez toujours prononcer vos vœux, chère Josselyne, il vous faudra contacter le Père Flanagan à Central City afin qu'il vous aide à trouver une autre communauté. Si mes craintes se réalisent, il vous sera en effet impossible de revenir vers nous à Boston. Les sœurs et moi serons dispersées, et je ne sais pas du tout ce qu'il adviendra de nous. Je remets notre avenir entre les mains de Dieu et de l'Église.

La lettre se poursuivait sur le même ton. Josselyne était effondrée à l'idée que le havre où elle aurait pu se réfugier n'importe quand, pensée qui la soutenait dans le chaos de sa vie actuelle, lui était à présent définitivement fermé. Elle partait à la dérive, et la panique montait en elle. Elle se sentait dans la peau d'une trapéziste qui voit la corde s'effriter et s'aperçoit avec horreur que le filet de sécurité a été retiré. Dieu savait qu'elle n'avait pas une véritable vocation, et Il la punissait pour son sacrilège, pour avoir osé déshonorer sa foi en espérant devenir religieuse, pour avoir vécu dans le mensonge... en Son nom. Cette révélation, par-dessus tout, la laissait effondrée. Jamais elle ne s'était sentie aussi malheureuse, jamais elle n'était tombée aussi bas. Sa vie, naguère simple et toute tracée, volait en mille éclats.

— Josselyne, qu'est-ce qui ne va pas ? demanda Durango devant son petit visage ravagé.

Comme elle ne répondait pas, il lui prit la lettre des mains et la lut sans qu'elle eût la force d'élever la moindre protestation.

— Bon, dit-il ensuite. Ce ne sont certes pas des nouvelles réjouissantes, mais il n'y a pas de quoi rester là, assommée comme si on vous avait écrasé une bouteille de whisky sur le crâne. Après tout, vous saviez bien que vous ne pouviez réclamer votre héritage puis rentrer tranquillement au couvent. Et ne me racontez pas que vous aviez réellement l'intention de prononcer vos vœux, parce que avec ce qui s'est passé aujourd'hui, nous savons vous et moi que c'est faux !

Il s'interrompit un petit moment avant de poursuivre :

— A moins que vous n'ayez eu l'intention d'engranger quelques souvenirs... brûlants, pour vous les rappeler dans votre froide cellule de nonne ?

— Taisez-vous ! siffla Josselyne, furieuse. Taisez-vous, malappris sans principes. Comment osez-vous me parler ainsi ? Que pouvez-vous savoir de moi ?

— Je sais que vous n'êtes pas destinée à porter le voile, ma douce. Je connais suffisamment la vie pour parier jusqu'à mon dernier dollar que je n'étais pas le premier homme à vous embrasser. Ne venez pas me dire que cette jolie bouche ne s'est ouverte que pour chanter des cantiques !

Il eut un petit rire cynique en la voyant rougir.

— Non, ce n'est pas le cas, visiblement. Diable, Josselyne ! Vous n'êtes pas la seule jeune fille à avoir enfreint les lois du couvent, et vous ne serez pas la dernière. Maintenant, nous savons tous les deux que vous êtes une petite personne impure...

— Vous mentez ! cria-t-elle. S'il est vrai que j'avais décidé de prononcer mes vœux pour... de mauvaises raisons, je suis toujours une jeune fille !

Sa voix s'éteignit dans un sanglot. Elle n'en était même plus...

— Oh, ma douce... contra Durango, incroyablement heureux d'apprendre qu'elle était encore vierge. Si votre précédent amoureux a été suffisamment correct pour ne pas goûter complètement à vos charmes, croyez-vous pouvoir espérer le même respect de la part d'un malappris sans principes comme moi ?

Il y eut un silence chargé de menace.

— Vous... vous n'avez pas fait ça ? murmura enfin Josselyne, abattue.

— Posez-moi la question de nouveau demain, j'y répondrai peut-être, dit-il sèchement. En attendant, *señorita,* je vous laisse réfléchir sur le danger qu'il y a à se faire passer pour ce qu'on n'est pas.

Sur cette gifle morale, il quitta la pièce à grandes enjambées.

Ô Dieu, gémit Josselyne, recroquevillée sur elle-même comme un petit animal blessé. *Il est ignoble. Je ne veux plus avoir affaire à lui, jamais. S'il vient demain, je le chasserai, je lui interdirai de chercher à me revoir...*

Mais elle se rappela son visage énergique, déterminé, et elle sut qu'il ne se laisserait pas évincer facilement. Si elle demandait à Miss Hattie de le renvoyer, il l'écarterait sans l'ombre d'une hésitation et se fraierait un chemin jusqu'à elle. N'avait-il pas implicitement menacé le malheureux Zeb, tout à l'heure ? Simplement parce qu'il *pensait* que le pauvre garçon la courtisait. Toutes sortes de scènes effrayantes lui vinrent à l'esprit, et elle dut convenir que personne à la pension, et surtout pas elle, n'était de taille à tenir tête à Durango De Navarre.

Et s'il l'avait violée... Pour la première fois, Josselyne considéra les conséquences de cette éventualité. Non seulement la honte, la dégradation de cet acte auquel elle avait, au moins au début, participé volontairement, mais aussi le fait qu'il l'empêchât ainsi à jamais d'épouser un autre homme... d'épouser Wylie.

Comment en effet pourrait-elle se marier avec

Wylie en sachant qu'elle avait été soufflée par Durango ? Si Wylie découvrait qu'elle l'avait dupé, il demanderait aussitôt le divorce. Et alors qu'adviendrait-il d'elle ? Elle serait celle par qui le scandale arrive, une femme de mauvaise vie, méprisée, déchue, bafouée. Josselyne frémit soudain de tout son être. Dieu miséricordieux ! Et si Durango lui avait fait un enfant ?

Il fallait absolument qu'elle en ait le cœur net. S'il avait dérobé sa vertu, il devrait réparer, faire d'elle une honnête femme... bien qu'elle tremblât à l'idée de se remettre entre ses mains, de devenir sienne irrémédiablement. Mais de quelle autre solution disposait-elle ? Aucune. Il *fallait* qu'il l'épouse. Ce ne serait pas trop payer que d'y perdre son héritage.

Elle comprit soudain : c'était là la motivation principale de Durango. Depuis le début, il n'avait pensé qu'à cela... et elle en déduisait enfin, avec une certitude terrifiante, que c'était lui le saboteur de la mine et le meurtrier de son père.

13

Ironie du sort, ce fut Wylie, et non Durango, qui se présenta le premier à la pension de famille, le lendemain. Josselyne tenta de se débarrasser de lui sous un prétexte quelconque, tant elle avait peur que Durango ne les découvrît en train de bavarder dans le salon de Miss Hattie. Mais Wylie, qui avait l'intention de l'emmener déjeuner avant de partir avec elle en promenade, ne se laissa pas renvoyer. Entêté, il coupa court aux protestations de Josselyne et l'entraîna presque de force vers son buggy.

— Plus un mot, Josselyne, dit-il avec une certaine sécheresse. Vous m'avez beaucoup négligé, ces derniers temps, et j'en suis fort peiné. Je croyais que nous étions devenus amis. Pourtant, vous avez trouvé le temps d'aller passer une journée entière à la mine avec Durango, bien que je vous aie répété que ce n'était pas un endroit pour une dame. Or j'apprends par le Vétéran, qui faisait des courses en ville tout à l'heure, que non seulement vous avez vu la mine, mais que vous y êtes descendue et que vous y avez eu un accident ! Vous n'êtes pas blessée, Dieu merci, mais s'il vous était arrivé du mal, ce n'aurait été que juste punition pour avoir ignoré mes conseils. Durango, nous le savons, n'a guère de respect pour la sensibilité féminine. J'avoue que vous me décevez énormément... Je n'aurais jamais cru cela de vous, Josselyne...

Il arborait un air sévère, réprobateur, qui ne laissait aucun doute sur sa façon de penser. Elle se raidit. De toute évidence, il n'était pas venu la chercher pour la distraire, mais pour l'admonester vertement. Or elle n'était pas d'humeur à le supporter, surtout quand elle se rappelait tout ce qui lui était arrivé à la mine. Et encore, Wylie ignorait le pire. A moins que Durango ne se fût vanté de sa conquête — si c'était le cas — auprès des ouvriers. Cette idée lui était tout simplement insupportable !

— Vous n'avez rien à dire pour vous justifier ? Rien du tout ? poursuivait Wylie, implacable. Eh bien, j'espère néanmoins que la leçon vous a profité et que vous avez été suffisamment punie. Je ne parviens pas à comprendre quel démon vous a saisie pour que vous insistiez ainsi sur cette visite à la mine — en plus avec Durango ! Mais je serai heureux d'accepter vos excuses et de passer l'éponge sur cet épisode regrettable.

Josselyne devina enfin que Durango, pour une fois, s'était comporté en gentleman, et que Wylie ignorait tout de ce qui s'était passé au fond de la mine. Son appréhension fut aussitôt remplacée par l'indignation. Quoi, Wylie attendait qu'elle lui demandât pardon d'avoir voulu voir son héritage de près ? Elle le fixait sans mot dire, incrédule. Quel aplomb ! Cet homme était un fat ! Comment osait-il se comporter ainsi ? Folle de rage, elle faillit lui assener brutalement ses quatre vérités. Puis elle s'imagina en train de crier comme une mégère en plein milieu de la Grand-Rue... On la prendrait pour une folle, et sa réputation s'en irait en lambeaux.

— Je suis navrée, Wylie, dit-elle d'une voix qu'elle voulait calme, ses yeux verts lançant des étincelles, mais je n'ai aucune intention de m'excuser d'être allée visiter la mine. En tant qu'associée, j'ai autant le droit de m'y rendre que Durango, Victoria ou vous-même, et je recommencerai si c'est nécessaire. Cependant je regrette que vous en soyez à ce point contrarié ; je ne tiens pas à ce que notre amitié en souffre.

Un instant, Wylie se pétrifia de rage. Ses doigts se crispèrent sur les rênes, et Josselyne comprit qu'il avait le plus grand mal à garder son sang-froid. Elle se raidit contre l'explosion qui n'allait pas manquer de se produire. Mais elle n'eut pas lieu.

— Peut-être est-ce moi qui devrais m'excuser, dit-il d'un ton sec en regardant droit devant lui. Jusqu'à ces jours-ci, vous sembliez ravie de sortir avec moi. J'ai cru que vous acceptiez... d'être courtisée. Je pensais, c'est-à-dire, j'espérais, que nous finirions par arriver à une sorte d'entente.

Il eut un rire bref, amer.

— J'ai même fait quelques travaux d'approche auprès du Père Flanagan... Pardonnez-moi. J'ai été présomptueux. Si vous préférez que nous cessions de nous voir...

— Oh, non, Wylie ! Il n'en est pas question ! s'écria Josselyne.

Si Wylie était allé voir le Père Flanagan, cela voulait dire qu'il avait sérieusement l'intention de l'épouser. Or elle ne voulait pas renoncer à cette possibilité tant qu'elle ne saurait pas si Durango l'avait compromise ou non.

— Simplement, reprit-elle, je voulais être une partenaire à égalité dans l'exploitation de la mine. Je tiens à ne pas être quantité négligeable. Je refuse d'être tributaire de vous, de Victoria ou de Durango, il faut que je sois capable de prendre seule des décisions en ce qui concerne le Pied de l'Arc-en-Ciel. Il ne s'agit pas d'un manque de confiance en vous, mais...

— Mais cela y ressemble fort, coupa Wylie, pincé. Après tout, il est clair pour vous que l'un d'entre nous a tué Forbes, détérioré la mine et assassiné votre père.

L'accusation était aussi nette que celle qu'il avait prononcée à la boutique.

Ses mots s'attardèrent dans le silence, creusant soudain un gouffre entre eux.

La colère de Wylie était tangible. Était-il réellement offensé qu'elle l'eût suspecté d'être le criminel... ou se créait-il ce personnage pour dissimuler sa culpabilité ? Josselyne l'ignorait. Pour la première fois, elle se rendait compte que Wylie, comme Durango, avait eu la connaissance nécessaire, le motif et l'opportunité de commettre ces actes. Elle l'avait cru un gentleman. Cependant, il pouvait se montrer froid, voire cruel...

— Je ne l'aurais pas formulé en ces termes, répondit-elle enfin, mais... oui, il est vraisemblable que vous ou Durango avez organisé les accidents. Victoria elle-même aurait pu engager quelqu'un pour s'en charger. Et personne d'autre n'avait intérêt à interrompre l'exploitation de la mine ni à tuer deux hommes... pour autant que je sache.

Un muscle tressautait sur la joue de Wylie.

— En conclusion, bien que vous m'ayez autorisé à sortir avec vous toutes ces dernières semaines, je figure toujours sur votre liste de suspects ? Ma chère Josselyne, si c'est ce que vous pensez, je ne comprends pas que vous me laissiez vous promener dans mon buggy ! Ne craignez-vous pas que je vous attire dans quelque coin isolé pour vous régler votre compte ?

— Non. Je ne vois pas quel intérêt vous y auriez. Vous n'êtes pas fou. Comme vous le savez, si je n'étais pas mariée au moment de ma mort, les parts de papa reviendraient à Nell Tierney. Elle est fine, et elle ne les vendrait certainement pas avant d'avoir appris quelle en est la valeur exacte. Vraisemblablement, comme elle était sa proche compagne, papa lui a dit qu'il était sur le point de trouver un filon mère, donc elle ne se séparerait certainement pas de ses parts du Pied de l'Arc-en-Ciel.

— Je vois... Vous avez raison, évidemment.

Wylie demeura un instant silencieux, perdu dans ses pensées. Il ne voulait pas que la jeune fille lui échappe, ni qu'elle se tourne vers Durango. Il se sentait si proche de la perdre avant même de l'avoir gagnée... Il reprit plus calmement :

— Contrairement à ce que vous pourriez imaginer, Josselyne, je n'ai pas provoqué l'accident de la mine. Je n'ai tué ni Forbes ni votre père. Tous deux étaient mes amis. D'autre part, en plus de mes parts du Pied de l'Arc-en-Ciel, je possède deux entreprises prospères. Si cela peut vous rassurer sur l'état de mes finances, je vous montrerai volontiers mes livres de comptes. Je n'ai rien à cacher. Je vous l'ai déjà dit, c'est Durango le traître.

— En avez-vous la preuve ? demanda Josselyne, le cœur serré.

Wylie avait l'accent de la franchise, donc le coupable était Durango. Elle eut la nausée au souvenir de la manière dont elle s'était comportée dans ses bras. Elle ferma les yeux comme si elle pouvait ainsi chasser l'image de son esprit.

— Non, je n'ai pas encore de preuve, avoua Wylie à regret. Mais j'espère en obtenir bientôt. En attendant, je vous demande seulement de me faire confiance, Josselyne. Croyez en ma parole de gentilhomme quand je vous affirme n'être pas coupable de ces crimes.

— Je... je vous crois, Wylie.

Mais vous ne saurez jamais à quel point je le déplore. Dieu me vienne en aide, si Durango m'a violée...

Sans deviner les tourments de la jeune fille, absolument enchanté de ses paroles, Wylie arrêta le buggy devant le restaurant de John Best. Tandis qu'il attachait ses chevaux devant l'établissement, il prit soin de baisser la tête pour qu'elle ne pût voir son petit sourire triomphant. Il était enfin parvenu à discréditer totalement Durango à ses yeux...

Ils finissaient de déjeuner quand Victoria entra dans la salle de restaurant, belle, mystérieuse, séduisante comme toujours dans sa superbe toilette de veuve. Personne, pas même son amant, Wylie, ne pouvait savoir l'angoisse et le tourment qui la torturaient sous sa façade imperturbable.

Elle n'avait jamais souhaité épouser Forbes, qui avait quarante ans de plus qu'elle. Elle redoutait et haïssait à la fois cet individu lourd, vulgaire, qui n'hésitait pas à écraser ceux qui se mettaient en travers de son chemin. Il l'avait finalement eue en agitant sous son nez un paquet de reconnaissances de dettes appartenant à son père. Il menaçait de faire emprisonner ce dernier si elles n'étaient pas acquittées d'une façon ou d'une autre. Victoria n'avait pas eu le choix. Elle avait accepté de se marier avec lui, et avait commencé pour elle le cauchemar.

Nuit après nuit, elle dut endurer ses grosses lèvres sur sa bouche délicate, ses pattes vulgaires sur ses seins ronds, son corps brutal et corpulent sur sa peau satinée. Il la dégoûtait tant qu'elle en avait la nausée... Et qu'avait-elle récolté ? Ce gros imbécile avait tellement bu qu'il avait glissé dans le puisard à la mine, ou avait laissé quelqu'un l'y pousser, abandonnant sa jeune épouse dans une situation presque désespérée. Forbes avait été riche, autrefois, mais il avait dilapidé sa fortune en dépensant inconsidérément pour impressionner les gens.

Au début, il aurait volontiers financé la mine, si Red, Wylie et Durango n'avaient refusé d'échanger leurs parts contre son soutien. Ils préféraient des bénéfices plus tardifs mais substantiels plutôt que de l'argent rapidement mais en moindre quantité. Forbes s'était alors rabattu sur d'autres placements qui s'étaient révélés catastrophiques, car il n'avait jamais voulu écouter les conseils de quiconque.

Victoria était donc la seule à savoir, avec son avoué et son banquier, qu'elle n'était pas la riche veuve dont elle donnait l'image. En fait, avec l'explosion de la mine, son espoir que le filon mère fût rapidement découvert avait volé en éclats, et avec lui la perspective de rembourser ses créanciers.

Les robes, bijoux et colifichets, qu'elle estimait indispensables à une dame, coûtaient une fortune. L'idée de vendre son manoir sur Le Casey la rendait malade. A cause de l'expérience désastreuse de son père, elle connaissait le désespoir d'être accablée de dettes, et elle ne voulait pas être placée dans une telle situation.

Cette pensée la rongeait en permanence, et sans quelques rares élans de générosité de la part de Wylie, elle aurait déjà été dans la misère.

En regardant son amant dans les miroirs qui tapissaient le bar, elle se dit qu'il était terriblement injuste que Forbes eût dépensé toute la fortune dont elle aurait pu jouir, enfin tranquille, avec lui. A présent, s'ils voulaient à eux deux contrôler la mine, Wylie allait être obligé d'épouser cette petite religieuse terne, et de rester marié le temps de mettre la main sur son héritage.

Malgré les paroles orgueilleuses qu'elle avait adressées à Durango devant le bureau de Killian, elle en ressentait de l'angoisse, de la jalousie. Elle aimait Wylie avec une passion dont elle ne se serait jamais crue capable, et l'idée de le partager, voire de le perdre, la terrifiait. Si elle avait su, quelques années plus tôt, ce qu'elle savait à présent, elle ne se serait pas jetée à la tête de Durango qui, des deux hommes, lui semblait le plus susceptible d'oublier qu'elle était la femme de Forbes et de l'aider à supporter son calvaire.

Si Wylie était au courant, il devait en être affreusement mortifié. C'était sans doute pour cette raison qu'il ne lui avait jamais dit qu'il l'aimait, et pourtant il tenait à elle, elle en était sûre. Cependant, même depuis la mort de Forbes, il n'avait pas parlé mariage. Et il ne pourrait probablement plus le faire, à cause de ce maudit Red O'Rourke, qu'elle détestait de tout son cœur.

Mais Victoria était passée maîtresse dans l'art de dissimuler ses émotions, et elle s'avança gracieusement vers le couple.

— Wylie ! s'écria-t-elle en posant une main possessive sur son bras. Et Josselyne ! Quelle surprise ! Je vous ai aperçus par la fenêtre, et j'ai eu envie de venir vous saluer. Si je m'attendais à vous trouver ici !

En réalité, Wylie avait quitté son lit peu auparavant, et elle savait parfaitement qu'il allait retrouver Josselyne. En temps normal, elle se serait tenue à l'écart, mais ce jour-là, un instinct plus fort qu'elle l'avait poussée à voir sa rivale.

Et elle fut soulagée de constater que la jeune fille était aussi simplette que sa robe de novice. Fière de sa silhouette parfaite, elle fut rassurée : à côté d'elle, Josselyne était reléguée dans l'ombre et n'avait pas la moindre chance de lui voler son compagnon. Bien qu'il lui eût fait l'amour quelques heures plus tôt, Wylie ne la quittait pas des yeux, et elle en fut apaisée ; elle connaissait ce genre de regard, elle ne risquait rien.

Wylie s'était courtoisement levé à l'arrivée de Victoria, et Josselyne qui les observait, tous deux si élégants, ne put s'empêcher de ressentir un pincement d'envie. Elle était rejetée, elle n'appartenait pas à leur monde. Un instant, elle se demanda même comment elle avait pu imaginer devenir la femme de Wylie, évoluer dans son milieu. C'était pure folie, alors qu'une personne raffinée comme Victoria ne demandait que ça !

Un sanglot lui monta à la gorge, et elle piqua du nez dans sa glace à la vanille. La journée avait perdu de son éclat. Josselyne avait une seule envie : retourner à la pension de Miss Hattie, même si Durango l'y attendait. Elle ne méritait pas mieux que lui, se dit-elle tristement. Qui était-elle, finalement ? La fille d'un mineur irlandais presque analphabète. Comment Wylie et son père avaient-ils pu trouver un terrain d'entente ? Et elle, y parviendrait-elle ? Elle était sceptique. Sans doute était-elle plus en harmonie avec Durango, quelles que fussent ses manières détestables.

Josselyne fut soulagée quand Victoria prit enfin congé, après leur avoir rappelé la petite réception qu'elle donnait la semaine suivante au

Teller House « pour accueillir convenablement la fille de Red parmi nous ».

La fragrance de son coûteux parfum français s'attarda dans son sillage... Josselyne déclara soudain à Wylie qu'elle avait la migraine et souhaitait rentrer.

14

Finalement, la sortie avec Josselyne n'avait pas été couronnée de succès, se dit Wylie, irrité. Au diable Victoria ! Pourquoi s'était-elle montrée ? Elle était si belle, si spirituelle que la pauvre Josselyne — collet monté et ennuyeuse — avait dû se sentir dans le rôle de la chenille comparée au papillon. C'était sûrement pourquoi elle avait voulu rentrer. Il eut soudain envie d'étrangler Victoria, puis il sourit intérieurement. Jamais il ne pourrait lui faire de mal. Sa maîtresse était une chatte égocentrique, mais il adorait sa façon de ronronner.

Néanmoins sa mauvaise humeur s'accentua encore quand ils arrivèrent devant chez Miss Hattie pour découvrir l'étalon de Durango attaché à la barrière blanche. Par Dieu ! La rivalité entre Durango et lui, due au testament de Red, l'avait diverti un moment, mais là c'en était trop, Durango devenait exaspérant. Il était visiblement déterminé à empêcher Wylie d'épouser Josselyne. C'était absurde ! Wylie ne l'imaginait pas marié, et surtout pas à une religieuse ! Alors que faisait-il à tourner sans cesse autour d'eux, à lui mettre des bâtons dans les roues ? C'était sans doute simplement pour l'irriter, pour le pousser à bout et l'obliger à se battre contre lui.

Mais Wylie ne commettrait pas cette folie ! Durango était capable de trouer un as de cœur à quinze mètres — vingt s'il était à jeun. Non, si Durango voulait l'éliminer, il devrait avoir recours à un stratagème aussi retors que ceux qu'il avait utilisés pour Forbes et Red. Et ça ne serait pas facile ! Wylie avait bien l'intention de se tenir sur ses gardes.

Durango ne le prendrait pas par surprise, comme leurs deux infortunés compagnons. Et il ne s'approprierait pas non plus les parts de Red en épousant sa fille, Wylie était déterminé à l'en empêcher.

Comme il apercevait Durango les épiant derrière la fenêtre du salon, Wylie se pencha vers Josselyne en passant un bras sur le dossier de la banquette.

— Je suis navré que cette journée n'ait pas été aussi bonne que nous l'aurions souhaité, dit-il gentiment en lui prenant la main. J'avoue avoir été bouleversé par le danger que vous avez couru à la mine, et j'ai eu le tort de m'en prendre à vous. C'était parfaitement grossier de ma part. Ensuite, Victoria ! J'aurais dû lui faire comprendre qu'elle nous dérangeait... Mais la vie est difficile pour elle, depuis la mort de Forbes, et je n'ai pas eu le cœur de la blesser. J'espère que vous me pardonnez, Josselyne.

— Bien sûr, Wylie !

Il n'y avait plus trace de colère en elle. Elle était soulagée et heureuse de le voir si attentif, si généreux, de constater que leur querelle était oubliée. Peut-être leur amitié finirait-elle par devenir de l'amour ? Wylie était un homme honnête, courtois, honorable. Elle serait sincèrement contente s'il lui demandait de devenir sa femme et qu'elle pût accepter la tête haute. Il s'était fâché uniquement parce qu'il était inquiet pour elle.

Quand il déposa un long baiser dans la paume de sa main avant de l'attirer à lui pour prendre ses lèvres, elle ne protesta pas. Elle avait même étrangement envie de l'embrasser, pour savoir s'il éveillerait en elle une réponse aussi passionnée que celle que Durango avait suscitée.

Mais ce baiser, s'il fut expérimenté, lui rappela désagréablement ceux d'Antoine, froids, presque calculateurs. Rien à voir avec la possession exigeante des lèvres de Durango. Josselyne aurait dû s'en féliciter, or elle s'en trouva curieusement déçue.

Wylie, de son côté, ne sentit que sa retenue, son manque de réponse... bien qu'il fût conscient qu'elle n'était pas aussi naïve qu'elle l'aurait dû. Elle avait déjà été embrassée, et il croyait savoir par qui. Durango ! Tandis que Wylie se refrénait pour ne pas effaroucher la jeune novice, Durango l'avait accompagnée à la mine, et là il avait sans scrupules pris ce dont il avait envie. Wylie en était sûr !

Il en vint soudain à se demander s'il ne s'en était pas passé plus au Pied de l'Arc-en-Ciel qu'il ne l'avait imaginé. Non. C'était impossible. La douce Josselyne n'avait pu se soumettre de son plein gré à Durango, et lui-même n'était pas assez vil pour violer une novice. Mais à la simple idée qu'il ait pu l'embrasser, Wylie était pris d'une fureur incontrôlable, car cela prouvait que son partenaire voulait lui ravir les parts de Red. Bon ! se dit-il. Il avait gagné sur Durango quand il s'agissait de Victoria, il ferait de même pour Josselyne.

Il releva enfin la tête, mettant fin à cet insipide baiser. Dieu, quelle tristesse de devoir épouser cette petite jeune fille prude et passive ! La prochaine fois qu'il la tiendrait dans ses bras, se promit-il, il lui donnerait une bonne raison d'aller à confesse. Naturellement, il se garda bien de trahir sa déception ; Durango les observait toujours. Il arbora un sourire satisfait en aidant Josselyne à descendre du buggy avant de lui ouvrir la porte du cottage.

— Je vous abandonne, douce petite Josselyne, dit-il, car j'ai un rendez-vous important. Je l'avais complètement oublié tant j'étais sous votre charme...

Il l'observait d'une façon qui la fit rougir de plaisir.

— Au revoir, ma chérie. Promettez-moi de rêver de moi cette nuit...

— Je... c'est promis.

Elle le regarda s'éloigner, puis elle monta légèrement les marches du porche. Elle avait complètement oublié que Durango l'attendait à l'intérieur...

Zeb se terrait sur le seuil, visiblement angoissé.

— Durango est là depuis presque deux heures, annonça-t-il, nerveux. Il a sûrement bu, et il est d'une humeur de chien. Si j'étais vous, je n'irais pas au salon. Je peux essayer de... le jeter dehors, si vous voulez ? Mais je ne suis pas certain que ça servira à quelque chose. Il m'a même pas regardé quand je lui ai dit que vous étiez sortie avec M. Gresham et que vous rentreriez pas tout de suite.

— Tout ira bien, Zeb, répondit Josselyne, touchée par l'émotion du garçon. Merci, mais il vaut sans doute mieux que je m'occupe moi-même de M. De Navarre.

— Bon. Si vous insistez, Miss Josselyne... Je finis le ménage dans la salle à manger. Je serai pas loin, au cas où...

Josselyne prit une profonde inspiration et traversa le hall pour se rendre au salon. Dès qu'elle en franchit le seuil, elle fut saisie à la gorge par un nuage opaque de fumée de cigare. Elle se précipita vers la fenêtre qu'elle ouvrit en grand avant de se tourner vers Durango, affalé dans l'un des délicats fauteuils de Miss Hattie, le cigare aux lèvres, une bouteille à la main. Comme elle le fixait d'un air réprobateur, il écrasa son cigare et posa la bouteille sur un guéridon. Puis il se leva et, dans un cliquètement d'éperons, il alla fermer la porte. Enfin il s'avança vers elle, les bras serrés le long du corps comme pour s'empêcher de se laisser aller à la violence.

— Bon Dieu, où étiez-vous ? demanda-t-il d'une

voix basse, menaçante, qui la fit frissonner d'appréhension. Nous devions pique-niquer ensemble, et j'ai horreur d'être planté là, surtout à cause de Wylie.

— Si vous voulez bien vous le rappeler, jamais je n'ai accepté de vous voir aujourd'hui, précisa Josselyne, tremblante de peur et de rage.

Il la dominait de toute sa taille, et elle se sentait une fois de plus fragile, minuscule devant lui. Cependant, ses yeux verts lançaient des éclairs de défi.

— Comment osez-vous venir ici, sale, ivre, et terroriser ainsi Miss Hattie et son petit-fils, sans compter les autres pensionnaires ? Ils auraient dû aller chercher le shérif pour vous faire arrêter !

— Personne n'en a eu le courage. Et vous ne l'aurez pas non plus !

— C'est ce que nous allons voir !

Josselyne se dirigea vers la porte, avec l'intention d'ordonner à Zeb d'aller quérir les forces de l'ordre, mais il la rattrapa au milieu de la pièce et la colla contre lui.

— Je connais un moyen, fort agréable au demeurant, Josselyne, de vous faire taire, déclara-t-il, mielleux, alors qu'elle ouvrait la bouche pour appeler à l'aide. Ah, je vois que vous me comprenez, continua-t-il, sardonique, en la couvrant d'un regard qui la fit frémir tout entière. Brave petite ! Je le savais. Pourtant, j'avoue être un peu blessé que vous repoussiez mes avances et encouragiez celles de Wylie... surtout après ce qui s'est passé entre nous hier. Ah, mais j'oubliais ! Vous étiez inconsciente, n'est-ce pas ? Et je n'ai pas répondu à vos questions, ensuite. Quel dommage que vous demeuriez ignorante de ce qui vous est arrivé entre mes bras...

Josselyne pâlit comme s'il l'avait frappée. Il l'avait violée ! Sinon, il ne se montrerait pas si sûr de lui, cet ignoble individu ! La tête lui tournait, elle était sur le point de s'évanouir. Non, il ne le fallait à aucun prix ! Durango avait déjà montré qu'il n'éprouvait aucun scrupule à profiter d'une situation, et il n'hésiterait certainement pas à recommencer. Elle inclina la tête contre son bras, les yeux fermés, honteuse à la pensée de ce qu'il avait fait d'elle.

Durango eut honte, lui aussi, de la traiter avec une telle brutalité, puis il la revit dans le buggy avec Wylie et se ressaisit.

— Posez-moi de nouveau la question, Josselyne, peut-être répondrai-je, cette fois, lui murmura-t-il à l'oreille, son souffle chaud la faisant frémir malgré elle. Dites-moi ce que vous avez sur le cœur depuis que vous vous êtes réveillée dans l'appentis au Pied de l'Arc-en-Ciel.

— Non, je... je ne veux pas savoir, mentit-elle, pathétique, en se mordant la lèvre. Je ne veux pas en parler.

— Vraiment ? Allons, ma chérie... Comme je vous l'ai dit hier, plus de ces pudeurs entre nous. Vous mourez d'envie de savoir. Les femmes convenables ne parlent pas de ces choses-là, je le sais, mais vous n'arrêtez pas d'y penser, n'est-ce pas ? Ne niez pas, je le sais parfaitement. Vous avez rêvé longuement de ces baisers passionnés que nous avons échangés à la mine... et je suis sûr que vous avez fait pénitence à cause de cela, agenouillée et le chapelet entre les mains. N'est-ce pas ? N'est-ce pas ? insista-t-il en la secouant.

— Oui... oui, gémit-elle, des larmes amères lui montant aux yeux.

— Parce que vous y avez pris plaisir, non ? poursuivit-il, implacable.

— C'est faux...

— Bon sang ! Ne me mentez pas, Josselyne ! Nous savons tous les deux que vous avez aimé cette étreinte. Voulez-vous que je vous en fournisse la preuve ?

— Non ! cria-t-elle, prise de panique par l'atmosphère tendue qui régnait dans le salon, aussi électrique que celle qui annonce les orages d'été. Non ! répéta-t-elle dans un gémissement impuissant.

— Alors, questionnez-moi, ma douce. Demandez-moi si, lorsque vous vous êtes évanouie dans mes bras, je vous ai violée. C'est ça que vous voulez savoir, hein ? C'est ça ?

Il la secoua de nouveau.

— Soyez maudit ! Oui ! cria-t-elle, incapable de retenir les mots qui lui échappaient, peu soucieuse de jurer. L'avez-vous fait ? Pour l'amour du ciel, Durango, avez-vous... ?

Encore un blasphème...

— Josselyne, vous me surprenez, répondit-il d'une voix traînante, cruelle. Vous devriez savoir qu'un gentleman ne se vante jamais de ses conquêtes...

Quelque chose se brisa en elle brusquement, violemment, comme si elle avait reçu un coup sur le crâne. Un brouillard rouge lui voila la vue, sa tête tournait, son cœur menaçait d'exploser, le sang lui bourdonnait aux oreilles tandis qu'une colère comme elle n'en avait jamais ressenti montait en elle, irrépressible.

Possédée par une sorte de démon, elle perdit tout contrôle sur elle. Une toute petite partie d'elle-même sembla se détacher de son corps pour flotter en l'air et assister au déchaînement qui se produisait. Comme un chien atteint de la rage, elle se dégagea de l'étreinte de Durango pour mieux se jeter sur lui, toutes griffes dehors.

Elle éprouva une satisfaction mauvaise quand ses ongles entamèrent la joue de l'homme, laissant des traces ensanglantées. Elle allait arracher ce sourire vicieux de son visage... Mais il saisit ses poignets et les tint fermement derrière son dos. De l'autre main, il l'obligea à lever le visage vers lui.

— Vous avez l'air d'un ange, *querida*, marmonna-t-il, le souffle un peu court, les yeux comme des braises, mais... *por Dios*, il y a du diable en vous, et j'ai bien l'intention de le laisser s'exprimer.

Brutalement, il prit ses lèvres.

Elle le détesta — passionnément, avec force, de tout son cœur — et elle se détesta encore plus parce qu'elle avait l'impression, au plus profond d'elle, qu'elle ne le haïssait pas. Ça ne pouvait lui arriver à elle ! C'était un cauchemar... Malgré sa honte, pourtant, elle se sentait vivante, comme jamais. Chaque fibre de son être vibrait, elle retrouvait les émotions qui l'avaient submergée dans la mine, ce désir farouche revenait, bouillonnant, inextinguible. Cependant, elle luttait contre lui, contre Durango, dans une futile tentative pour se libérer. Mais elle n'avait ni la force, ni la volonté, ni même l'envie que cela cesse. Il avait ruiné ses défenses à l'instant où il avait pris sa bouche.

L'assaut était aussi puissant que celui de la mer déchaînée sur le rivage, il effaçait tout sur son passage, anéantissait sa pudeur, ses craintes de jeune fille, redéfinissait les limites de son existence, de son être.

Son voile glissa à terre sous les mains impatientes qui, à présent, libéraient sa chevelure des épingles, s'enfouissaient au milieu de sa masse glorieuse, flamboyante dans la lumière dorée du soleil. De la langue, il effleura le contour de sa bouche avant de plonger de nouveau dans sa douceur, dans sa fraîcheur.

Les lèvres frémissantes de Josselyne s'ouvrirent comme les pétales d'une fleur assoiffée, et il but son nectar longuement, profondément...

Durango était totalement grisé par son goût, son odeur, plus ivre qu'avec du vin, intoxiqué.

Il ne la méritait pas. Malgré les soupçons qui ne le lâchaient pas, il savait qu'elle était innocence, pureté, lumière. Lui n'était rien de tout cela, et depuis longtemps. Vécût-il cent ans, jamais il ne rencontrerait pareille merveille.

Depuis qu'il l'avait vue au fond de la mine, baignant dans le halo de ses cheveux de feu, avec son visage angélique, il comprenait qu'elle était la femme de ses rêves, venue d'un royaume où il avait depuis longtemps renoncé à entrer.

La peur de la perdre le rendait barbare ; l'instinct le rendait hardi. S'il lui laissait le temps de la réflexion, tout ce qu'on lui avait enseigné au couvent reviendrait, et jouerait contre lui. Il était déjà en état de disgrâce, il n'avait pas d'illusions. Pourtant il la désirait. Un pécheur qui soupire pour une sainte. Ironie suprême !

Il était stupéfait que Red eût engendré une telle fille. La chance légendaire des Irlandais, sans doute, comme la cassette de pièces d'or que l'on trouve au pied des arcs-en-ciel. La véritable nature de Josselyne, ange-sorcière, s'était révélée dans la mine.

Ses cheveux étaient soie sous ses doigts, et son visage renversé s'offrait à lui. Elle gémit doucement, exaspérant son désir. Ses seins effleuraient la poitrine de Durango à chaque inspiration. Il ne pouvait quitter ses lèvres au goût de fruit de la passion et de grenade. Il en voulait plus.

Josselyne. Sorcière-ange. De cuivre et d'or liquide sous le soleil, lys doré, avec sa gorge nue, qui absorbait la pluie de baisers dont il la couvrait. Il la buvait des yeux, des lèvres, s'attendrissait sur l'ombre que faisaient les cils soyeux sur ses joues.

Le Christ avait suffisamment d'épouses. Durango avait besoin de celle-ci.

Mas vale tener que desear. Mieux vaut posséder que désirer.

Ses lèvres étaient brûlantes sur la peau de la jeune fille, tandis qu'il la cambrait en arrière, emprisonnée entre ses jambes, consciente de toute l'intensité de son désir. Elle était étourdie comme si elle avait bu du vin, poupée de chiffon alanguie par la passion qu'il éveillait en elle et qui coulait comme de l'opium dans ses veines. Quel pouvoir magique possédait-il donc ? Elle l'ignorait, elle ne s'en souciait pas. Inutile de lutter, elle ne gagnerait pas, et elle n'en avait même pas envie. Elle était prise d'une sorte de folie quand il la touchait, quand il l'embrassait ; elle perdait alors tout sens commun, le monde basculait, tout ce qui était le mal devenait glorieusement, inévitablement, le bien.

D'eux-mêmes, ses bras s'étaient noués autour du cou de Durango, et elle l'attirait à elle, tandis qu'il continuait de jouer avec ses lèvres, avec son désir. Un gémissement monta du plus profond d'elle quand il caressa un sein au travers de sa robe, et elle frissonna de la tête aux pieds. Il le moulait dans sa main, en cherchait la pointe gonflée, l'effleurait. Puis, de la paume, il traça de lents mouvements circulaires qui lui coupèrent le souffle. Elle avait envie de crier, tremblante entre ses bras. Sa bouche s'ouvrit sur un soupir de pur plaisir, et elle s'humecta les lèvres.

Comme dans le tunnel, elle était tout entière concentrée sur les vagues de bonheur qui déferlaient en elle. De fines gouttelettes de sueur perlèrent à ses tempes, exhalant son parfum de lavande et celui de sa peau, exaspérant encore davantage le désir de Durango.

Les cheveux de Josselyne étaient des branches de lierre roux qui les unissaient l'un à l'autre. Ses seins étaient des bourgeons tendus sous la robe, répondant à chacune des caresses de Durango. Les deux amants étaient enfermés dans le jardin des délices, et le soleil de l'Éden les baignait de sa lumière dorée. Il la prit aux hanches pour l'attirer plus près de lui.

Ses baisers et ses caresses firent fondre Josselyne. Elle avait mal, au cœur de sa féminité, elle brûlait, elle ressentait un vide atroce et une envie folle qu'il le comble. Ses doigts se crispèrent dans la chevelure de Durango. Elle voulait... elle voulait...

Durango la dévisagea, les yeux brillants de passion.

— Les baisers de Wylie vous ont-ils procuré le même émoi ? demanda-t-il d'une voix rendue rauque par le désir et la peur de perdre Josselyne.

Égarée dans ses sensations, elle ne comprit pas tout de suite. Puis brusquement, terribles, les mots prirent un sens; Durango avait dû la voir embrasser Wylie dans le buggy. C'était pourquoi il s'était servi d'elle. Bassement. Brutalement. Il l'avait délibérément menée vers quelques sommets inconnus... et il l'y laissait, inassouvie, pour la punir de lui avoir préféré Wylie...

Elle le frappa à l'aveuglette. Elle le méprisait, elle voulait le blesser aussi profondément qu'il l'avait blessée. Elle était honteuse, furieuse, angoissée, elle ne se posait même plus de questions. Mais il saisit aisément ses mains. Elle essaya en vain de se débattre ; il la plaqua brutalement contre lui et, par les cheveux, tira son visage en arrière.

— Je vous hais, cracha-t-elle.

— Je ne le crois pas, ma douce.

Il se moquait de nouveau d'elle et elle aurait voulu le griffer encore. Que lui arrivait-il ? Elle se conduisait comme une prostituée, elle se laissait aller à la colère la plus violente. Elle qui avait voulu dédier sa vie à Dieu était à présent possédée du démon.

— Répondez à ma question, bon Dieu !

Durango ne souriait plus.

— Avez-vous aimé les baisers de Wylie autant que les miens ?

Josselyne releva fièrement le menton, refusant de répondre.

Au bout d'un moment, il eut un rire cynique.

— Pauvre sotte ! Ce n'est pas vous qu'il veut, ce sont vos parts de la mine !

— Et vous... que voulez-vous, Durango ? demanda-t-elle, méprisante.

— Vous. Consentante, ajouta-t-il cruellement.

Elle pâlit et lutta contre une nausée.

— Mensonges ! Vils mensonges ! cria-t-elle, prise d'un tremblement incontrôlable. C'est vous qui voulez les parts de mon père. Pas Wylie. Et malgré vos allusions, je ne crois pas... je ne crois pas que vous...

— Que je vous ai violée ? Si je suis capable d'avoir tué votre père, hésiterais-je à abuser d'une jeune fille ?

Elle se tut, et il reprit plus doucement :

— Wylie ne vous aime pas, et il ne voudra plus de vous quand il saura ce que je vous ai prise... même pour obtenir les parts de Red. Il est trop orgueilleux pour ça.

C'était faux. Wylie avait dormi avec bon nombre de prostituées, et il n'accordait aucun prix à la virginité ; sinon, il ne se serait pas épris de Victoria... Mais cela, Josselyne l'ignorait.

— Vous vous trompez, insista-t-elle. Wylie saura que ce que vous avez fait n'était pas ma faute, et il ne m'en voudra pas. Il n'est pas comme vous, c'est un homme raffiné, décent, honorable.

Durango haussa un sourcil ironique. Il se détestait pour ce qu'il faisait, mais il frappait tout de même.

— Vraiment ? C'est pour ça qu'il est venu vous chercher alors qu'il sortait tout juste des bras de sa maîtresse ?

Josselyne s'immobilisa, paralysée par le choc. Elle leva vers Durango de grands yeux emplis d'horreur.

— Non ! C'est faux ! C'est faux ! Vous me mentez... comme vous m'avez menti sur tout le reste. Je ne veux pas vous écouter.

Durango faillit flancher devant la peine qu'il lui infligeait. Mais il imagina une fois de plus les mains de Wylie sur elle et poursuivit résolument :

— Ils doivent bien se moquer de vous, tous les deux...

— Non, gémit la jeune fille qui pourtant comprenait enfin qu'il avait raison.

Comme dans un rêve — ou un cauchemar — elle revit l'épisode du déjeuner chez John Best. Victoria, froide et maîtresse d'elle-même, ses longs doigts fins posés sur le bras de Wylie, ses yeux expressifs, sa bouche entrouverte sur un mystérieux sourire. Et Wylie qui la dévorait du regard, les yeux un peu voilés au souvenir de leurs étreintes. Que de rires silencieux ils avaient dû échanger, en effet, devant l'ironie du sort qui l'obligeait à courtiser une nonne ! Victoria ne craignait certainement rien de sa pâle rivale... Josselyne fut de nouveau saisie par l'horrible sentiment qu'elle n'appartenait pas à leur monde, qu'elle était gauche, sotte, simplette.

Elle se rappela le sourire de la jeune femme quand elle leur avait parlé de la réception du vendredi soir. *Bien sûr, nous serons là,* avait répondu Wylie, avec le même sourire. Évidemment, il s'amusait d'amener une religieuse à un dîner donné par sa maîtresse, de les voir toutes deux assises à la même table, de cajoler l'oie blanche pour obtenir les parts de Red et dépenser ensuite l'argent avec Victoria.

Josselyne comprenait à présent pourquoi le baiser de Wylie l'avait laissée indifférente. Comme Antoine, il ne ressentait rien pour elle, il n'avait rien à lui offrir, il voulait seulement prendre. Si elle l'épousait, il divorcerait dès qu'il aurait mis la main sur son héritage. Finalement, c'était sûrement lui le criminel du Pied de l'Arc-en-Ciel.

Oui, elle en était certaine, maintenant. Elle avait été aveugle et, sans Durango, elle n'aurait jamais compris ce qui se passait. Pauvre sotte ! avait-il dit. Il avait bien raison. La mort de son père avait complètement bouleversé son existence, au point qu'elle n'était plus très sûre de savoir encore distinguer le bien du mal. Qui croire ? Vers qui se tourner ? Elle s'était tant trompée dans ses jugements, même en ce qui concernait Durango...

Les larmes lui montèrent aux yeux. Elle était indigne, méprisable. Dieu l'avait jugée, et Il l'avait abandonnée, Il l'avait jetée dans l'antre du diable.

— Ne pleurez pas, *querida,* dit justement le diable, qui se méprenait sur la cause de son chagrin, avec une sorte de... tendresse. Wylie n'en vaut pas la peine.

— Je le sais... Oh, j'ai été stupide ! Tellement stupide ! Je ne sais plus à qui me fier. J'avais confiance en lui, je le croyais honorable. J'étais même prête à l'épouser, pour la mémoire de papa, pour respecter ses dernières volontés.

— Red était très important pour vous, n'est-ce pas ? demanda Durango, tendu, comme un loup qui guette sa proie.

— Évidemment ! Je l'aimais, de tout mon cœur, répondit-elle entre ses larmes. C'était mon père, la seule personne qui me restât après la mort de maman. Oh, Durango ! J'aurais tout donné pour le revoir avant son décès... Même maintenant, je ne parviens pas à croire qu'il ait disparu pour toujours. Cela peut sembler fou, mais par moments, j'ai l'impression qu'il veille sur moi, qu'il attend de voir ce que je vais faire de son testament. Je sais qu'il a toujours agi comme il pensait être le mieux pour moi, qu'il me voulait en sécurité et heureuse.

— Je pourrais vous apporter la sécurité, *querida*, et vous rendre heureuse...

La voix de Durango était lourde de désir renouvelé ; il repoussait résolument l'idée que Josselyne pût être une menteuse, une tricheuse complice de son père.

— Comment... comment le savez-vous ? murmura-t-elle, tremblante, tandis que d'une main étonnamment douce il essuyait ses larmes avant de poser sur ses lèvres un très tendre baiser.

— Dites que vous serez à moi, et je vous montrerai, Jossie.

— Vous... vous me demandez en mariage, Durango ?

Elle était soudain désorientée, son cœur battait la chamade. Elle avait peur de se remettre entre ses mains, et pourtant... Pourtant, tout au fond d'elle, elle avait envie de connaître l'aboutissement de la passion qu'il avait si bien su éveiller, d'être une femme à part entière, de réaliser son rêve: un foyer, un mari, des enfants...

— Le mariage ? répéta Durango avec un rire désagréable, toute tendresse oubliée. Évidemment, c'est ce qui vous plairait. Mais non, ma douce, ce n'est pas cela dont je parlais. Ne vous ai-je pas suffisamment répété que j'étais un célibataire endurci ?

Josselyne en eut le souffle coupé de peur, de rage, d'humiliation. Ses yeux s'agrandirent, et elle se débattit, tenta d'échapper à son étreinte. Elle ouvrit la bouche pour appeler à l'aide, mais elle n'en eut pas le temps. Il la fit taire d'un baiser sauvage.

— Ne criez pas, gronda-t-il contre ses lèvres. Cela ne vous servira à rien, je vous assure. Et si vous vouliez simplement me reprocher de vous avoir insultée, inutile aussi. C'était une situation impossible, *querida*. Si je vous avais offert le mariage, vous auriez cru immédiatement que je n'en voulais qu'à votre héritage. Telle est la perversité des femmes... Or, je ne suis pas assez stupide pour m'y laisser prendre. Au moins, ainsi, vous êtes certaine que c'est bien vous que je veux... Car je vous veux, de toutes mes forces. Et je finirai par vous avoir, quoi qu'il m'en coûte.

Il s'interrompit un moment avant de reprendre, mordant :

— Réveillez-vous, Jossie ! Nous sommes dans le monde réel. C'est vous et moi contre Victoria et Wylie. A moins que vous n'ayez irrésistiblement envie d'être *sa* maîtresse au lieu de la mienne.

— Et quand l'année fixée par papa sera terminée et que je serai toujours célibataire, que se passera-t-il, Durango ? Nell Tierney construira son théâtre ? cria Josselyne, furieuse de sentir son corps la trahir sous les lèvres et les caresses de Durango.

— Avant cette date, si cela me plaît, si *vous* me plaisez, je déciderai peut-être de vous épouser, finalement, répondit-il avec arrogance. Mais dans ce cas, ce sera uniquement parce que je le désire. Rien d'autre. En attendant, je ne veux pas que l'on me force la main... pas même vous, et Dieu sait que je vous désire, pourtant.

Il prit de nouveau ses lèvres, lui ôtant toute pensée cohérente. Elle s'accrochait désespérément à lui, comme s'il était le seul élément stable dans un monde qui l'étourdissait, qui s'effondrait et tournoyait sous elle.

Durango releva enfin la tête, un sourire satisfait au coin des lèvres.

— Soyez à moi, *querida*. Vous avez envie de moi, vous le savez et je le sais. Comme nous savons que cela arrivera un jour.

— Non, souffla-t-elle, tout en reconnaissant qu'il y avait du vrai dans ses paroles. Je vous déteste ! Je vous déteste !

— M'est avis que la dame proteste un peu trop fort, plaisanta-t-il. Je ne suis pas un homme patient, ma douce. Cependant, je vais vous offrir un peu de temps. Disons... un mois. Passé ce délai, je vous préviens : si vous n'êtes pas encore décidée, je prendrai toutes les dispositions nécessaires pour régler l'affaire du Pied de l'Arc-en-Ciel. C'est compris ?

— Oui... murmura-t-elle.

En réalité, elle n'avait pas tout saisi, mais elle sentait qu'il représentait une menace pour elle... de bien des façons. Cependant, il était sa dernière planche de salut.

— Alors, renoncez à l'habi...

Il la vit rougir violemment et reprit, une lueur de désir et d'amusement dans les yeux :

— Non, pas votre habit, Josselyne. Quoique, si vous insistez... Non ? Quel dommage pour nous deux ! Vous aurez tant de plaisir, dans mes bras, je vous le promets... Non, je voulais dire : renoncez à l'habitude d'embrasser Wylie. Comme vous l'avez sans doute remarqué, je suis très... possessif. Ce qui m'appartient, je le garde. Wylie était mon ami, naguère, et je n'aimerais pas être obligé de lui tirer une balle dans la tête. Je vous pardonne ce qui s'est passé dans le buggy, mais que cela ne se reproduise plus. Je ne veux vous partager avec personne, *querida*. Est-ce clair ?

— Oui.

Malgré le petit sourire qui n'avait pas quitté Durango, son visage était dur, sa mâchoire crispée, et Josselyne trembla de frayeur.

Il l'embrassa de nouveau, longuement, en caressant ses seins comme si elle lui appartenait déjà.

— Réfléchissez au paradis que vous vous refusez en mettant si longtemps à vous décider, Josselyne, dit-il quand il la lâcha enfin.

Il la quitta sur la vision délicieuse d'une jeune fille rougissante, les yeux baissés, dont les mains s'agitaient nerveusement comme les ailes d'un petit oiseau pris au piège.

15

Depuis trois mois, elle avait résolument détesté Nell. Or à présent, dans le salon de Miss Hattie où elles prenaient le thé, Josselyne avait curieusement envie d'ouvrir son cœur à cette femme qui avait été si proche de son père. D'une certaine manière, bien qu'elle connût à peine l'actrice, elle était persuadée que celle-ci la comprendrait, qu'elle pourrait lui donner de judicieux conseils. Et Dieu sait si la jeune fille en avait besoin !

Pourtant, elle n'en fit rien. Quant à Nell, soucieuse de ne pas l'offenser en lui révélant tout ce qu'elle savait de son passé, elle s'en tenait à leur conversation d'une politesse un peu guindée.

Durango avait pris congé au moment où Nell arrivait. En le voyant, haute silhouette menaçante et attirante à la fois, elle s'était félicitée que Red fût immobilisé dans le cottage de Spring Street. Le médecin avait plâtré sa cheville brisée, néanmoins il continuait à jurer qu'il tuerait Durango dès qu'il en aurait l'occasion.

La veille, en rentrant de son expédition, Red avait insisté pour que Nell allât immédiatement au Pied de l'Arc-en-Ciel arracher Josselyne aux griffes de son partenaire. Mais elle avait sagement refusé. Il lui fallait d'abord s'occuper de Red. Quant à la jeune fille, apparemment, le mal était déjà fait. Inutile de fermer la porte de l'écurie quand le cheval a été volé ! Inutile aussi de blâmer Red, qui était bien assez puni ainsi. Si elle affrontait Durango pour lui faire avouer son forfait, en quoi serait-elle plus avancée ?

Malgré toute son inquiétude, Nell avait l'impression qu'il valait mieux jouer la prudence que le défi. En outre, bien qu'elle sût Durango joueur et mauvais sujet, elle ne l'avait jamais cru saboteur ni meurtrier, et moins encore violeur. Donc elle avait résolu d'en apprendre davantage avant d'annoncer à Durango, comme Red l'en suppliait, que son associé était en vie et bien décidé à lui tirer une balle dans la tête. Si on le provoquait, et surtout à tort, Durango se défendrait ; or, il était bien meilleur tireur que Red. Red était son homme, Nell ne voulait pas qu'il mourût, même pour sauver l'honneur de sa fille...

Pour l'instant, tandis qu'elle scrutait le joli visage de la jeune fille, Nell se félicitait, surtout après avoir entendu le récit de la mésaventure dans le wagonnet, de ne pas avoir cédé aux instances de Red et d'avoir laissé son bon sens lui dicter sa conduite. En effet, lorsqu'elle l'avait croisé, Durango avait l'expression d'un homme au désir inassouvi. Quant à Josselyne, elle n'avait pas l'air, malgré sa visible anxiété, d'une jeune fille à qui l'on a dérobé sa vertu. Or si Durango n'avait pas hésité la veille à abuser d'elle, pourquoi n'aurait-il pas recommencé aujourd'hui ?

Josselyne semblait s'être recoiffée à la hâte avant de mettre son voile, mais c'était tout. De plus, si Durango avait essayé de la violer, elle aurait certainement appelé à l'aide.

Non, il l'a seulement embrassée, décida judicieusement Nell. *Hier et aujourd'hui, il l'a embrassée, mais il n'est guère allé plus loin malgré l'envie qu'il en avait sûrement. D'ailleurs ce n'est pas comme s'il s'agissait pour elle de la première fois. Elle a déjà failli s'enfuir du couvent avec cette canaille de Français. Oh, comme j'aimerais qu'elle parvienne à m'aimer un peu, à se confier à moi ! Pourtant il serait maladroit de ma part de la bousculer. Elle est un peu moins froide, aujourd'hui. Il ne faut pas gâcher ce léger progrès.*

Néanmoins, si Nell avait su combien la jeune fille avait envie de parler de ses tourments, elle l'aurait encouragée à le faire, elle aurait su trouver les mots pour l'apaiser. Mais Josselyne se taisait, même si elle tirait un grand réconfort de la présence souriante et amicale de sa compagne. Nell avait insisté pour que la jeune fille s'allongeât sur le sofa pour se remettre des événements de la veille, et elle redressait de temps en temps les coussins avec une douce sollicitude. Ce fut elle qui servit le thé et veilla à ce que l'assiette de Josselyne ne manquât pas des petits fours préparés par Miss Hattie.

L'actrice entretenait une conversation légère, gaie, que Josselyne trouvait infiniment reposante. Comme on n'exigeait d'elle aucune participation active, elle pouvait réfléchir aux deux journées qui venaient de s'écouler... et au souhait de Durango qu'elle devînt sa maîtresse.

Elle mit donc quelque temps à comprendre que le bavardage de Nell avait pris un tour plus sérieux et demandait réponse.

— Je tiens à ce que vous sachiez, Josselyne, disait-elle avec véhémence, que les actions minières de votre père ne m'intéressent absolument pas. Surtout maintenant qu'un superbe théâtre va être construit à Central City. Aussi j'espère de tout mon cœur que vous allez choisir d'épouser Wylie ou Durango plutôt que de rentrer dans votre couvent à Boston. J'aimerais également vous donner quelques conseils, si je le peux. Votre père et moi sommes... étions si intimes que j'avoue me sentir en quelque sorte responsable de vous... d'une façon maternelle. Je me suis mariée très jeune, et mon pauvre époux est mort peu de temps après en me laissant sans le sou ; c'est la raison pour laquelle j'ai dû devenir actrice. Mais peut-être êtes-vous au courant ? Ensuite, j'ai été trop absorbée par ma carrière pour souhaiter me marier de nouveau, voilà pourquoi je... je n'ai pas d'enfant. Pourtant, j'aurais tellement aimé avoir une fille... Enfin, ajouta-t-elle en secouant la tête, c'est la vie, n'est-ce pas ?

Elle s'interrompit un instant pour rassembler ses idées. Red soupçonnait Durango de le savoir vivant, et par suite de ne pas avoir l'intention d'épouser Josselyne. Les sourcils froncés, elle poursuivit :

— Voici ce que je voulais vous dire : vous avez une année pour décider de votre avenir, et quelques mois seulement ont passé. Prenez tout votre temps pour apprendre à mieux connaître Wylie et Durango. Si l'un ou l'autre se déclarait, soyez très prudente dans votre réponse. Une fois mariée, vous appartiendrez à l'un de ces hommes, vous n'aurez plus aucune liberté. Alors, je vous en supplie, ne vous laissez pas entraîner à la hâte dans un mariage que vous risqueriez de regretter, ni dans... quelque autre relation que ce soit. Rappelez-vous que les meilleurs des hommes ont parfois des intentions malhonnêtes envers les femmes. N'oubliez pas non plus que vraisemblablement l'un de ces deux garçons est un saboteur, peut-être un meurtrier, et qu'on ne peut leur faire entièrement confiance ni à l'un ni à l'autre.

« Cependant, le cœur des femmes est parfois incompréhensible, et sourd aux conseils des amis, à la voix de la raison. C'est pourquoi, si par hasard vous tombiez amoureuse de Wylie ou de Durango, sachez que ce qui arrive entre un homme et une femme peut être, *doit* être, la chose la plus naturelle et la plus merveilleuse du monde. Peu importe ce que vous ont dit les bonnes sœurs — qui sont les épouses du Christ. Dieu a créé les hommes et les femmes pour qu'ils s'aiment et prennent plaisir à s'aimer. Fiez-vous à votre instinct, Josselyne. Soyez certaine — tout à fait certaine — que l'homme que vous choisirez en vaut la peine.

Son petit discours terminé, l'actrice demeura un moment silencieuse avant de reprendre :

— J'ajouterai seulement que, si je n'ai aucune intention de remplacer votre mère dans votre cœur, j'aimerais, serait-ce seulement en souvenir de Red, que vous me considériez comme une amie sur laquelle vous pourrez toujours compter.

— Merci, Nell, répondit Josselyne, émue.

L'actrice lui paraissait bien différente de l'idée qu'elle s'en était faite d'après les lettres de son père. A moins qu'elle n'eût inconsciemment interprété les mots à sa façon... Si c'était le cas, elle devait des excuses à Nell. Mais elle ne savait comment s'y prendre pour les formuler. Et elle ne se résolvait pas encore à se confier à cette femme, qui semblait pourtant si bien connaître la nature de la « vocation » de la jeune fille.

Que doit-elle penser de moi ? se demandait-elle, en s'apercevant qu'elle tenait à la bonne opinion et à l'amitié de Nell. *Comment lui avouer ma folie sans qu'elle me méprise ?*

Aussi, pour ne pas détruire le fragile lien qui s'était noué cet après-midi-là, Josselyne garda ses soucis pour elle. Elle se rappelait les paroles de la Révérende Mère : Dieu n'inflige à aucun de Ses enfants un fardeau trop lourd pour lui.

16

Josselyne sut avant de l'ouvrir ce qui se trouvait dans le carton qu'on venait de lui livrer. Elle avait lu le mot qui l'accompagnait et le fixait comme s'il contenait un nid de vipères, filles du serpent des jardins d'Éden... *Portez-la si vous osez*, avait-on écrit sur une simple carte blanche. Signé : *Durango*.

A l'intérieur se trouvait la robe verte qu'elle avait admirée à la vitrine de la boutique de mode, elle en était certaine. Il la mettait au défi de se débarrasser de son voile et de revêtir la toilette qu'il lui offrait comme si elle était déjà sa maîtresse. Il n'en était pas question ! se dit-elle farouchement. Elle renverrait le carton sans l'avoir ouvert...

Mais elle pensa à toutes les femmes élégantes, couvertes de bijoux, qu'elle rencontrerait le soir même au *Teller House*. Elle imagina Victoria, longue sirène vêtue de noir, la recevant à son petit souper privé « pour accueillir convenablement la fille de Red parmi nous »... Et elle ouvrit le carton.

Des mètres de soie chatoyante en ruisselèrent. Durango avait même acheté une cape assortie et des sous-vêtements brodés, si légers que la jeune fille rougit violemment à la perspective de les porter, à l'idée qu'il les eût choisis pour elle, tenus en main, qu'il les eût imaginés sur elle. Elle le détestait... le mufle !

Quelques heures plus tard, elle n'en était plus si sûre.

La soie, tellement douce contre sa peau, bruissait à chaque pas, les fils d'or brillaient doucement, allumaient dans ses yeux des étincelles qu'elle n'y avait jamais vues, les rendaient plus verts encore, plus brillants. Était-ce bien elle, cette jeune femme dans le miroir ? Josselyne ne parvenait pas à y croire. Ses yeux n'avaient pas ce mystère, sa bouche était moins pleine, ses épaules moins blanches... moins nues.

Elle avait l'air effronté. Elle était ensorcelante. Une déesse celtique émergeant d'une mer d'émeraude qui réfléchissait des milliers d'étoiles dorées, sa chevelure de feu, retenue par des rubans, cascadant en lourdes boucles dans son dos. Elle portait aux oreilles les pendants d'or de sa mère, le seul bijou qu'elle possédât outre sa croix de bois.

Pour la première fois de sa vie, elle était consciente de sa beauté, de son corps. Elle comprenait enfin ce que Durango voyait en elle, pourquoi il la désirait... et elle frissonna. Elle n'était plus la même, la religieuse s'était envolée... pour toujours, se dit-elle avec une sorte de nostalgie pour son innocence et sa jeunesse. A sa place se dressait une étrangère hardie, téméraire, sûre d'elle.

Victoria n'arborerait pas son sourire félin, ce soir. Wylie Gresham ne se moquerait pas d'elle. Et surtout, Durango De Navarre ne jouerait pas avec elle. Au contraire, elle allait le tourmenter, il souffrirait... comme il l'avait fait souffrir. Il la désirerait et n'obtiendrait rien. Elle lui rirait au nez pour le punir de ce qu'il lui avait fait, pour le peu qu'il lui avait offert ensuite. Il regretterait amèrement d'avoir volé sa virginité sans lui proposer le mariage en réparation !

On frappa énergiquement à la porte d'entrée, et il y eut des bruits de voix.

Josselyne noua sa cape, enfila ses gants, prit son éventail et son réticule. Elle se tourna une dernière fois vers le miroir, et leva le menton, arrogante. Ses yeux verts étincelaient, ses joues étaient roses d'excitation. C'était la guerre, ce soir, et elle était prête à se battre.

Elle descendit l'escalier, et s'arrêta au milieu, s'attendant à trouver Wylie en bas.

C'était Durango. Elle eut l'intense satisfaction de voir ses pupilles se dilater.

Première goutte de sang, se dit-elle avec délectation.

Ange-sorcière, pensa-t-il, tandis que montait en lui un désir comme il n'en avait jamais ressenti auparavant.

Elle avait osé porter la robe ! D'une certaine manière, il n'en avait jamais douté. Mais il n'avait pas prévu sa violente réaction en la découvrant ainsi parée. Pour la première fois depuis des années, il avait le cœur battant comme un collégien, et un frémissement inattendu le parcourut tout entier. Ses reins brûlaient de désir. Il avait envie de la prendre là, sur-le-champ.

Il serra les poings et se blessa aux épines de la rose qu'il tenait à la main. La douleur lui fut presque agréable.

Maudit sois-tu, Red! Puisses-tu rôtir en enfer pour nous avoir envoyé cette jeune fille...

A retardement, Durango s'apercevait qu'il avait peut-être commis une erreur en lui offrant cette toilette. La femme qu'il avait devant lui n'était plus une petite nonne effarouchée, mais un ange vengeur, armé pour la bataille. A tort ou à raison, il lui avait fourni une arme, et elle avait bien l'intention de s'en servir.

Cependant, son intérêt était piqué au vif. Il aimait les défis. Malgré l'envie qu'il avait d'elle, si c'était toujours le mariage qu'elle souhaitait, elle ne tomberait pas sur une proie facile. Lit nuptial ou lit de mort... ni l'un ni l'autre ne le tentait.

La vengeance était une arme à double tranchant, découvrit Josselyne en observant Durango. Jamais elle ne l'avait trouvé aussi séduisant. Il était rasé de frais, et sa chevelure aile-de-corbeau encore humide avait des reflets bleus. Il portait un costume de soie noire fort bien coupé sur un gilet noir et blanc et une chemise blanche à jabot. L'élégante tenue était complétée par une cravate de soie noire, des boutons de manchettes en argent, une chaîne de montre également en argent, et une ceinture de cuir repoussé. Des éperons d'apparat ornaient ses bottes et il tenait à la main une rose rouge à longue tige.

— Wylie a eu un empêchement tout à fait

imprévu, dit-il d'une voix basse, chaude, qui la fit frémir. Une roue s'est malencontreusement détachée de son buggy.

C'était un mensonge, Josselyne en était sûre... et sans doute Wylie savait-il aussi qui était le responsable de ce contretemps.

Coup bas, pensa-t-elle.

J'aurais été capable d'estropier son cheval s'il l'avait fallu, se disait-il sans la quitter des yeux.

— Il m'a chargé de vous dire qu'il était désolé, poursuivit-il, imperturbable. Il nous retrouvera au *Teller House.*

— Alors, allons-y, déclara froidement Josselyne en descendant les dernières marches.

Elle prit la rose et en huma le délicat parfum. Il ouvrit la porte, et ils sortirent dans la fraîcheur de la nuit printanière, où une légère brise annonçait la pluie. La lune était une énorme perle dans le ciel de velours bleu marine clouté de diamants. Les montagnes se dressaient, royales, avec leurs collerettes d'hermine, et on entendait par intermittence le chant des oiseaux nocturnes, le ricanement d'un coyote, le hurlement d'un lion.

Durango aida Josselyne à monter en voiture, s'assit tout près d'elle et lança son attelage dont les sabots tintèrent joyeusement sur le gravier.

La rose était le symbole de ce que Durango avait dit ou fait à Josselyne. Elle avait des épines. La jeune fille se garda bien de penser à la douceur de son cœur...

Ils demeuraient silencieux, comme si tout avait été dit entre eux. Josselyne aurait pu le remercier pour la robe, pourtant elle s'en abstint. Il ne s'agissait pas d'un cadeau mais d'une provocation... ou d'une corruption. Et elle se jura de ne pas se laisser acheter par une jolie toilette. Si Durango espérait le contraire, il ne tarderait pas à comprendre son erreur !

Ils arrivaient devant le *Teller House* qui se dressait, brillamment illuminé, comme un palais avec ses doubles portes voûtées. Il était sans doute moins élégant que certaines demeures de Boston, mais il n'avait pas sa pareille entre Chicago et San Francisco.

Le bar était décoré de fresques classiques sur lesquelles un Anglais du nom de Charles Saint-George Stanley travaillait depuis plus de deux ans. Il y en aurait neuf au total, toutes ravissantes et représentant un thème différent.

Une immense serre regorgeait de plantes en pots dont le parfum embaumait la nuit. L'ameublement, qui avait dû coûter une fortune, était d'un raffinement extrême.

Victoria avait réservé un cabinet particulier où le maître d'hôtel conduisit les deux jeunes gens dès leur arrivée. Leur hôtesse s'y trouvait déjà en compagnie de Wylie.

D'abord, ils ne reconnurent pas Josselyne, puis, peu à peu, la lumière se fit, et elle eut le plaisir de voir Victoria pâlir, tandis que la réaction de Wylie ressemblait plutôt à celle de Durango... en plus fort, car il put admirer la robe dans toute sa splendeur lorsque la jeune fille dénoua sa cape, dévoilant l'audacieux décolleté qui mettait en valeur la rondeur de ses seins.

— Cela change de votre robe de nonne ! ne put s'empêcher de s'écrier Victoria d'une voix trop haut perchée.

Elle était furieuse et effrayée de découvrir sa rivale sous cet aspect inattendu. Soudain, la possibilité de perdre Wylie lui apparaissait, hideuse, menaçante.

— Oui, cela change, répondit simplement Josselyne tandis que Durango accrochait sa cape à une patère. J'ai reçu cette semaine une lettre de la Mère Supérieure qui m'annonçait que, malheureusement, le couvent était obligé de fermer ses portes pour raisons financières. Comme cette triste nouvelle, ajoutée au testament de papa, m'empêche de prononcer mes vœux définitifs, il m'a semblé normal de me séparer également de l'habit de religieuse.

Elle s'abstint d'ajouter que le cadeau lui venait de Durango, mais Victoria le savait déjà. La jeune veuve s'était rendue à la boutique l'après-midi même pour chercher des chapeaux de la saison dernière qu'elle avait fait modifier dans l'espoir qu'on les croirait neufs. Honteuse d'être obligée d'avoir recours à ce genre d'expédient, elle s'était crispée en voyant Durango entrer dans le magasin. Persuadée qu'il reconnaîtrait ses coiffures de l'an passé, elle s'attendait à des remarques sarcastiques. Mais surtout, elle craignait qu'il ne se demandât pourquoi elle en était réduite à de tels stratagèmes, ce qui mènerait à d'autres questions plus dangereuses. Elle se sentait tellement nerveuse qu'elle parvint à peine à se montrer polie.

Mais, à son grand soulagement, il ne sembla rien remarquer d'anormal. Il tenait seulement à ce qu'on lui montre la robe qui se trouvait dans la vitrine. Sur le moment, Victoria ne s'était pas inquiétée de savoir à qui elle était destinée. A présent, elle le savait... et elle savait avec encore plus de certitude qu'elle n'était plus du tout disposée à partager Wylie.

Ce dernier, comme Durango, fixait Josselyne avec une intensité presque ridicule. Deux galopins, bouche bée d'admiration, se dit Victoria qui se prit à souhaiter qu'ils avalent une mouche... et qu'elle les étouffe.

Et si Wylie épousait Josselyne ?... Et s'il ne se montrait pas pressé de divorcer, comme il l'avait promis ? Il ne lui resterait plus que Durango, or celui-ci ne lèverait pas le petit doigt pour elle, elle en était sûre depuis le jour où il l'avait repoussée parce qu'elle était la femme de Forbes. Elle se trouverait dans une situation désespérée... Non, c'était impossible. Il devait bien y avoir un moyen d'équilibrer les pouvoirs au Pied de l'Arc-en-Ciel, et de s'assurer que Durango avalait bien les couleuvres qu'elle lui avait préparées.

Quand ils furent tous les quatre assis à table et que le serveur eut pris leurs commandes, Victoria eut soudain une idée pour mener tous ses projets à bien.

Elle se leva sous prétexte d'aller « se repoudrer le nez » et se rendit vivement non pas aux toilettes, mais à la réception. Elle gribouilla quelques mots sur une feuille qu'elle plia, mit dans une enveloppe, et fit porter par un groom à une adresse sur Dostal Alley. Puis elle loua une chambre d'hôtel dont elle rangea la clé dans son petit sac. Elle en retira en même temps le flacon de laudanum qui ne la quittait jamais et le glissa entre ses seins. Le moment venu, elle devrait agir vite, sans avoir à fouiller son réticule pour le trouver.

Ensuite, nerveuse, elle alla se laver les mains et se poudrer avant de rejoindre ses invités à temps pour le consommé de tortue dont elle avala péniblement quelques cuillerées.

Wylie et Durango avaient commencé leurs persiflages habituels, et elle fut bien obligée de se mettre à l'unisson. Les autres ne devaient se douter de rien. Néanmoins, elle ne put s'empêcher de jeter des coups d'œil furtifs à la pendule qui égrenait d'interminables minutes.

A l'origine, elle avait organisé ce dîner pour aider Wylie à obtenir les faveurs de Josselyne. Maintenant, elle avait une seule envie: que la soirée s'achève au plus vite... et sans qu'elle en devienne la victime. Elle ne pouvait s'ôter de l'esprit que l'un des deux hommes était le meurtrier de Forbes et de Red. Elle avait toujours eu tendance à considérer qu'il s'agissait de Durango, pourtant elle était assez intelligente pour comprendre que Wylie en était également capable.

Elle frissonna à la pensée de la punition qu'il lui infligerait s'il savait ce qu'elle préparait ce soir. Elle s'assura que le serveur versait largement le champagne dans l'espoir que les deux hommes seraient un peu abrutis par l'alcool. Mais c'était difficile à constater: Durango et Wylie, même ivres, étaient connus pour leur impassibilité.

Cependant, la boisson aidant, ils durent s'excuser après le souper, ainsi que Josselyne.

Soulagée, Victoria profita de leur absence momentanée pour vider son flacon de laudanum dans le carafon de cognac que le serveur venait de placer sur la table. Puis elle remit le bouchon en place et glissa la fiole dans son sac.

Elle aurait préféré mettre le sédatif seulement dans les verres de Durango et de Josselyne, mais s'ils avaient été les seuls à en ressentir l'effet, Durango se serait alerté.

Son forfait accompli, Victoria s'éventa énergiquement pour rafraîchir ses joues enflammées et attendit ses compagnons. Elle espérait néanmoins qu'elle n'avait pas mis trop de laudanum dans la carafe, et qu'ils n'allaient pas tous les quatre s'évanouir à table !

Josselyne aurait dû boire moins de champagne, elle le savait ! Et surtout s'abstenir de prendre du cognac à la fin du repas. Elle n'avait jamais bu que du vin de messe, et la tête lui tournait. Elle était obligée de s'accrocher à Durango pour tenir debout. Elle avait tellement sommeil qu'elle aurait pu s'endormir sur le trottoir ! Les passants l'enjamberaient, se dit-elle distraitement. Pourtant, elle avait honte à l'idée qu'on la voie sortir du restaurant en trébuchant comme une ivrogne, agrippée au bras de Durango.

Lui-même ne se sentait guère mieux. Il parvint néanmoins à faire monter Josselyne dans le buggy et à s'installer près d'elle. Là, il resta un instant immobile avant de secouer vigoureusement la tête comme pour chasser les vapeurs d'alcool. Il jura entre ses dents.

Josselyne eut l'impression d'entendre quelqu'un courir dans la rue, puis elle ferma les yeux et se laissa aller contre l'épaule de Durango, complètement endormie.

Durango savait que quelque chose n'allait pas.

Il supportait bien le vin, et ce qu'il avait bu n'était en aucun cas suffisant pour l'enivrer. Il devinait confusément qu'on l'avait drogué. Des bruits de bottes résonnaient, s'approchant du buggy, et il eut vaguement conscience d'être en danger.

De toutes ses forces, il tenta d'écouter la sonnette d'alarme qui se déclenchait dans son cerveau, mais il fut incapable de surmonter les vagues de sommeil qui le submergeaient.

Il se demanda s'il se réveillerait en vie, avant de s'affaler contre le dossier de son siège, Josselyne serrée bien fort dans ses bras comme s'il voulait la protéger contre ce qui allait leur arriver.

TROISIÈME PARTIE

LE FILON MÈRE

17

Central City, Colorado, 1877

Josselyne se réveilla pour s'apercevoir, horrifiée, qu'elle ne savait absolument pas où elle se trouvait, que Durango gisait à ses côtés dans un lit inconnu, et qu'ils étaient tous deux entièrement nus.

Tout ne lui vint pas d'un coup. Au début, elle sut seulement que sa tête était horriblement douloureuse, qu'elle avait la bouche aussi desséchée que dans la mine et le cœur à l'envers. Lorsqu'elle ouvrit les yeux, la pièce obscure fut illuminée par un violent éclair, et elle ferma les paupières. Si elle ne restait pas parfaitement immobile, elle allait succomber à la nausée qui l'envahissait. Le tonnerre grondait dans la montagne et la pluie frappait les vitres. Un orage.

Au bout d'un long moment, elle repensa à l'éclair et se rendit compte qu'elle n'était pas dans sa chambre chez Miss Hattie. Elle ouvrit de nouveau les yeux, tenta de se redresser en gémissant. Mais un poids la clouait au lit. Elle tourna alors précautionneusement sa tête douloureuse et vit Durango. Un instant, elle crut qu'il s'agissait d'un cauchemar. Puis, graduellement, elle comprit qu'elle était bel et bien éveillée, que Durango, encore endormi, avait passé une jambe sur les siennes et tenait son sein dans une main. Ils ne portaient rien ni l'un ni l'autre.

Elle eut envie de hurler de toutes ses forces. Seul son instinct l'en empêcha. Voulait-elle voir quelqu'un se précipiter dans la chambre et les surprendre en flagrant délit ? Le cœur battant à tout rompre, elle tenta de reprendre ses esprits. Était-elle toujours au *Teller House* ? Cela semblait vraisemblable, à en juger par les bruits qui venaient de l'extérieur. A moins que ce ne fût le saloon de Durango. Non, il s'agissait plutôt d'une chambre d'hôtel. Que s'était-il passé la veille ? Elle se rappelait seulement avoir titubé au bras de Durango. Sainte Vierge ! Elle était ivre de champagne et de cognac ! Était-elle montée avec Durango de son plein gré ? Elle ne pouvait y croire. Il avait dû l'attirer de force dans cette pièce, où il avait de nouveau abusé d'elle !

Elle l'aurait tué ! Elle redoutait ce qu'il ferait quand il reprendrait conscience, nu à ses côtés, et elle tenta de se dégager en douceur. Hélas, le mouvement, si furtif fût-il, le réveilla. Machinalement, il la serra plus fort, et elle cria, paniquée, en se débattant. Cette fois, Durango ouvrit les yeux et lutta de son côté pour la garder contre lui. Il la maîtrisa rapidement et, penché sur elle, il écarta la masse de ses cheveux pour découvrir son visage.

— Josselyne ! s'écria-t-il.

Son regard étonné fit le tour de la pièce pour revenir à la jeune fille terrorisée qu'il écrasait de son poids.

Puis il se rappela les bruits de pas dans la rue ; il avait compris alors que Josselyne et lui allaient être enlevés par des bandits... ou des hommes de main. Il plissa les yeux, le regard dur, soupçonneux. Peut-être avait-elle feint de s'endormir dans le buggy, tout en sachant parfaitement ce qui devait se passer. *Il s'était laissé prendre au piège !* pensa-t-il, furieux. Son mal de tête le rendait de plus mauvaise humeur encore, car cela l'empêchait de raisonner correctement.

— Bon Dieu, que se passe-t-il, ici ? gronda-t-il.

— Je... je n'en sais rien, balbutia Josselyne d'une toute petite voix.

Elle se recroquevilla, terrifiée par la lueur meurtrière qu'elle discernait dans son regard.

— Vraiment ? aboya-t-il.

Elle ne répondit pas, et il jura de nouveau.

— Espèce de garce ! reprit-il. Quel démon se cache derrière ce visage d'ange ? C'est ainsi que vous pensez pouvoir m'obliger à vous épouser ? En nous mettant dans une situation compromettante pour que je « répare » ? C'est bien ça ?

Il la secoua brutalement.

— Répondez-moi, par le diable, ou je brise votre petit cou de catin ! Jésus ! Comment avez-vous pu imaginer que je me soucierais du qu'en-dira-t-on ? Ce n'est pas le cas, vous m'entendez ? Vous avez perdu, ma douce. Je vois clair dans votre jeu... et vous n'êtes pas assez forte pour tricher contre moi.

A mesure qu'il parlait, la douleur dans sa tête s'intensifiait, battait de plus en plus fort, le rendait ivre de rage, le poussait à continuer. Les mots coulaient de sa bouche comme un flot venimeux.

— *Sangre de Cristo!* Dire que j'ai pu vous croire pure et innocente... même après vous avoir embrassée, quand j'ai compris que vous n'en étiez pas à votre première expérience, que vous vous échappiez du couvent pour rencontrer un amant... ou *des* amants ? se reprit-il en la secouant de nouveau. *Dios!* Quel imbécile j'ai été de me laisser prendre à vos manigances ! Pourtant, malgré mon expérience et mes soupçons sur vous, jamais je n'aurais imaginé que vous soyez une aussi bonne comédienne, une garce si talentueuse. Car c'est ce que vous êtes, madame, une catin qui se vend pour de l'or ! Dommage pour vous, vous avez mal choisi votre victime. Je fais l'amour avec des filles publiques — j'en ai tout un cheptel au saloon — mais du diable si j'ai l'intention de les épouser ! Je vous l'ai dit cent fois, je ne suis pas candidat au mariage.

— Je vous en prie, souffla Josselyne, effrayée et désorientée par sa tirade, par ses insultes... alors que c'était lui qui l'avait amenée ici la veille. Je... je ne comprends rien à ce que vous racontez. Vraiment ! Si c'est... s'il y a un piège, comme vous dites, c'est vous qui l'avez organisé, pour m'obliger à devenir votre maîtresse. Car vous savez que personne ne peut plus me défendre, maintenant que mon père est mort.

Des larmes lui montèrent aux yeux.

— Vous le savez parfaitement, répéta-t-elle, la voix tremblante. Oh, vous êtes un être ignoble, sans cœur, immoral ! Quoi que vous en disiez, j'étais vierge, et vous m'avez violée. Deux fois ! Bien que je ne me souvienne de rien, je me doute de ce qui s'est passé hier soir dans ce lit. Après tout, vous avez prouvé dans la mine que vous vous moquiez pas mal que je sois consciente ou non quand vous m'avez prise. Si je suis devenue une catin, Durango, c'est votre faute ! Mais jamais je ne deviendrai votre chose, vous entendez ? Jamais ! Jamais !

— Charmant discours, ma chère, ironisa-t-il. Et ces larmes de crocodile, continua-t-il en balayant ses pleurs d'un pouce rageur, tellement convaincantes ! Je pourrais presque vous croire. Malheureusement pour vous, il n'en est rien. Petite idiote ! Vous imaginiez vraiment que je ne m'apercevrais pas que vous m'aviez drogué ? Avec quoi ? Du laudanum ? Dans le cognac, sans doute. Non, ne prenez pas la peine de nier, ce serait une perte de temps. Je sais où est la vérité.

« Pauvre Josselyne ! Vu l'échec de votre misérable petit plan, j'espère que vous n'avez pas payé trop cher les hommes de main qui m'ont traîné jusqu'ici. Ce serait de l'argent gâché. Si vous vouliez dormir avec moi, il suffisait de le dire, cela ne vous aurait rien coûté. J'aurais même payé la chambre. Ah, j'oubliais ! Ce n'était pas seulement moi que vous vouliez, mais aussi une alliance. Dommage que je me montre si peu coopératif. J'ai horreur de décevoir une... dame, de quelque manière que ce soit. Or, si j'en juge au fait que nous ne nous rappelons rien de ce qui s'est passé, notre union n'a pas dû être très satisfaisante.

Il eut un sourire qui ne monta pas jusqu'à ses yeux. Il la regardait avec un mépris mêlé de convoitise, et elle fut parcourue d'un frisson glacé en sentant sa virilité contre elle, tandis que l'orage se déchaînait au-dehors, faisant vibrer les vitres dans les huisseries.

— Cependant, à cet échec je peux remédier aisément, *querida*, continua-t-il, implacable, d'une voix dangereusement basse, à la fois menaçante et pleine de promesses. Vous êtes toujours désirable, même souillée. Et maintenant que la situation est claire entre nous, nous n'avons plus aucune raison de nous priver de ce que nous désirons tous les deux depuis le début, n'est-ce pas ? En fait, si vous vous montrez suffisamment... ardente, peut-être accepterai-je encore de vous prendre pour maîtresse, mon ange déchu.

Il étouffa de la main le cri d'indignation de Josselyne.

— S'il vous plaît, ma douce, abstenez-vous de ces piaillements effarouchés. Je vous préviens, votre rôle d'innocente abusée a fait son temps. Voyez-vous, je vous ai trompée en vous laissant croire que je vous avais violée à la mine ; c'était une ruse pour vous séparer de Wylie. Je ne suis pas assez vil pour abuser d'une personne inconsciente... surtout s'il s'agit d'une religieuse, une vierge... comme je le pensais à ce moment-là. Je vous ai même crue trop naïve pour reconnaître les signes d'un viol sur votre corps. Maintenant, bien sûr, je comprends que vous n'aviez aucun moyen d'avouer la vérité ; que votre vertu était envolée bien avant que je pose la main sur vous.

Sinon, pourquoi vous seriez-vous de votre plein gré couchée nue à côté de moi ? Cela veut dire que vous n'aviez plus rien à perdre mais tout à gagner... du moins l'avez-vous imaginé. Peut-être n'obtiendrez-vous pas ce que vous attendiez de moi, ma chérie, mais je doute que vous soyez déçue par ce que j'ai à vous offrir.

Sur ces mots, comme si l'orage qui grondait à l'extérieur déclenchait en lui une tempête barbare et sauvage, il prit ses lèvres avec violence, sans se soucier des protestations de Josselyne ni de ses vains efforts pour se dégager. Il lui tenait fermement les poignets au-dessus de la tête, une jambe en travers de son corps pour l'immobiliser.

Elle tentait néanmoins de se débattre, mais cela ne servait qu'à exacerber le désir de Durango. Il se coucha lourdement sur elle, lui coupant le souffle, jusqu'à ce qu'elle demeure pantelante, incapable même de parler sous les lèvres rageuses qui ne quittaient pas les siennes, la langue qui prenait possession de sa bouche, autoritaire, lui causant une peur mêlée à une excitation perverse, dangereuse. Elle avait l'impression de se tenir à l'extrême sommet d'une montagne, à la fois exposée au danger et pleine de défi face à la tempête.

Tout au fond d'elle, elle repensait à sa révélation : elle était encore vierge. Pourtant, dans quelques instants ce ne serait plus vrai, et elle en ressentait encore plus d'amertume après les paroles qu'il venait de prononcer. La colère montait en elle devant l'ironie du sort, et elle s'exprimait en larmes brûlantes, provoquées en partie par la honte de savoir que son corps était en train de la trahir, qu'il répondait de lui-même, qu'il s'enflammait sous les caresses de Durango.

C'était insupportable, intolérable, pourtant Josselyne ne pouvait pas plus combattre cette vie qui montait en elle qu'elle ne pouvait lutter contre Durango. Lui seul avait ce pouvoir sur elle, et elle était sans défense entre ses bras.

Elle pria pour que tout se passât très vite, mais il ne l'entendait pas ainsi. Comme si le temps s'était arrêté, il dégustait ses lèvres, plongeait dans sa bouche encore et encore, l'ouvrait comme un bouton de rose, l'envahissait, goûtait sa fraîcheur.

Josselyne essaya de se détourner, de lui échapper, de le raisonner. Mais Durango ne le permettait pas. Pris par la passion, il avait enfoui les mains dans ses cheveux pour mieux la tenir à sa merci, et elle se retrouva en train de répondre à ses baisers avec une ardeur égale, enfin abandonnée à son destin. Durango était aussi fort que le vent sauvage qui joue avec la pluie d'été et la balaie aux quatre coins de l'horizon, comme les inhibitions de la jeune fille se dissolvaient sous ses baisers.

Le cœur de Josselyne battait plus violemment que la pluie aux carreaux, son sang bourdonnait à ses oreilles plus fort que le tonnerre qui déchirait les cieux. Elle avait l'impression que la tempête l'emportait dans un lieu qui n'était ni l'enfer ni le paradis mais, entre les deux, une sorte de purgatoire primitif seulement illuminé par les flammes des éclairs.

Durango l'avait condamnée, prisonnière consentante. Il lui infligeait un merveilleux châtiment, avec ses mains, sa bouche, il la faisait payer pour ses péchés, et elle gémissait, elle ondulait sous lui, douloureusement consciente de leurs deux corps nus.

La chevelure de Josselyne s'étalait sur l'oreiller, douce du parfum de la lavande, et il y enfouit ses lèvres avant d'embrasser le creux de son oreille, la main posée sur sa bouche pour la faire taire tandis qu'il murmurait des paroles qui l'embrasaient de la tête aux pieds.

— Je te veux, Jossie. Je t'ai désirée depuis le moment où je t'ai vue dans la mine, les cheveux de feu autour de ton visage d'ange, de sorcière, avec tes yeux verts, ta bouche rose qui me tentait, me hantait. Je savais que je finirais par te posséder. Et je vais te prendre, ma douce ; tu apprendras ce que veut dire avoir un homme dans son lit, un vrai, pas un de ces jouvenceaux que tu rencontrais en cachette, qui ne connaissaient rien de l'amour, rien de toi... Moi, je te connais, Jossie. Jusqu'au fond de ton corps angélique, jusqu'au fond de ton âme perverse. Dans mes bras tu sauras ce que c'est d'être une femme, *ma* femme... Car en dépit de tous les mensonges, c'est ce que nous voulons tous les deux, c'est ce que nous avons toujours désiré. Et quand je t'aurai possédée, aucun autre homme ne pourra te toucher. Tu seras à moi, toute à moi, seulement à moi... Je ferai de toi ce que je voudrai, comme je voudrai, quand je voudrai... et tu me supplieras de te prendre, *querida*, je te le jure !

Il s'abattit de nouveau sur ses lèvres, étouffant toute protestation, toute objection. Elle ne se débattait plus, à présent. Elle savait que ce qui allait arriver était inéluctable, et qu'une part d'elle le désirait, l'avait toujours désiré sans oser l'avouer.

Elle était à lui, elle le sentait instinctivement, tandis que ses mains s'emparaient de ses seins, les caressaient sensuellement, les faisaient gonfler de plaisir. Partout où il la touchait, il faisait naître un éclair qui la déchirait tout entière. D'elle-même, elle se tendait vers lui, se cambrait, s'offrait, cherchait non plus la fuite mais l'union avec cet homme qui l'emplissait de sensations inouïes, tumultueuses ; elle devenait sa chose, sourde et aveugle, prisonnière d'un élément chaotique où seules comptaient les sensations.

La bouche de Durango descendit le long de son cou, chaude et humide comme une averse d'été. Elle enfouit les mains dans ses cheveux, l'attira plus près encore. Elle se laissait envahir par lui, comme s'il était indispensable à sa survie, elle s'imprégnait de lui, elle s'épanouissait, fleur assoiffée pendant l'orage.

Il glissa plus bas, dans la vallée de ses seins, lécha les gouttes de transpiration qui y perlaient, puis de la langue il joua avec les bouts de ses seins, et elle gémit sous l'exquise caresse de feu.

Dans leur univers, il n'y avait pas de place pour la douceur. Et Durango ne s'en souciait guère. Elle avait de l'expérience, elle devait savoir qu'il était submergé par son désir.

Elle s'accrochait désespérément à lui, comme à sa seule chance de salut dans le monde tourmenté qui les emportait follement.

Elle poussa un petit cri quand, soudain, Durango

lui écarta les jambes pour la toucher là où aucun homme ne l'avait jamais fait. La caresse fut douce, légère, comme les premières gouttes avant l'orage. Paniquée, elle cria, tenta de lui échapper, elle le frappa, le griffa sauvagement, et il jura entre ses dents avant de lui attraper les poignets pour les coincer sous ses reins, soulevant ses hanches vers lui. Il but sur ses lèvres les sanglots de peur, de honte et de désir, tandis que sa main libre trouvait le secret de sa féminité et le caressait doucement, fleur fragile qui dépliait ses pétales pour lui, s'offrait de son plein gré. Elle gémit comme un petit animal blessé et s'agita sous ses doigts, impuissante...

Enfin, très lentement, il plongea en elle, puis se retira, pour revenir plus profondément. Elle retint son souffle, au bord de l'agonie, et il joua le même jeu sur sa bouche jusqu'à ce qu'elle se colle contre lui, folle de désir, frustrée, au bord de l'évanouissement... De sa gorge sortit un long gémissement quand ses doigts l'abandonnèrent, la laissant cruellement inassouvie.

Bouleversée, elle ouvrit les yeux. Durango s'était redressé au-dessus d'elle, sombre, nu dans la pénombre, mi-homme mi-bête, les yeux brillants de triomphe, un sourire carnassier aux lèvres. Josselyne frémit. Il ne l'avait pas désertée, finalement. Cet instant suspendu n'était que le prélude à la tempête.

— Je vous en prie... je vous en prie... murmura-t-elle, ne sachant pas très bien ce qu'elle souhaitait réellement.

Il la pénétra alors avec un grondement sauvage, et un formidable éclair la déchira, une douleur immense, quintessence de la possession. Elle cria, et il ouvrit les yeux lorsqu'il sentit la fragile membrane céder sous lui.

— *Madre de Dios!* souffla-t-il, plein de remords.

Il tenta de se retirer, mais il était trop tard, le mal était fait...

Josselyne sentit des larmes brûlantes ruisseler sur ses joues. Elle était souillée à jamais... Jusqu'à présent elle n'avait pas vraiment su à quoi s'attendre, n'avait pas compris réellement ce besoin de pénétrer et de recevoir, de prendre et de donner.

Doucement, cette fois, il but ses larmes, caressa ses cheveux, immobile, pour lui donner le temps d'assimiler que ce qui était fait était fait, de s'habituer à l'avoir en elle.

— Là, *querida*, murmura-t-il à son oreille en déposant de petits baisers tendres sur son visage. Je t'ai fait mal, je le sais, je ne le voulais pas. Mais la douleur passera, et tu n'auras plus que du plaisir, je te le promets.

Mensonge comme le reste, se dit amèrement Josselyne, destiné à lui faire oublier sa peine.

Pourtant, ce n'était pas un mensonge. La vérité la submergea en ondes de joie quand il commença à bouger en elle, doucement, puis plus vite, sauvage déclenchement de l'ouragan qui bouillonnait en eux sans pitié, les unissant pour l'éternité. Ils n'étaient plus que désir tandis qu'il la pénétrait de plus en plus fort, de plus en plus vite, la tenant aux hanches pour mieux la mouler à lui. Et la douleur faisait place à un plaisir immense, inattendu.

Elle s'accrocha à son dos de toutes ses forces,

cherchant ardemment cette chose inconnue qu'il lui fallait absolument trouver, sous peine de mourir. Elle le suivit dans ce sombre passage qui menait des collines aux plus hauts sommets, dans cet univers hors du monde où soudain, sans qu'elle s'y attendît, elle eut l'impression d'éclater en milliers d'étoiles, le souffle coupé par un éblouissement presque douloureux, comme si des flammes les embrasaient tous les deux avant de les laisser consumés, épuisés.

Durango tint longtemps Josselyne contre lui tandis que, revenue à la cruelle réalité, la jeune femme pleurait amèrement. Qu'avait-elle fait ?...

Elle s'était abandonnée, soumise à cet homme qui n'était pas son mari. Un buveur, un joueur, peut-être même l'assassin de son père. Elle se recroquevilla instinctivement, honteuse de ce que Durango avait déchaîné en elle, humiliée de s'être ainsi laissé subjuguer, de lui avoir donné ce qu'il voulait... sa pureté.

Elle frissonna, et il remonta le drap sur elle avant de se lever, presque aussi bouleversé qu'elle. Il se passa nerveusement la main dans les cheveux. Il lui fallait un cigare, il lui fallait un verre. Il jeta un regard rapide dans la chambre. Leurs vêtements gisaient en tas par terre comme s'ils les avaient ôtés dans la hâte de la passion. Mais ce c'était pas le cas, il le savait maintenant. Il les ramassa et les jeta sur un fauteuil après avoir fouillé ses poches pour y trouver un cigarillo. Les pièces de monnaie qu'il gardait habituellement sur lui avaient disparu, une preuve de plus que Josselyne n'était pas l'instigatrice de ce piège. Sinon, où était le témoin de son déshonneur ? Red n'avait pas surgi, le fusil à la main, pour exiger réparation du tort qui avait été fait à sa fille. S'il était encore en vie, il aurait dû se trouver là. Donc il était bel et bien mort. Quant à Wylie, il n'avait aucun intérêt à ce jeu pervers.

Durango tira une bouffée de son cigare, pensif. Puis il avisa une carafe de cristal pleine de whisky et s'en servit un verre qu'il renifla avec suspicion avant d'en boire une gorgée.

Enfin, muni d'un cendrier, il retourna vers le lit et s'assit près de Josselyne.

— Dis-moi encore, *querida*, quels souvenirs tu as d'hier soir, ordonna-t-il.

Elle s'essuya les yeux avec le drap et raconta ce qu'elle se rappelait. Il l'écouta en silence, le visage dur.

— Ma chérie, dit-il enfin, tes accusations contre moi sont aussi fausses que les reproches que je t'ai faits. Je ne suis pas un saint, loin de là, mais il y a certaines choses dont je suis incapable. Je ne t'ai pas violée au fond de la mine. Et je ne t'ai pas non plus traînée dans cette chambre d'hôtel pour te prendre inconsciente... ou non consentante.

Ces derniers mots s'attardèrent dans le silence de la chambre, chargée de l'odeur de leur amour. Tous deux savaient à quel point elle avait eu envie de Durango quelques minutes auparavant, combien elle l'avait désiré malgré ses futiles protestations. Et comme elle le désirait encore, pour être tout à fait honnête. Pourtant, elle persistait à penser qu'elle l'aurait combattu avec plus de fermeté si elle n'avait eu l'horrible arrière-pensée qu'elle n'était déjà plus vierge, qu'il l'avait déjà prise deux fois.

— Mais vous m'avez dit que... dans la mine...

— Sois juste, *querida* — encore que tu n'aies aucune raison de l'être envers moi qui me suis si mal conduit, dit-il avec un petit rire dur, amer.

Il avait honte à présent de l'avoir crue impure, de l'avoir voulue pour maîtresse. Elle avait tenté de lui dire qu'elle n'était pas responsable du piège dans lequel ils étaient tombés tous les deux. Pourquoi avait-il refusé de l'écouter ? Ce n'était pas ainsi qu'il avait imaginé leur union... Toutefois, il ne regrettait pas de l'avoir faite sienne.

— Voyons, poursuivit-il, t'ai-je dit précisément que je t'avais prise ? Non. Je l'ai simplement laissé entendre, pour t'éloigner de Wylie. Mais en vérité, tu as cru ce que tu voulais croire, Jossie. Que je t'avais violée, que j'avais tué ton père. Je n'ai commis ni l'un ni l'autre crime. Pour le premier, tu en détiens la preuve, pour le second, je te donne ma parole.

Lovée entre ses bras, dans le jour pâle, Josselyne souhaita de toute son âme qu'il ne mentît pas, pourtant un doute persistait, insidieux comme un serpent venimeux.

Wylie s'était révélé menteur, tricheur, mais il avait l'accent de la sincérité quand il avait affirmé ne pas être responsable de la mort de Red. Or il n'y avait pas d'autre suspect possible que Durango. Josselyne ferma les yeux, refusant l'évidence. Durango était entré dans son corps, dans son âme. Son univers s'était écroulé, et elle l'avait suivi dans le sien. Que deviendrait-elle, à présent, sans lui ? Elle n'avait plus personne vers qui se tourner, peu d'argent, pas d'autre refuge que le Pied de l'Arc-en-Ciel... or il le lui arracherait s'il le pouvait. Il ne lui restait d'autre choix que de devenir sa maîtresse... à condition qu'il le souhaitât toujours.

Elle frissonna. C'était une bête sauvage, et quelque chose de primitif en elle lui répondait. On lui avait enseigné à dominer ses passions, pas à leur laisser libre cours. Elle était déchue, tous les principes qu'on lui avait inculqués s'étaient envolés en fumée pour un simple moment de désir intense. Elle savait parfaitement ce que Durango exigerait d'elle si elle lui appartenait. Il y aurait de nombreuses journées comme celle-ci, et des nuits plus longues encore, où elle s'abandonnerait entre ses bras, où il la prendrait, la déchirerait...

Il la serra plus fort contre lui, posa son verre, son cigare, et baisa doucement ses joues humides de larmes. Puis le désir remonta en lui et il prit ses lèvres frémissantes, plongea dans sa bouche.

— Non, souffla-t-elle, non, je vous en prie... Vous m'avez fait mal...

— C'est toujours ainsi la première fois, je te l'ai dit. Mais ensuite, *querida*, tu as ressenti du plaisir, et tu en auras encore... des milliers de fois.

Il roula sur elle pour lui prouver qu'il avait raison, tandis qu'au-dehors, la pluie redoublait de violence.

18

Ils dormirent encore, bercés par la semi-pénombre de la matinée et le battement régulier de la pluie.

Quand ils s'éveillèrent, Durango fit l'amour à Josselyne une troisième fois, l'amena de nouveau doucement, tendrement, au sommet de l'extase.

Puis ils demeurèrent longtemps enlacés, nus, tandis que leurs cœurs s'apaisaient. Quand une servante frappa pour demander si elle pouvait faire la chambre, Durango lui répondit à travers la porte de revenir plus tard. Enfin, à contrecœur, il se leva et alla verser de l'eau fraîche dans la cuvette qui se trouvait sur la table de toilette. Il mouilla une serviette et vint laver doucement Josselyne, attendri à la vue du sang qui avait séché sur elle. Enfin il l'embrassa avant de commencer à s'habiller, lui conseillant d'en faire autant.

Mais sa pudeur l'empêchait de se lever nue devant lui, et elle demeura soigneusement cachée sous le drap. Durango comprit la raison de son tourment.

— Ma douce, dit-il dans un petit rire, je te connais tout entière, à présent. Qu'aurais-tu à me cacher ?

Il posa ses sous-vêtements sur le lit.

— Allons, habille-toi... Ou préfères-tu que je t'aide ?

— Non... non merci, balbutia-t-elle, rougissante, en se forçant à se lever.

Il l'observait, une lueur admirative dans les yeux, tout en allumant un autre cigare et se servant un verre de whisky.

Elle était encore étourdie, comme si toute cette aventure était irréelle, comme s'il s'agissait d'un rêve rythmé par le son monotone de la pluie.

Elle n'arrivait pas à croire qu'elle eût pu répondre à Durango avec une telle ardeur, et elle était déchirée par son conflit intérieur.

Malgré elle, elle se sentait en quelque sorte révélée par leur amour, elle connaissait un homme, elle se connaissait femme. Mais pour le reste, elle était submergée de honte et de crainte. S'il lui avait dit cent fois combien il la désirait, il ne parlait plus de la prendre comme maîtresse, et ce silence l'inquiétait. Il ne l'aimait pas ; maintenant qu'il l'avait possédée, peut-être perdrait-il tout intérêt pour elle. Il avait connu bien des femmes. Pourquoi serait-elle différente à ses yeux des autres, prises puis abandonnées sans scrupules ?

Elle n'était pas rentrée de la nuit à la pension, et son absence avait forcément été remarquée. Il n'était pas question, d'autre part, qu'elle puisse se glisser dans sa chambre sans être vue. Miss Hattie, scandalisée, allait certainement lui demander de quitter sur-le-champ son honorable établissement. Où irait-elle alors ? Que deviendrait-elle si Durango ne voulait plus d'elle ? Elle l'ignorait. Victoria ne l'aiderait certainement pas, et elle ne tenait pas à tout avouer à Wylie, se mettant ainsi à sa merci. Même si elle arrivait à le persuader, en échange de ses parts de la mine, de l'épouser, compte tenu de ses relations avec Victoria, il se dépêcherait de divorcer. Et Josselyne ne serait pas plus avancée que maintenant.

Elle se mordit nerveusement la lèvre. Elle s'était efforcée de plaire à Durango, elle s'était ouverte à lui, l'avait caressé comme il le lui demandait... Elle rougit. Dans son inexpérience, lui avait-elle déplu ? Il fallait savoir la vérité. Elle rassembla tout son courage.

— Est-ce que... voulez-vous toujours de moi, Durango ? demanda-t-elle, hésitante. Comme... maîtresse, je veux dire ?

Elle bafouillait, profondément humiliée d'en arriver là, de le supplier de la prendre, de risquer un refus.

— Non, bien sûr que non, répondit-il fermement.

Elle eut l'impression d'avoir reçu une gifle et, très pâle, elle se sentit vaciller comme si elle allait s'évanouir. Elle gémit, porta la main à sa gorge, tandis que des larmes lui montaient aux yeux.

— Jésus, Jossie ! jura-t-il en venant la prendre dans ses bras. Ne me regarde pas ainsi ! Cesse de pleurer ! Tu ne comprends pas : je vais t'épouser, *querida*, aujourd'hui même. Je t'ai trompée, je t'ai fait du mal, je le sais. Tu imagines bien que j'ai l'intention de réparer. *Sangre de Cristo!* Crois-tu que j'ignore que ta déchéance sera connue, que Miss Hattie risque de te jeter dehors ? Tu me prends donc pour un monstre, si tu me crois capable de faire de toi ma catin alors que je te sais innocente de tout ce qui s'est passé cette nuit... et ce matin.

— Mais... que pouvais-je croire, Durango ? cria-t-elle, encore incrédule, redoutant qu'il ne s'agisse d'une cruelle plaisanterie. Vous m'avez si souvent répété que vous... n'étiez pas du genre à vous marier.

— C'est vrai, dit-il, sombre. Mais je ne suis pas assez décadent pour voler ton innocence et m'en laver les mains... ce qu'a oublié le vaurien qui nous a monté ce piège. On nous a drogués, Josselyne, et on nous a montés dans cette chambre et couchés dans ce lit ensemble.

Il se dégageait de lui une telle colère qu'elle se raidit entre ses bras.

— Si j'apprends quelles sont les canailles qui ont fait ça, je les tue ! Bon sang, quand je pense qu'ils t'ont touchée, qu'ils t'ont déshabillée...

Il serra les poings et elle eut peur de nouveau à la perspective de lui confier son existence entière.

— Mais... qui aurait pu agir aussi bassement ? murmura-t-elle, horrifiée en effet de penser que quelqu'un l'avait vue nue, l'avait peut-être caressée pendant qu'elle était inconsciente.

C'était bien pire que lorsqu'elle imaginait Durango dans la même situation !

Il éclata d'un rire dur, mauvais.

— Maintenant que mon esprit fonctionne normalement à nouveau, j'y vois la vilaine petite main de Victoria, dit-il, les dents serrées.

— Victoria, mais... comment ? Pourquoi ?

— Je suppose, au fond, que je suis un peu responsable, avoua-t-il, pour t'avoir acheté cette robe qui te transforme en créature ensorcelante. Avant de te voir ainsi vêtue, elle ne t'avait jamais considérée comme une rivale digne de ce nom. Je suppose qu'elle a reçu un choc, hier soir. Elle s'est mise à redouter que Wylie, s'il t'épousait, ne soit plus aussi pressé de se séparer de toi qu'il le lui a sans doute promis. Elle a certainement drogué le cognac quand nous avons tous trois quitté la table après le dîner. Elle a loué cette chambre et engagé des bandits pour nous porter jusqu'ici, jugeant qu'il valait mieux un équilibre dans les parts de la mine que de perdre définitivement Wylie et être obligée de s'allier avec moi. J'ai une fois repoussé ses avances, vois-tu, et elle n'a jamais oublié ni pardonné. Elle doit être en train de bien rire à la pensée qu'elle s'est vengée en m'obligeant pratiquement à t'épouser.

— Mais c'est complètement immoral ! s'indigna Josselyne. Comment pouvait-elle être sûre que... que vous m'épouseriez ensuite, que vous n'insisteriez pas simplement pour que je devienne votre maî... maîtresse, ou, pire encore, que vous ne m'abandonneriez pas purement et simplement ?

— Parce que tu es la fille de Red et que tu voulais devenir religieuse. Parce que Red a été comme un père pour moi et que, dévot ou non, je suis catholique. Parce que, crois-le ou non, ma chérie, j'ai quelques principes moraux. Déflorer des jeunes filles ne fait pas partie de mes distractions favorites... non seulement pour elles, mais parce que je sais ce que souffre un enfant illégitime et que je n'aimerais pas qu'un de mes petits grandisse dans cette situation.

Il s'interrompit un instant avant de reprendre calmement :

— Tu te rends compte, Jossie, que j'ai pu te faire un bébé, n'est-ce pas ?

Elle hocha la tête. Oui, elle y avait pensé. Et c'était une raison de plus — qui que soit Durango, quoi qu'il ait fait — pour qu'elle se félicite qu'il ne l'abandonne pas à son triste sort, comme il l'aurait pu. En effet, il était victime de ce vilain complot autant qu'elle. C'était la robe verte qui avait déclenché cette affaire, elle était aussi coupable, car elle n'était pas obligée de la porter. Son orgueil, sa vanité avaient eu raison d'elle, et aussi son désir de vengeance. Autant de péchés dont la Mère Supérieure l'avait prévenue qu'elle les regretterait un jour. Eh bien, ce temps était venu, et il lui fallait payer le prix de son entêtement.

Comme engourdie, elle suivit Durango hors de l'établissement. Heureusement, il pleuvait et il y avait peu de passants pour les voir sortir de l'hôtel en tenue de soirée, preuve irréfutable qu'ils avaient dormi ensemble.

L'attelage de Durango était toujours devant le *Teller House*, et il l'aida à y grimper avant de remonter la capote. Ils se rendirent au saloon, où Durango se munit de quelque monnaie, puis ils allèrent directement à Washington Hall, le palais de justice, où il obtint une licence de mariage. Ensuite ils descendirent vers l'église Saint-Patrick.

C'était une simple bâtisse de pierre couverte d'un toit, car l'église d'origine avait été détruite lors du grand incendie qui avait pris à Dostal Alley en 1874. Les fondations de la nouvelle église de Central City étaient alors déjà commencées, mais des difficultés financières avaient empêché les travaux de se terminer. Aussi les catholiques, pour avoir un endroit où prier, s'étaient-ils contentés de poser un toit au-dessus des murs. Saint-Patrick n'était certes pas une belle église, avec son intérieur sombre, nu de toute décoration. L'autel ne ressemblait pas du tout à celui devant lequel Josselyne s'était imaginée en train d'unir sa vie à celle d'Antoine.

Lorsqu'ils entrèrent, dans leurs tenues de soirée détrempées, le Père Flanagan se précipita vers eux, inquiet. Josselyne faisait évidemment partie intégrante de sa congrégation, tandis que Durango n'était à ses yeux qu'une brebis égarée.

— Mes enfants, qu'est-ce qui vous amène à cette heure-ci ? demanda-t-il tout en observant que Josselyne ne portait pas sa robe de novice, qu'elle était très pâle et refusait obstinément de croiser son regard.

Il s'était passé quelque chose de grave.

— Nous voulons nous marier, *padre*, déclara Durango. Aujourd'hui. Tout de suite.

— Mais... c'est impossible, protesta le brave homme avec un coup d'œil interrogateur à Josselyne.

Elle demeura silencieuse, et le Père Flanagan

se mit à redouter le pire. Elle avait certainement, volontairement ou non, été séduite par le grand gaillard qui se tenait à ses côtés. Sinon, pourquoi se trouverait-elle ici dans cette tenue, les yeux cernés, la bouche gonflée de baisers ?

Depuis qu'elle avait rejoint ses fidèles, le prêtre avait eu avec elle plusieurs conversations, aussi était-il au courant de l'infâme testament de Red O'Rourke. Il savait ce que Durango avait à gagner s'il épousait la jeune fille. Et il connaissait sa mauvaise réputation. Cependant, il ne voulait pas y croire, et insistait :

— Josselyne doit devenir l'épouse du Christ...

— Plus maintenant, *padre*, annonça Durango avec détermination.

Alors le Père Flanagan comprit, angoissé, que Josselyne avait accepté d'épouser cet individu, et qu'elle y avait été forcée par les moyens les plus déloyaux. Il avait bien envie de rosser Durango.

— Ce que dit cet homme est vrai, Josselyne ? demanda-t-il vivement, pour la sortir de son apathie. Parlez, mon enfant ! N'ayez pas peur. Personne ne vous fera de mal dans la maison de Dieu, je vous l'assure. Est-il vrai que vous ne souhaitez plus prononcer les vœux qui feraient de vous la servante du Seigneur, mais que vous préférez épouser cet homme ?

— Oui, mon père, dit-elle enfin, rougissant à la pensée des conclusions que le prêtre allait tirer de sa réponse. J'ai reçu une lettre de la Mère Supérieure, ajouta-t-elle très vite pour se disculper, et... le couvent à Boston... doit... fermer ses portes, par manque d'argent et... et je n'ai jamais eu une véritable vocation, et je... je dois m'assurer de mon avenir, et... oh, mon père, je dois épouser Durango ! Il le faut, tout simplement !

— Je vois...

Il y eut un long silence tendu, puis le prêtre reprit :

— Josselyne, même si j'étais persuadé que vous prenez cette décision de votre plein gré — et j'avoue franchement que j'en doute — je ne pourrais pas, en toute conscience, vous marier aujourd'hui. Et je refuse de le faire. Il faut d'abord publier les bans. Quant à vous, monsieur, ajouta-t-il sévèrement, vous devez vous confesser.

— Nous n'attendrons pas trois semaines, *padre*, décréta Durango. Pour la confession, inventez tous les péchés que vous voudrez, je les ai commis. Voilà. Maintenant, si vous ne voyez pas d'autres objections, procédons à la cérémonie. Car vous allez le faire, *padre*, même si je dois pour cela vous menacer de mon colt, Dieu me pardonne !

Il posa la main sur la crosse de son arme.

— Je vous avertis, monsieur, que vos menaces ne serviront à rien, rétorqua calmement l'homme d'Église. Si vous versez du sang, vous serez damné pour l'éternité !

— Je vous en supplie, mon père ! s'écria Josselyne, craignant que Durango, poussé à bout, ne sorte réellement son arme. Faites ce qu'il dit. Je veux réellement me marier avec lui, c'est vrai ! Il a... c'est-à-dire, mon père... je ne suis plus... enfin...

— Ce que Josselyne tente de vous expliquer pudiquement, *padre*, intervint Durango pour soulager l'embarras de la jeune femme, c'est que nous avons... célébré notre nuit de noces un peu en avance. Et, quoi que vous en pensiez, je ne suis pas entièrement responsable de cet état de fait. Voyez-vous, quelqu'un nous a drogués hier soir au *Teller House* et nous a portés dans une chambre de l'hôtel. Une mauvaise plaisanterie que je veux absolument réparer avant que la réputation de Josselyne ne soit définitivement ruinée. Je ne vois que ce remède à la situation, et vous ne me rendez pas la chose facile, *padre*.

« J'ignore comment réagira Miss Hattie à l'absence de Jossie cette nuit, mais je soupçonne fort que, quelle que soit son amitié pour elle, elle ne soit obligée, pour la respectabilité de son établissement, de la jeter dehors. Comme Josselyne n'a personne d'autre vers qui se tourner, elle sera obligée de vivre avec moi dans le péché, si vous refusez de nous marier... Et ceci n'est pas une menace mais une promesse, conclut-il doucement.

— Mon fils, pardonnez-moi de vous avoir mal jugé, décréta le prêtre, touché. J'ai pensé du mal de vous et je le regrette. Je m'aperçois que vous êtes en train d'essayer de rétablir la situation. Mais, mon Dieu, qui a bien pu vous jouer ce tour pendable ?

— J'en fais mon affaire, *padre*, dit Durango, la mâchoire crispée. La vôtre est de nous unir religieusement, Josselyne et moi. C'est une fervente catholique, vous le savez, et elle ne se considérera réellement mariée que si un prêtre nous a bénis.

Le Père Flanagan hocha la tête et se tourna vers le chœur en leur faisant signe de le suivre.

— C'est entendu. Vu les circonstances, je

pense que nous pouvons nous dispenser de publier les bans. Vous avez déjà obtenu la licence, je suppose ?

— Oui, confirma Durango.

— Parfait. Commençons.

Il pria les deux femmes qui arrangeaient les fleurs pour les vêpres de servir de témoins à Durango et Josselyne. Ils s'agenouillèrent et prononcèrent les vœux qui les liaient l'un à l'autre pour toujours, tandis que Durango ôtait la bague qu'il portait au petit doigt pour la passer à l'annulaire de Josselyne. Le Père Flanagan posa son étole sur leurs mains jointes et bénit le couple.

Enfin, Durango embrassa longuement Josselyne. Elle était son épouse.

Elle parvenait à peine à y croire. Tout s'était passé si vite qu'elle avait une impression d'irréalité, de rêve, ou de cauchemar.

Pourtant, c'était bel et bien fait, l'anneau qu'elle portait au doigt en était la preuve tangible. Devait-elle s'en réjouir ou le déplorer ? Sa main tremblait dans celle de Durango quand, après avoir remercié le prêtre, ils retournèrent au buggy.

Il l'embrassa de nouveau avec une exigence passionnée, et elle comprit enfin qu'elle lui appartenait définitivement, complètement. Il était dorénavant libre de la prendre quand il voulait, comme il voulait... Elle frissonna et tenta de se dégager de son étreinte. Mais il ne le lui permit pas avant de l'avoir décidé lui-même. Il l'observa alors avec chaleur, heureux de constater qu'elle avait les joues roses et le souffle court.

Elle crut qu'il allait la ramener chez Miss Hattie, mais il la conduisit au bureau de Killian. Cela voulait forcément dire qu'il allait, en tant qu'époux, réclamer ses parts de la mine...

— Tu pensais que j'y renoncerais, ma douce ? demanda-t-il, ironique, quand elle osa lui poser la question. Quelle que soit la façon dont cela s'est produit, tu es à présent ma femme, poursuivit-il, mettant sur le dernier mot un accent tendre tout à fait inattendu. En tant que telle, tu m'appartiens, ainsi que toutes tes possessions, y compris ton héritage. Je veux mettre ces actions en sécurité dans mon coffre... Pas seulement parce qu'elles sont légalement miennes, mais comme... une assurance sur ton comportement. Vois-tu, *querida,* je crains terriblement qu'une fois le premier choc passé, tes soupçons à mon sujet ne reviennent et que tu ne regrettes de m'avoir épousé. Tu risquerais alors de te conduire sottement, par exemple de vouloir me dénier mes droits conjugaux, ou même divorcer. Je te préviens, je ne permettrai ni l'un ni l'autre. Je te l'ai déjà dit, ce qui m'appartient, je le garde. Tu as bien compris ?

— Oui, souffla Josselyne.

Elle avait les yeux agrandis d'effroi. Comme il l'avait deviné, elle était torturée par ce mariage.

Qu'il fût tellement pressé de passer par le bureau de Killian lui donnait matière à réflexion. Peut-être tous les événements de la nuit n'avaient-ils été que ruse de sa part pour la forcer à l'épouser afin de faire main basse sur son héritage. Un peu plus tôt, elle l'avait cru victime au même titre qu'elle. A présent, elle n'en était plus certaine. Cependant, même s'il lui avait tendu un piège, elle ne pouvait pas s'en sortir, songea-t-elle tristement en fixant le large anneau d'or qui faisait d'elle sa chose.

Elle ravala ses protestations quand il la fit entrer dans le bureau de l'avoué.

Patrick fut extrêmement surpris de les voir, et plus encore lorsque Durango lui montra le certificat de mariage en lui demandant d'établir les papiers pour transférer les parts de Red à Josselyne, donc à lui-même. L'avoué remonta ses lunettes sur son nez, examina attentivement le document, puis s'éclaircit la voix.

— Vous vous êtes mariés ce matin ? C'est plutôt... hum... soudain, non ? Autant que je sache, les bans n'ont pas été publiés...

— J'ai convaincu le Père Flanagan de renoncer à cette formalité, expliqua froidement Durango. Et de toute façon, quelle importance, Patrick ? Comme vous pouvez le constater, Josselyne et moi sommes légalement unis. A ce titre, je veux les satanées parts qui sont dues à Josselyne au terme de ce fichu testament. Alors, dépêchez-vous de me les donner. Je n'ai pas de temps à perdre. D'autres problèmes m'attendent. Jossie ne peut tout de même pas vivre au saloon !

C'étaient des feuilles de papier, seulement des morceaux de papier, se dit Josselyne tandis qu'un rire un peu hystérique lui montait à la gorge. Killian avait ouvert son coffre et en sortait les documents qui représentaient l'héritage de Red. Toute son existence avait basculé à cause de quelques feuilles de papier ! Elle signa machinalement ce qu'on lui demandait de signer sans même prendre la peine de lire. A quoi bon ? Cela lui appartint seulement jusqu'au moment où Durango saisit les documents, les plia et les fourra résolument dans la poche de sa veste.

Josselyne avait tout perdu en une journée. Sa virginité et son héritage. En échange, elle avait gagné un époux qui ne l'aimait pas et en qui elle n'avait pas confiance. C'était injuste. Cependant, au moins, son avenir était assuré. Elle était mariée à un homme intelligent, fort, énergique, même si c'était un joueur, un ivrogne et un individu peu scrupuleux. De plus, il avait apparemment l'intention de veiller sur elle. Elle ne serait pas déshonorée, jetée à la rue, obligée de se vendre à Wylie... ou pire. Elle lui en devait quelque gratitude...

A la pensée de ce qu'il exigerait d'elle en retour, elle frissonna. Ce qu'elle avait appris le matin n'était que le début d'une longue série de leçons...

Après avoir quitté le bureau de Killian, Durango la déposa à la pension, en lui ordonnant de faire ses bagages. Il reviendrait à l'heure du souper, quand il aurait trouvé un logement temporaire pour eux deux. Il n'était pas convenable qu'elle résidât au saloon, insista-t-il, et cela donnerait encore plus de prises aux racontars qui ne manqueraient pas de courir au sujet de leur rapide mariage.

Miss Hattie guettait le retour de Josselyne, à la fois inquiète et choquée. Lorsque la jeune femme lui annonça qu'elle avait épousé Durango, elle se déclara surprise mais ravie. Néanmoins, elle était visiblement troublée par cette union étrange, voire scandaleuse, entre un joueur notoire et une jeune fille qui peu de temps auparavant se préparait à prendre le voile. Elle fut grandement soulagée quand Josselyne lui annonça son intention de quitter la pension le soir même.

La jeune femme monta tristement à sa chambre pour préparer sa malle.

Plus elle repensait à l'expression de Durango quand il s'était emparé des actions de la mine, plus elle était angoissée. Son imagination galopait, et elle finit par se convaincre que son époux l'avait honteusement trompée, qu'il avait sans doute l'intention de la tuer maintenant qu'il s'était approprié son héritage.

Elle devait absolument le fuir avant qu'il ne fût trop tard.

19

Il n'y avait aucun endroit sûr, à Central City, Josselyne le savait. Le seul hôtel décent était le *Teller House*, et elle ne supportait pas l'idée d'y retourner. D'autre part, elle n'avait pas la moindre chance de trouver une chambre dans une pension de famille en si peu de temps, et même si elle y parvenait, Durango l'aurait découverte avant la fin de la journée. Il était extrêmement difficile pour une femme seule et pratiquement sans argent de se cacher dans cette ville.

Inutile d'envisager de se rendre à Black Hawk, qui était encore plus petite, ni dans aucun autre bourg des environs, où Durango la localiserait rapidement. Il lui restait une seule solution : monter au Pied de l'Arc-en-Ciel. Il ne lui en coûterait rien. En outre, c'était un lieu rustique, aux abords peu engageants, où elle avait eu peur, et sans doute Durango n'imaginerait-il pas un instant qu'elle pût y chercher refuge.

Au pire, elle gagnerait du temps... Un temps

qu'elle mettrait à profit pour essayer de découvrir ce qui s'était réellement passé à la mine lors de l'explosion.

Depuis qu'elle avait quitté le couvent, elle s'était laissé mener çà et là comme une feuille morte dans le vent. Mais c'était terminé. Elle allait prendre sa vie en main. Elle devait chercher à savoir si elle avait épousé un saboteur, un assassin. Il le fallait, pour la mémoire de son père, pour elle-même. La mine d'or était l'endroit désigné pour commencer son enquête.

L'incident dans le wagonnet l'avait découragée de se rendre de nouveau au Pied de l'Arc-en-Ciel... Son père, qui n'avait jamais reculé devant le danger, aurait eu honte d'elle. Elle devait se débarrasser de ses craintes, se prouver qu'elle était bien une O'Rourke, veiller à ce que justice fût faite — même si cela se terminait par la pendaison de son époux.

L'idée d'habiter avec les neuf hommes qui travaillaient à la mine effrayait un peu Josselyne, cependant elle persista dans son projet. Ils ignoraient qu'elle était mariée, qu'elle n'avait plus l'intention de devenir religieuse. Sa robe de novice et son voile lui serviraient de protection, même si elle n'avait plus le droit de les porter. Dieu saurait lui pardonner...

Elle persuada le jeune Zeb, toujours en adoration devant elle, de l'aider. Il fut trop heureux de pouvoir lui permettre d'échapper à Durango ; il imaginait en effet que celui-ci avait obligé Josselyne à l'épouser sous la menace de son arme. Pourtant, elle ne lui avait rien dit de tel. Elle avait seulement expliqué qu'elle craignait d'avoir commis une erreur en se mariant, et qu'elle avait besoin d'un peu de temps pour remettre de l'ordre dans ses pensées.

Aussi discrètement que possible, afin que même Miss Hattie ne les surprenne pas, le gentil garçon avait chargé la malle de Josselyne dans le chariot et attelé les chevaux. Puis il avait attaché à l'arrière l'âne de Josselyne, que Durango était allé récupérer à la mine quelques jours plus tôt.

Enfin, l'attelage s'était éloigné du cottage, le bruit des sabots et des roues étouffé par le sol détrempé. Zeb avait pensé à prendre le parapluie de sa grand-mère, et Josselyne essayait tant bien que mal de les abriter, son compagnon et elle, contre la pluie qui continuait à tomber.

Le trajet fut difficile. La pluie dégringolait des montagnes en un torrent de boue, le véhicule menaçait sans cesse de s'enliser dans de profondes flaques, et Josselyne, découragée, proposa plusieurs fois à Zeb de rebrousser chemin. Mais il ne voulait pas en entendre parler. Il était tellement entiché d'elle, se dit Josselyne, embarrassée, qu'il aurait préféré qu'ils fussent tous deux emportés par les flots et noyés que de la voir appartenir à Durango. Il ignorait évidemment que Josselyne avait déjà fait l'amour avec son époux. Comme un preux chevalier volant au secours d'une demoiselle en détresse, il faisait tout ce qui était en son pouvoir pour que lui fût épargnée sa nuit de noces. Et en réalité, il espérait confusément qu'elle demanderait l'annulation de ce mariage et finirait par l'épouser, lui,

Zeb. Après ce qu'il faisait pour elle, elle n'oserait sûrement pas refuser, se répétait-il lorsqu'il était sur le point de renoncer à poursuivre ce périlleux voyage.

Enfin, après ce qui leur parut des heures, ils arrivèrent au Pied de l'Arc-en-Ciel. Zeb déchargea la malle de Josselyne et la porta dans l'appentis derrière la cuisine. Il détestait l'idée de laisser la jeune femme dans un endroit aussi sordide, cependant il n'y avait pas d'autre solution.

Aucun ouvrier n'était en vue, mais il imagina qu'ils n'étaient pas très nombreux. A contrecœur, il se laissa convaincre par Josselyne que sa robe et son voile la tiendraient à l'abri des assauts mal venus ; d'autre part, étant pour un quart propriétaire de la mine, elle aurait le droit de tirer sur les hommes qui lui manqueraient de respect, et n'hésiterait pas à le faire, lui affirma-t-elle.

Néanmoins, par précaution, Zeb retourna chercher dans la carriole son fusil, tout chargé, et insista pour le laisser à Josselyne. Il lui expliqua le fonctionnement, puis, sourd à ses protestations, il affirma qu'il reviendrait dès qu'il aurait trouvé un plan pour qu'ils soient réunis...

Il prit enfin congé, après avoir fait entrer Sassafras dans la grange délabrée. Josselyne le regarda s'éloigner, tout raide sous le parapluie de Miss Hattie. Elle secoua la tête. Pourvu qu'il retrouve le sens commun et comprenne qu'il n'avait aucune chance de gagner s'il se mesurait à Durango...

Elle s'installa dans l'appentis, rangea toutes ses affaires, et ne tarda pas à se sentir chez elle. La petite chambre, en effet, ressemblait étrangement à son austère cellule du couvent.

Son père y avait dormi, et aussi Wylie, Durango. C'était là que Durango l'avait déshabillée après son évanouissement dans la mine. Comme pour se débarrasser du souvenir obsédant de son mari, elle ouvrit la fenêtre.

Puis elle entendit des bruits et traversa la pièce commune pour se rendre dans la cuisine. Marmonnant dans sa barbe, le Vétéran remontait d'un petit cellier en contrebas, un panier de pommes de terre à la main.

Il était un peu sourd, et le bruit de la pluie l'avait empêché d'entendre le chariot arriver. Il sursauta en voyant Josselyne.

— Bonté divine, ma sœur ! Me dites pas que ce satané Durango a été assez fou pour vous amener ici par ce temps de chien !

— Non, non, le Vétéran. Je... je suis venue de ma propre initiative. Voyez-vous, à la vérité, je... eh bien... je n'ai plus assez d'argent pour payer ma chambre à la pension de famille.

Elle rougit de son demi-mensonge, et espéra que le Vétéran mettrait son embarras sur le compte de sa situation financière.

— Je... j'ai besoin de travail, et d'un endroit où habiter, poursuivit-elle. J'ai pensé que cet appentis... personne n'y vit et je... je sais que vous n'aimez pas tellement cuisiner pour tout le monde. Enfin, ce que je veux vous dire c'est que j'aimerais bien rester, comme cuisinière... si vous voulez bien de moi.

Le vieux mineur l'observa attentivement en silence avant de hocher brièvement la tête. Son explication ne l'avait visiblement pas convaincu, mais dans les montagnes Rocheuses, on ne se mêlait pas des affaires des autres, c'était bien trop dangereux.

Il dénoua son grand tablier, le lui tendit et déclara :

— Bienvenue, ma sœur. Ça va nous faire du bien à tous d'avoir la fille de Red parmi nous au Pied de l'Arc-en-Ciel.

Ensuite, il lui fit visiter la cuisine, lui montra où étaient rangés les ustensiles et lui expliqua comment on servait les repas. Puis il s'éloigna pour prévenir les autres, la laissant aux prises avec le dîner qu'il avait commencé à préparer. Son pas alerte disait suffisamment combien il était heureux de redevenir enfin un véritable mineur.

Josselyne se mit à l'ouvrage d'un cœur tout aussi joyeux. Elle ignorait combien de temps durerait sa liberté, car elle ne doutait pas que Durango finirait par la retrouver, mais elle entendait bien profiter de chaque minute de répit.

Elle avait beaucoup à apprendre sur la mine. Elle voulait tout savoir sur l'exploitation, et surtout sur la mort de son père. Les mineurs l'aideraient, ils ne semblaient pas être de mauvais bougres, se dit-elle en commençant à éplucher les pommes de terre.

Il y avait, outre le Vétéran, Novak et Long Tom Henry, l'inévitable « Cousin Jack », l'expert minier cornouaillais, Frenchie le Trappeur, un beau jeune homme aux yeux bruns, le Prophète, un Noir, qui s'occupait des gros travaux sur le chantier, Mateo — qu'on appelait « Matty le Mexicain » — un garçon costaud qui chargeait et déchargeait les wagonnets avec l'aide de deux ânes, enfin Dan le Violoneux et Cure-dents, tous deux grands et forts, qui, avec Cousin Jack, étaient les spécialistes du forage et des explosifs.

Josselyne n'en savait pas davantage sur eux, et elle ne devait guère plus en apprendre les jours suivants. Ils étaient tous particulièrement taciturnes en ce qui concernait leur vie passée, comme si cela n'avait pas d'importance, comme s'ils n'avaient pas vécu avant leur arrivée à la mine. Ils avaient dû avoir des existences pénibles. Josselyne n'aurait pas été surprise d'apprendre que quelques-uns d'entre eux étaient des criminels qui avaient échappé de justesse à la corde pour venir se réfugier dans le Colorado avant d'être rattrapés par le bourreau. Cure-dents, par exemple, qui ne se séparait jamais de son couteau, et qui n'hésiterait certainement pas à s'en servir à l'occasion.

Cependant, elle surmonta rapidement sa crainte de ces hommes. En effet, grâce à son habit, ou au fait qu'elle fût la fille de Red, ils la traitèrent dès le début avec respect. Le premier soir, en voyant le sol de la cuisine tout propre, ils essuyèrent leurs pieds boueux avant d'entrer, et ils se découvrirent dès qu'ils l'aperçurent. Ils s'étaient visiblement débarbouillés, et avaient même changé de chemise pour le repas. Ce ne devait pas être monnaie courante !

— Prions, dit-elle quand ils furent tous installés autour de la grande table à tréteaux.

Ceux qui s'étaient jetés goulûment sur le contenu de leur assiette rougirent, honteux.

Puis tous baissèrent la tête tandis qu'elle récitait le bénédicité. Enfin, ils se mirent à manger de bel appétit, en raillant le Vétéran pour la mauvaise qualité de ses plats comparés à ceux de Josselyne. Mais le vieil homme ne manquait pas de repartie. Cependant, il y avait de longs silences, durant lesquels tout le monde était conscient de la présence de la jeune femme. Les mineurs se demandaient si leur langage peu châtié et leurs manières de rustres ne l'offensaient pas. Et ils faisaient de louables efforts pour se comporter le mieux possible.

Josselyne, comprenant à quel point ils se sentaient mal à l'aise en sa présence, sourit intérieurement, et sa nervosité s'évanouit... Elle ignorait ce que pensaient les ouvriers de sa venue à la mine, mais ils n'imaginaient certainement pas qu'elle n'était plus une dame, qu'elle était devenue en une seule nuit semblable aux catins qu'ils allaient voir parfois en ville. Ces hommes n'étaient certes pas des gentlemen, mais ils entendaient bien se conduire comme tels en sa compagnie.

Elle avait pris un risque en s'installant au Pied de l'Arc-en-Ciel. Les mineurs n'avaient pas souvent l'occasion de vivre auprès de femmes, et elle leur était reconnaissante de leur attitude courtoise. Elle n'aurait pas à faire preuve d'autorité, ni à les menacer du fusil de Zeb.

Elle n'était pas sûre de savoir s'en servir, néanmoins la présence de cette arme la rassurait. Lorsque les mineurs se furent retirés dans le baraquement pour la nuit, elle trouva en effet l'appentis bien isolé, bien sombre.

La pluie avait cessé, mais les arbres s'égouttaient encore. Le vent gémissait dans les ravins, les cris des oiseaux de nuit se mêlaient aux hurlements des coyotes et des pumas, les ours et les daims foulaient des branches mortes dans les fourrés. Tous ces bruits empêchaient Josselyne de trouver le sommeil.

Son lit de fer était plus large qu'il n'y paraissait, et elle eut soudain l'étrange envie de le partager avec Durango. Malgré elle, elle dut s'avouer qu'elle était bien, avec lui, au *Teller House*.

Maintenant, en repensant à ce qu'ils avaient fait avant de sombrer dans le sommeil, puis de nouveau en se réveillant, elle vibrait tout entière. Elle était encore un peu endolorie et, avec l'image de Durango, montait en elle une autre sorte de douleur. Elle rougit, se rappela comment il avait comblé ce vide en elle, comment il l'avait emportée avec lui vers les glorieux sommets de l'extase.

Presque sans y réfléchir, envahie par le désir, Josselyne passa la main sur son corps, sur ses seins, puis effleura le cœur de sa féminité. Immédiatement, elle fut envahie par la même vague de chaleur dans son sang, dans ses reins et, en gémissant, elle arracha violemment sa main, honteuse de ce geste, humiliée du désir ardent qu'elle avait de ce mari qui ne l'aimait pas, qui l'avait épousée seulement pour s'approprier son héritage.

Désorientée, angoissée, Josselyne se retourna

longtemps sur sa couche. Puis elle pleura jusqu'à l'épuisement, et quand elle sombra enfin dans le sommeil, ce fut pour rêver que Durango l'embrassait, la caressait, la possédait corps et âme, tandis qu'elle s'offrait, souillée, damnée pour toujours... et désirée.

20

Durango était à demi fou de colère et d'inquiétude. Josselyne s'était enfuie, il ne la trouvait nulle part. Il l'avait cherchée dans tous les hôtels, tous les cottages à louer, les pensions de famille, et même les églises de Central City et des villes environnantes, sans résultat. Il avait fouillé les entrepôts, les bureaux, les boutiques, les saloons, vérifié à toutes les gares, aux arrêts de diligence, aux relais de poste à des kilomètres à la ronde. Rien.

Josselyne semblait s'être évanouie dans l'air pur des montagnes sans laisser la moindre trace.

Où avait-elle bien pu aller ?

Il se rendit plus d'une fois chez Miss Hattie pour qu'elle lui raconte tout ce qu'elle savait. Mais, au bord des larmes devant son insistance brutale, la brave femme continuait à afficher la plus totale ignorance. Elle répétait inlassablement que Josselyne avait fait ses bagages et qu'elle était partie sans rien laisser derrière elle, pas même une adresse.

Durango interrogea également Zeb dont il

n'obtint que des regards maussades et quelques onomatopées. S'il devinait que le jeune homme lui cachait quelque chose, Durango était impuissant. Pourtant, il se jura que s'il se trouvait quelque part seul avec lui, il saurait bien obliger le garçon à lui donner des réponses plus précises...

Durango s'entretint aussi avec les autres pensionnaires, mais visiblement, ils n'étaient au courant de rien. Ils semblaient même plutôt déconcertés par le départ précipité de la jeune femme.

D'une certaine manière, cela rassurait Durango. En effet, pour que leur maison ne fût pas éclaboussée par le scandale, Miss Hattie et son petit-fils s'étaient bien gardés de révéler que Josselyne n'était pas rentrée de son dîner au *Teller House*, ni qu'elle était mariée. Sans doute, après sa fuite précipitée, avaient-ils conclu qu'elle ne l'était pas, qu'elle avait inventé ce mensonge pour sauvegarder sa réputation...

Voilà qui convenait parfaitement à Durango, qui se moquait totalement de l'opinion de ces braves gens. En fait, il préférait que personne n'eût vent de ce mariage... S'il lui arrivait quelque chose, Josselyne représenterait la moitié d'une mine d'or. Cette situation était dangereuse pour eux deux, et Durango, dès qu'il apprit la disparition de sa femme, eut la sagesse d'aller voir le Père Flanagan et Killian pour leur demander de garder le secret sur cette union.

Le prêtre, connaissant les circonstances du mariage, fut choqué et troublé par l'idée que l'on pourrait attenter à la vie de Durango et obliger sa veuve à se remarier. Il était également bouleversé par la disparition de la jeune femme. Il promit à Durango de le contacter immédiatement s'il avait de ses nouvelles.

Quant à Killian, il eut l'audace d'accuser Durango d'avoir tué Josselyne. Les deux hommes faillirent en venir aux mains.

— Bon Dieu, Patrick ! J'ai envie de vous tordre le cou ! jura Durango, les poings serrés. Jossie était — *est !* — ma femme, par le ciel ! Pourquoi l'aurais-je assassinée, alors que j'ai ces fichues parts de Red bien à l'abri dans mon coffre ?

— Je l'ignore, Durango, mais quelqu'un a saboté la mine, poussé Forbes dans le creuset, envoyé voler Red avec les débris de l'explosion. Et si vous voulez mon avis, votre mariage m'a semblé diablement précipité ! insista l'avoué. J'ai eu l'impression que Josselyne n'était pas une jeune mariée radieuse... ce qui, je ne vous le cache pas, m'a poussé à me demander *comment* vous l'aviez persuadée de vous épouser !

Durango le lui expliqua, et Killian, convaincu par son accent de sincérité, lui présenta ses excuses.

— Dans ce cas, je dois vous dire une chose, Durango, ajouta-t-il gravement. Wylie s'est aperçu de la disparition de Josselyne et il s'est mis à sa recherche, lui aussi. Il s'est déjà présenté à mon bureau pour poser des questions discrètes. Rassurez-vous, je ne lui ai rien dit. Red était mon meilleur ami, et toute ma loyauté va d'abord à sa fille. De plus, elle n'est qu'un pion dans ce jeu mortel, et j'ai bien souvent maudit Red de l'avoir mise dans cette situation. Dieu ait son âme malgré tout. Je suis persuadé qu'il a cru bien faire quand il m'a convaincu de rédiger ce testament ; il pensait assurer ainsi l'avenir de Josselyne.

— Alors, surtout, n'oubliez pas que si je disparaissais du paysage, comme Forbes et Red, Jossie posséderait deux fois plus d'actions de la mine que Wylie ou Victoria. Et que Wylie serait le seul survivant de l'équipe d'origine. Si par malheur cela se produisait, je suppose qu'il serait condamné pour les crimes commis à la mine. *Madre de Dios !* Advienne que pourra, je l'empêcherai de poser ses sales pattes avides sur mon épouse, Patrick !

Il s'était exprimé avec une véhémence qui interloqua l'avoué. Durango avait dit : « mon épouse ». Pas : « mes actions ». Il était inquiet pour Josselyne et non pour ses parts du Pied de l'Arc-en-Ciel. Très intéressant... comme le fut le comportement de Durango, que Killian observa attentivement, durant les jours suivants.

Un soir où l'avoué assistait à une partie de poker au saloon, Durango gagna un manoir sur Le Casey. A la surprise de Killian, il ne le remit pas en jeu à la donne suivante, il n'essaya pas de l'échanger contre de l'argent, mais il rangea soigneusement le titre de propriété dans son coffre.

Deux jours plus tard, il alla visiter la demeure, qui se trouvait tout près de celle de Victoria. Ensuite il engagea un architecte et une équipe d'ouvriers qui se mirent tout de suite au travail pour effectuer les modifications souhaitées par Durango.

On disait qu'il voulait construire un passage couvert qui mènerait du second étage de la maison aux toilettes qui se trouvaient sur un monticule à l'arrière. Et cet endroit serait, toujours selon la rumeur publique, doté d'un siège de porcelaine.

Le bruit courait également que Durango avait ordonné que l'on abattît la cloison entre les deux chambres à coucher principales pour en faire une vaste suite. Plus étonnant encore, vu le célibat supposé du joueur, il avait insisté pour que l'on aménageât une nursery et une salle de classe.

Le jardin serait somptueusement planté d'arbres et de fleurs.

On ne vit plus le joueur ailleurs que dans son propre saloon et au *Teller House*. Il cessa de fréquenter les autres établissements, même le très célèbre *Shoo Fly*, réputé pour ses barmaids ravissantes et ses revues comiques.

Plus jamais il ne se pavanait une femme à son bras... on chuchotait aussi qu'il ne touchait plus aux filles de son propre saloon, même ses favorites.

Plus étonnant encore, il fit au moins deux apparitions à l'église Saint-Patrick pour la messe du dimanche.

Les gens ne comprenaient rien à ce nouveau comportement — excepté le Père Flanagan et Killian.

Victoria en était particulièrement agacée et redoutait d'avoir Durango pour voisin. Elle ignorait ce qui s'était passé après que ses hommes de main — sur son ordre — eurent porté les deux jeunes gens dans la chambre de l'hôtel *Teller*, les eurent dévêtus et laissés dans le lit.

Elle avait évidemment bu elle-même fort peu

de cognac et avait eu le plus grand mal à ramener Wylie jusqu'à son propre lit, où il avait aussitôt sombré dans un profond sommeil. Heureusement, il ne s'était douté de rien le lendemain matin, et avait mis sa migraine sur le compte d'un excès d'alcool.

Mais à présent, Victoria craignait que tout ne se fût pas déroulé comme elle l'avait prévu. Elle avait imaginé que Durango se réveillerait persuadé qu'il avait déshonoré Josselyne et se dépêcherait de l'épouser. Or elle n'avait entendu parler de rien de tel. Certes, il se conduisait comme un homme qui a décidé de se ranger et de prendre femme, mais où donc avait bien pu passer l'épouse ? Où se trouvait Josselyne ?

Et si par malheur Durango ne l'avait pas épousée ? Après tout, ce n'était pas spécialement un gentleman, il avait peut-être refusé de réparer... Dans ce cas, si Wylie tombait sur Josselyne le premier...

La nervosité de la jeune veuve augmentait de jour en jour. Elle pestait contre la disparition de Josselyne, et se reprochait de n'avoir su s'en faire une amie, qui aurait pu se tourner vers elle pour chercher conseil et assistance. Elle lui aurait suggéré de revenir à Durango, l'aurait même accompagnée au saloon avant que Wylie n'eût le temps de l'approcher.

Il ne lui restait plus qu'à entreprendre une enquête sur la disparition de Josselyne.

— Jossie partie depuis presque quinze jours ! Qu'est-ce que tu me chantes là, Nellie ? fulminait Red O'Rourke en essayant de se lever du lit de l'actrice. Retournée à Boston ? Au couvent ? C'est ça que tu veux dire ? Bon Dieu, c'est la faute de ce fils de chienne de Durango ! Tu peux toujours prétendre le contraire, je suis sûr qu'il l'a violée. Sinon, pourquoi elle se serait enfuie tout d'un coup, hein ? Réponds si tu peux, Nellie. Qu'il soit maudit, ce vaurien ! Il a souillé mon petit ange innocent comme l'agneau qui vient de naître, pur comme la Madone... Parole, j'en ai le sang qui bouillonne ! Je vais lui tordre le cou, pour sûr ! Je lui arracherai le cœur et je le donnerai à dévorer aux vautours ! Je... Oh, bon sang, que le diable emporte cette maudite cheville ! Où est ma béquille, Nellie ?

— J'ai pris la précaution de la cacher avant de t'annoncer la disparition de Jossie, Red, répondit Nell calmement en s'efforçant de le repousser sur le lit. Je ne t'en ai pas parlé plus tôt pour que tu ne te fasses pas de mauvais sang. Je pressentais trop ta réaction, Red. Tu as un caractère de chien, tu le sais bien ! De plus, le médecin t'a ordonné d'épargner ta cheville au maximum, et je ne voulais pas que tu te mettes à courir la campagne à la recherche de ta fille... Je m'en occupais moi-même, et d'ailleurs, finalement, ce n'est plus la peine parce que j'ai reçu un mot d'elle ce matin. On l'avait glissé sous ma porte, et j'ignore qui l'a livré, mais maintenant je sais où elle est. Elle va bien, grâce à Dieu ! Alors, sois rassuré, personne ne lui a fait de mal, et elle n'est pas non plus retournée au couvent. De toute façon, je ne crois pas qu'elle ait assez d'argent pour acheter son billet de train, au cas où ça la tenterait.

— Alors, où est-elle ? gronda Red, à peine calmé.

— Je vais te le dire. Mais, Red chéri, fais un effort pour te dominer ; je suis sûr que ces colères noires que tu piques sans cesse sont très mauvaises pour ta santé. J'ai peur chaque fois que tu ne fasses une crise d'apoplexie...

— Bon Dieu, Nellie, cesse un peu de t'inquiéter pour moi ! Je suis robuste comme un chêne, et je *veux* savoir où est ma fille !

— Au Pied de l'Arc-en-Ciel.

— Quoi ? hurla-t-il en tentant de nouveau de se lever. Jossie au milieu de ces mineurs pochards et dépravés ? Elle est devenue folle, ma parole ! L'agression de Durango lui a dérangé l'esprit !

— Voilà ! Qu'est-ce que je t'avais dit ! Tu es rouge comme une tomate, maintenant ! cria Nell, furieuse elle aussi. Tout le sang t'est monté à la tête, et tu as une veine qui va éclater. En plus, je suis sûre que ta cheville est gonflée aussi. Oh non ! Tu n'oserais pas lever la main sur moi, espèce de brute !

— Bon sang, Nellie ! se défendit-il. Tu l'as mérité bien des fois, pourtant jamais je ne t'ai frappée !

— Et tu ne vas pas commencer maintenant, je te le dis, sinon tu recevras un bon coup de béquille sur le crâne ! D'ailleurs, c'est ce qui t'arrivera si tu t'avises de poser un pied par terre, tu verras !

Elle saisit la béquille qu'elle avait cachée sous le lit et l'agita dans sa direction, menaçante.

— Je te le répète, poursuivit-elle, je serais très étonnée que Durango soit allé plus loin que quelques baisers, avec ta fille. Je suis une actrice, j'ai beaucoup vécu, Red, et je me flatte de savoir juger les caractères, les gens, surtout en matière de cœur. Fais confiance à mon instinct. Parce que si tu provoques Durango, tu ne vivras pas assez longtemps pour le regretter, et ça, mon amour, je ne le supporterais pas.

« Comme je te l'ai déjà raconté mille fois, il a expliqué — et elle l'a confirmé — que Jossie était tombée dans un wagonnet qui s'est mis en marche. Quelle femme n'aurait pas eu l'air complètement défaite, après une aventure pareille ? C'est grâce à Durango, qui a sauté dans la girafe pour la ralentir, qu'elle n'a pas fini gravement blessée, ou pire encore ! En plus, s'il s'était conduit bassement comme tu le prétends, elle n'aurait certainement pas continué à le voir, elle ne serait pas allée avec lui au *Teller House* !

— Ouais, tu as peut-être raison, Nellie, reconnut enfin Red à contrecœur, obligé de s'incliner devant sa logique. J'avoue que si je n'avais pas vu de mes propres yeux Durango porter ma fille évanouie hors de la mine, je n'aurais jamais imaginé qu'il l'avait violée. J'aurais même juré le contraire si on l'en avait accusé. Durango a bien des défauts, mais bon Dieu, jusqu'à ce jour-là, jamais je ne l'aurais cru capable d'un acte aussi vil. N'empêche, tout ça n'explique pas pourquoi ma fille est devenue cinglée au point d'aller installer ses pénates à la mine avec ces malfrats ! Trouve une explication à ça si tu peux, Nellie !

Nell se mordit la lèvre.

— Eh bien, je n'en ai pas. Dans sa lettre, elle ne donne pas de raison. Elle dit seulement où elle est, et que je ne dois pas m'inquiéter... Oh, Red, est-ce que ce n'est pas merveilleux qu'elle ait pensé à me rassurer ?

Elle s'assit au bord du lit pour lire une fois encore le message qu'elle tenait plié dans sa main.

— D'abord, j'ai l'impression qu'elle a les pieds sur terre en ce qui concerne l'argent, comme son père. Elle s'est aperçue que la somme que lui a remise Killian diminuait et qu'elle n'avait plus guère les moyens de s'offrir une chambre chez Miss Hattie. Elle n'aura pas grand-chose à dépenser, à la mine. Elle y est nourrie et logée. En plus, elle dit qu'elle a trois partenaires auxquels elle ne peut se fier, et que puisqu'elle a renoncé à devenir religieuse pour prendre possession de son héritage, elle doit en apprendre le plus possible sur l'exploitation minière. Ainsi Victoria, Wylie et Durango ne pourront pas lui faire prendre des vessies pour des lanternes.

— Ouais, ma Jossie a la tête sur les épaules, confirma Red, profondément fier de sa fille. N'empêche, répéta-t-il, furieux de nouveau, un endroit pareil avec neuf racailles de mineurs, ce n'est pas la place d'une jeune fille !

— Eh bien, que ce soit à cause de son habit de novice ou par respect pour ta mémoire, Red, ils ont l'air de se conduire parfaitement vis-à-vis d'elle. Elle dit aussi que je peux venir prendre le thé avec elle si je le désire. Mais — écoute bien ça, Red — je ne dois dire à personne où elle se trouve, parce qu'elle ne veut pas que Wylie ou Durango se mêlent de ses affaires. C'est tout. Oh, je n'arrive pas à y croire ! Qu'elle me fasse confiance au point de s'ouvrir à moi ! Ça veut sûrement dire que... elle a un peu d'affection pour moi, qu'en penses-tu ?

— Ah, ma chérie, comment pourrait-elle ne pas t'aimer ? dit-il, bourru, avant de la prendre dans ses bras pour un long baiser.

— Alors... tu me pardonnes ? murmura-t-elle.

— Oui, je crois, répondit-il après un silence.

Il savait que c'était uniquement par sollicitude envers lui qu'elle lui avait caché la disparition de Josselyne.

— Mais écoute-moi bien, Nellie : tu ne dois plus avoir le moindre secret pour moi, à partir de maintenant.

— Vraiment, Red ?

Elle leva vers lui un regard interrogateur et, devant son expression sévère, elle soupira longuement et secoua la tête.

— Alors dans ce cas... Je ne voudrais pas te donner de faux espoirs en ce qui concerne un éventuel mari pour Josselyne, mais il faut absolument que je te parle du nouveau manoir que Durango possède sur Le Casey.

21

Le printemps avait cédé la place à l'été.

Josselyne, un seau de bois à la main, se dirigeait vers le puits. Autour d'elle, la montagne s'était parée de couleurs vives, et les parfums des fleurs, des feuilles et de l'herbe se mêlaient à celui de la terre. En fermant les yeux, en ne bougeant plus, elle aurait presque pu se croire dans le parc du couvent, quand le soleil perçait à travers les grands ormes qui bordaient le mur d'enceinte et dont le vent faisait bruire doucement la ramure.

Seuls les sons étaient différents. Les ruisseaux dégringolaient des montagnes, clairs et purs sur les cailloux polis, en chantonnant dans l'air clair du matin... Jamais la mer à Boston n'avait chanté ainsi sur la grève.

J'ai eu raison de venir à la mine, se dit la jeune femme qui se sentait envahie d'un sentiment d'harmonie, de paix, de plaisir comme elle n'en avait pas connu depuis son départ du couvent. Curieusement, elle était heureuse, ici ; elle appartenait à cet endroit où on l'acceptait telle qu'elle était, où l'on n'exigeait d'elle rien d'autre que de participer à la vie, de travailler avec les deux mains que Dieu lui avait données. Elle avait sa place.

Elle ne s'étonnait plus que son père eût tant aimé le Pied de l'Arc-en-Ciel. Dans le secret de son âme, il avait dû se sentir le roi de cette montagne, son petit morceau de paradis. Jamais Josselyne ne s'était sentie aussi proche de lui que dans ce lieu qui avait tant signifié pour lui. Elle regrettait simplement qu'il ne fût plus en vie pour partager ces instants de bonheur avec elle.

Parfois, malgré elle, la présence de Durango lui manquait aussi, surtout quand elle s'obligeait à monter dans la benne puis à descendre dans la mine où elle regardait les hommes travailler, apprenait leur métier. Malheureusement, depuis qu'elle était arrivée, elle doutait de plus en plus de l'honnêteté de son mari.

En un mois, elle avait découvert que le jour où Durango l'avait amenée, il avait menti en prétendant que toutes les galeries de la mine étaient encore bouchées par l'explosion. En réalité, deux d'entre elles étaient déjà rouvertes, à ce moment-là. Pour quelque obscure raison, il le lui avait caché, et à présent, elle imaginait le pire. Pourtant, les mineurs avaient laissé entendre que Durango s'était peut-être tu simplement pour ne pas lui donner le faux espoir que son père était encore vivant. En effet, on n'avait toujours pas retrouvé son corps, ni la moindre trace de lui. Des lambeaux de vêtements avaient conduit au corps de Forbes. Ce n'était pas le cas pour Red. On avait seulement récupéré son chapeau, preuve de sa présence à la mine au moment de l'explosion. Que l'on n'eût pas encore découvert son corps était à la fois une torture et un soulagement. Malgré les déclarations pessimistes des ouvriers, Josselyne ne pouvait s'empêcher d'espérer encore. Et elle se disait parfois qu'elle avait condamné Durango à tort, qu'il s'était, à sa manière, montré bon envers elle.

Puis les soupçons revenaient et elle s'efforçait de s'endurcir contre lui, d'étouffer ses émotions les plus tendres, ses désirs déchirants, et l'espoir qui était né de la visite que Nell lui avait rendue un après-midi.

Un jour que Matty et le Vétéran descendaient en ville faire des courses, Josselyne avait impulsivement rédigé un mot pour l'actrice et leur avait demandé d'aller le porter au cottage de Spring Street. Elle leur avait également précisé que personne ne devait apprendre où elle se trouvait, car elle ne voulait pas que Wylie ou Durango vienne la chercher. Les mineurs avaient toujours particulièrement respecté Red, seul des quatre associés à travailler près d'eux dans les galeries à longueur de journée, et ils étaient prêts à tout pour sa fille. Ils avaient donc observé le silence sur sa présence à la mine.

De plus, s'étaient dit les deux hommes, mieux valait que personne ne sût qu'elle vivait là. Elle était seule la majeure partie de la journée, or les montagnes regorgeaient de bandits, de prospecteurs avides, voire de criminels qui auraient pu être attirés à la mine s'ils apprenaient qu'une jeune fille vulnérable s'y trouvait.

Zeb était venu la voir une fois. Il avait déclaré

fougueusement son amour et avait supplié Josselyne de s'enfuir avec lui. Pour ne pas le blesser, elle avait gentiment essayé de lui faire comprendre, sans entrer dans les détails, qu'il était inutile pour elle de demander une annulation du mariage, ou un divorce, car Durango ne la laisserait jamais partir. D'autre part, que deviendrait Miss Hattie, sans l'aide de son petit-fils pour s'occuper de la pension de famille ?

Le jeune homme, vexé, meurtri, furieux de sentir qu'elle avait raison, prit la mouche et s'en alla en emportant son fusil.

Les mineurs en fournirent un autre à la jeune femme. Cure-dents et Frenchie le Trappeur lui apprirent à s'en servir avec beaucoup plus d'efficacité que Zeb.

Quand elle vit un cavalier s'approcher, Josselyne s'empara de son arme et visa. Puis elle s'aperçut qu'il s'agissait de Nell, et sortit en courant de la cuisine pour l'accueillir.

Jamais la jeune femme n'aurait imaginé qu'elle aurait tant de plaisir à voir Nell. C'était merveilleux, après tous ces jours passés en compagnie des hommes, de bavarder avec une femme, d'avoir des nouvelles de la ville. Cependant, bien qu'elle fût touchée de l'intérêt tout maternel que lui portait Nell, elle ne put se résoudre à lui raconter ce qui s'était passé au *Teller House*. Mais son cœur fit un bond lorsque l'actrice lui parla du manoir que Durango restaurait « comme s'il avait l'intention de s'établir enfin ». Elle fut plus bouleversée encore en apprenant que Durango « changeait » au point qu'on l'avait vu « par deux fois assister à la messe du dimanche matin à Saint-Patrick ».

Heureusement, Josselyne avait eu la présence d'esprit de fourrer son alliance dans la poche de son tablier à l'arrivée de Nell. Comme l'anneau était sculpté en forme de guirlande, l'actrice l'aurait sûrement reconnu pour l'avoir vu au doigt de Durango. N'étant pas sotte, elle en aurait tiré des conclusions logiques et aurait posé à Josselyne des questions gênantes auxquelles elle n'avait aucune envie de répondre.

En plongeant le seau dans l'eau claire du puits, ce matin-là, Josselyne repensait aux paroles de Nell.

Tout indiquait que Durango avait l'intention de prendre leur mariage au sérieux, se dit-elle, un peu mal à l'aise, en se demandant si la rage qu'il avait dû ressentir en constatant sa disparition s'était estompée... ou si elle avait au contraire augmenté avec le temps.

Peut-être la frapperait-il, quand il la retrouverait, pour la punir de lui avoir désobéi. En tant qu'époux, il en avait parfaitement le droit, et elle doutait qu'il éprouvât des scrupules. Même si elle l'avait mal jugé, s'il n'était pas un saboteur et un meurtrier, c'était un homme brutal, dominateur, et la désertion de son épouse avait dû porter un rude coup à son orgueil comme à sa virilité.

Josselyne était tellement absorbée dans ses pensées qu'elle n'entendit pas le bruissement furtif que fit l'homme qui s'approchait. Et quand les éperons tintèrent, il était déjà trop tard. Elle fut encerclée par des bras d'acier qui lui coupèrent le souffle et lui firent lâcher le seau qu'elle venait de remonter. Il redescendit en heurtant follement les parois du puits, tandis que la manivelle tournait à toute vitesse. Il heurta la surface dans un grand bruit au moment même où l'homme mettait la main sur la bouche de Josselyne pour étouffer son hurlement.

Elle se débattit furieusement, griffa les mains qui la retenaient, jusqu'à ce qu'elle se trouve tout à fait immobilisée, tandis qu'une voix familière chuchotait à son oreille :

— Tu as de la chance, ma douce, qu'il s'agisse de ton mari et non de n'importe quelle canaille...

Elle n'aurait jamais dû penser à lui ! C'était comme si elle l'avait attiré par ses rêveries, se dit-elle contre toute logique.

Son soulagement en comprenant que c'était bien Durango fut de courte durée. Elle fut prise de panique devant son intonation menaçante. Il était bel et bien furieux, comme elle l'avait redouté, fou de rage qu'elle l'eût fui. Elle tenta de nouveau de lui échapper, mais il la tourna brutalement vers lui sans la lâcher, et il l'appuya contre le rebord du puits, ses jambes emprisonnées entre les cuisses musclées.

Sous le large bord de son chapeau, ses yeux étaient de braise. Un muscle se crispait à sa mâchoire et il faisait une grimace de dégoût et de colère en parcourant du regard son habit de nonne et son voile qu'il lui ôta d'un geste brusque et jeta au sol comme s'il voulait le piétiner. Un instant, elle craignit qu'il ne lui arrachât sa robe de la même manière. Il en était bien capable.

— Co... comment m'avez-vous trouvée, Durango ? balbutia-t-elle.

— Oh, j'ai fini par me rappeler que tu correspondais avec la Mère Supérieure de ton couvent, répondit-il. Je suis donc passé à la poste ce matin pour voir si tu avais reçu du courrier. L'un des employés a eu l'obligeance de m'informer que le Vétéran était venu chercher une lettre pour toi la semaine dernière.

Il la secoua violemment.

— Bon Dieu, Jossie ! Comment as-tu osé me priver de ma nuit de noces, t'enfuir loin de moi et te cacher pendant des semaines à la mine, entourée d'hommes ? *Por Dios !* Je devrais te battre jusqu'au sang, sale petite sorcière !

Elle tremblait de tous ses membres devant cette explosion de colère, regrettant presque d'être venue se réfugier ici.

— Qu'espérais-tu ? Tu savais pourtant que je finirais par te retrouver. Je te l'avais dit, hein ? Je te l'avais dit !

— Oui... mais je n'avais pas envie de rester avec vous, avoua-t-elle nerveusement. Vous le savez parfaitement, nous ne voulions ni l'un ni l'autre de ce mariage, Durango, alors à quoi bon faire semblant ? Je ne veux pas être... dépendante de vous et... je ne pouvais me permettre de garder plus longtemps ma chambre chez Miss Hattie. Je n'ai pas d'argent, sauf ce que m'a envoyé Patrick Killian pour mon voyage jusqu'à Central City. Il ne m'en reste pratiquement plus. Je n'avais pas envisagé de rester dans le Colorado, vous comprenez ? Maintenant, il semble que j'y sois obligée, donc il faut que j'économise le peu qui me reste. Je n'aurai aucun revenu avant que la mine ne soit exploitée de nouveau et cela peut prendre des mois, vous me l'avez dit vous-même. En attendant, je ne dépense rien, ici. Je dors dans l'appentis, je gagne ma vie en préparant les repas, en faisant le ménage, et...

— Et en couchant avec mes hommes, c'est ça ? tonna-t-il, cruellement blessé par ses paroles de rejet, poussé par quelque démon à envisager le pire.

Elle avait essayé de lui dire qu'elle était innocente de ce dont il l'accusait, au *Teller House*, mais il avait refusé de l'écouter et il avait pris sa virginité. Elle ne voulait pas l'épouser, elle avait accepté uniquement pour sauver sa réputation. Essayait-elle de se venger de lui en se vendant aux mineurs du Pied de l'Arc-en-Ciel ?

— Par le diable, réponds-moi ! C'est bien ça ?

— Non ! Bien sûr que non !

Elle était rouge d'indignation, ses yeux lançaient des éclairs.

— Comment osez-vous penser une telle horreur, Durango ?

— Tu le sais aussi bien que moi, Jossie, dit-il d'un ton froid que démentait l'ardeur de son regard. Tu es à moi. Je craignais que tu ne l'aies oublié.

— Je n'ai rien oublié ! protesta-t-elle, rendue furieuse par son arrogance. Mais je ne veux pas vous appartenir, reprit-elle avec défi. Je ne veux pas être votre femme !

Il resserra son étreinte autour d'elle.

— Dommage ! Tu étais d'accord pour m'épouser quand il s'agissait de sauver ta réputation, maintenant tu dois respecter ta part du marché. Et tu le feras, ma douce, ne t'y trompe pas, car je saurai t'y obliger, d'une manière ou d'une autre !

Malgré elle, Josselyne fut prise de terreur.

— *Sangre de Cristo!* Petite sotte ! Tu n'as pas pu imaginer que je te laisserais partir, tout de même ? Ou alors, tu me connais bien mal. Je te le répète encore une fois, Jossie, ce qui m'appartient, je le garde, or tu m'appartiens. Tu ne peux pas plus me résister que le papillon de nuit ne résiste à la flamme. Et je te préviens : si tu continues à me provoquer, tu vas te brûler !

Il s'arrêta, les narines palpitantes, le temps de reprendre son sang-froid. Puis il poursuivit, dur :

— Si tu avais besoin d'argent, pourquoi ne m'as-tu pas attendu chez Miss Hattie ?

— Vous le savez très bien ! Parce que notre mariage est une mascarade, et que je ne veux rien accepter de vous. Je ne veux pas que vous m'entreteniez comme une... une...

— Une catin ? suggéra-t-il froidement. Mais tu ne l'es pas, *querida*. Tu es ma femme... et, bon Dieu, tu vas te comporter en épouse !

— Non ! hurla-t-elle, pâle comme la mort.

Si elle lui obéissait, comment aurait-elle la force de vivre après avoir appris qu'il était l'assassin de son père ?

— Je ne veux pas, vous m'entendez ? Et vous ne pourrez pas m'y forcer !

— Oh, mais si, ma douce... tu le sais aussi bien que moi.

Il y avait une lueur démoniaque au fond de ses yeux et elle eut peur. Dans son instinct de rébellion, elle l'avait poussé à bout. Il était aussi sauvage et redoutable qu'un lion des montagnes ; elle n'aurait pas dû le provoquer.

— Je peux faire ce que je veux de toi, poursuivit-il, parce que, que cela te plaise ou non, je suis ton mari. Selon la loi, je te possède, Jossie, tu entends ? En outre, je suis plus fort que toi et — quoi qu'en dise ta Bible — dans ce monde, la force l'emporte toujours sur le bon droit. Même si tu te débattais, je pourrais t'enlever, t'attacher, te bâillonner et t'emporter chez moi où je te garderais prisonnière des jours, des semaines, des mois. Tu serais à ma merci, incapable de m'échapper ou de me résister, soumise à mon bon plaisir. Je pourrais te frapper, te plier à ma volonté, te violer jusqu'à ce que je sois sûr que tu portes mon enfant. A la fin, tu serais trop heureuse de jouer enfin le rôle d'épouse, je te promets ! Alors cesse de me dire ce que je peux ou ne peux pas faire, car à ce petit jeu tu n'auras pas le dernier mot. C'est peut-être injuste, déloyal ; mais en ce qui concerne ce jeu-là en particulier, je préfère tricher pour gagner que perdre.

— C'est... c'est horrible, souffla-t-elle, les yeux agrandis d'angoisse. Vous êtes cruel, vous êtes un... un monstre !

— Non, *querida*, je suis un homme, un homme qui te désire infiniment et qui, en tant qu'époux, a bien l'intention de t'avoir. Au moins, je suis franc avec toi... Ou préférerais-tu que je te mente, comme l'a fait Wylie ?

Elle avait momentanément oublié qu'il lui avait déjà menti, lorsqu'il avait laissé entendre qu'il l'avait violée...

— Non, bien sûr...

— Alors, puisque tu ne veux pas de mensonges,

Jossie, ouvre tes oreilles à la vérité, même si elle ne te plaît pas, même si tu n'as pas envie de l'entendre...

— *Votre* vérité, Durango ?

— Tu n'es plus au couvent, ma douce, là où tout est blanc ou noir, bien ou mal. Nous évoluons dans un monde réel, où la vérité prend d'innombrables tons de gris, où la vie est dure. Elle est même diablement difficile — surtout pour un bâtard à demi mexicain, comme moi. Si j'avais été tendre, je ne m'en serais pas sorti — pas longtemps, en tout cas — et c'est ce qui a fait de moi le « monstre » dont tu parles. Mais je n'ai jamais eu la chance de bénéficier d'une enfance protégée, comme toi. J'ai grandi dans un village lépreux du Mexique, et je ne mangeais pas tous les jours à ma faim. Personne ne m'a jamais rien donné. Tout ce que j'ai eu dans ce monde, j'ai dû le prendre... comme je te prendrai, Jossie, s'il le faut.

« Sois-en bien persuadée, ma douce, parce que je n'ai pas renoncé à ma liberté pour m'entendre refuser ce à quoi j'ai droit depuis que j'ai passé cet anneau à ton doigt. Tu ne me repousseras pas, je te l'affirme. Je ne te permettrai pas de fuir à nouveau sous prétexte que tu ne veux pas reconnaître ce qui existe entre nous, que tu te persuades que c'est *moi* que tu crains, alors qu'en réalité, tu es effrayée par ce que tu as découvert au fond de *toi*. Tu me désires, *querida*, tout autant que je te désire. Et même si je te déclarais à l'instant que je suis le meurtrier de ton père, tu aurais *encore* envie de moi !

— Non, non, vous vous trompez, gémit Josselyne, troublée de voir ses affreuses pensées secrètes étalées ainsi au grand jour.

Elle était bouleversée que Durango soit au courant, qu'il lui lance la vérité au visage, qu'elle soit à présent obligée de l'affronter... Elle était mauvaise, perverse, déloyale envers son père, indigne de l'amour qu'il lui avait porté. Comment vivre avec ce poids sur sa conscience ?

— Vous vous trompez, répéta-t-elle lamentablement.

Durango demeura silencieux une interminable minute puis, d'une voix dangereusement douce, il poursuivit :

— Je croyais t'avoir dit de ne jamais me mentir, Jossie.

Comme elle se taisait, il eut un petit rire sarcastique.

— Cela porte un nom, ma douce. Voire plusieurs : désir, passion, ou encore... amour.

Elle eut l'impression d'être giflée quand le rire de Durango s'éleva, dur, son visage reflétant une indéchiffrable émotion.

— Mais je n'emploierais pas ce mot. Non, je n'appellerais pas amour ce sentiment qui nous lie, auquel nous ne pouvons échapper, que tu ne peux fuir, Jossie, dont tu ne peux pas te cacher, même ici à la mine. Alors, n'essaie plus de te sauver. Tu es mienne, et jamais je ne te laisserai partir. Est-ce clair ?

— Oui, souffla-t-elle tristement.

Il avait dit vrai, elle n'avait aucun espoir de lui échapper, ni maintenant ni plus tard. Il la poursuivrait toujours, il la retrouverait, comme il l'avait retrouvée au Pied de l'Arc-en-Ciel. Il n'y avait pas d'asile pour elle.

— Alors, embrasse-moi, fit-il d'une voix rauque.

Elle ne pouvait s'y résoudre, sachant ce qu'un baiser entraînerait, l'assaut que Durango mènerait sur son corps et ses sens, la réponse qu'il éveillerait inévitablement. Elle serait forcée de s'abandonner, en fin de compte, mais elle n'allait pas lui faciliter la tâche.

Si fort qu'il la désirât, il ne l'aimait pas vraiment, et elle aurait été folle de le croire. Il s'était moqué d'elle en prononçant le mot amour pour mieux le réfuter ensuite. Pour lui, elle n'était qu'un lot inattendu qui venait avec les parts de la mine, un corps gracieux jeté dans le marché pour son plaisir, pour la satisfaction de ses appétits bestiaux, et dont il n'entendait pas être privé.

Il se lasserait d'elle rapidement, pensa-t-elle avec une étrange douleur.

Je n'appellerais pas cela amour, avait-il dit. Elle non plus, se promit farouchement Josselyne. Elle non plus.

Avec un cri de rage, elle se remit à lutter pour libérer ses poignets, déchaînée. Tandis que Durango tentait de la garder contre lui, tous deux oublièrent qu'ils se trouvaient tout près du rebord du puits jusqu'au moment où, dans la violence de leur combat, ils perdirent l'équilibre et tombèrent dedans la tête la première.

22

— Quand je t'imaginais à genoux devant moi, ma douce, je ne pensais pas précisément à ce genre de circonstances, dit Durango, une note d'amusement dans la voix.

Josselyne avait envie de l'étrangler ! Non seulement à cause de la situation catastrophique dans laquelle ils se trouvaient, mais parce qu'elle devinait à ses paroles un double sens qu'elle ne parvenait pas à déchiffrer.

— Oh, vous ! Espèce de sinistre individu ! J'aimerais vous briser le cou ! siffla-t-elle entre ses dents.

— Franchement, Jossie, c'est bien ce que tu as failli faire... me briser le cou, je veux dire, précisa-t-il, la faisant grincer des dents.

En fait, elle était bien la première à blâmer ce qui leur arrivait.

Si elle avait accepté de l'embrasser au lieu de se démener comme un beau diable, ils n'auraient pas fini au fond du puits, où Durango était accroché à la corde, tandis que Josselyne l'entourait de ses bras, agrippée à sa ceinture. Il avait noué ses robustes cuisses autour d'elle, elle avait le visage pressé contre lui, et elle repliait ses jambes sous elle afin d'éviter de les plonger dans l'eau qui commençait à détremper le bas de sa robe.

A part quelques égratignures superficielles, ils n'étaient blessés ni l'un ni l'autre, bien que Josselyne fût assez secouée. Durango, en revanche, semblait trouver la situation cocasse, décuplant la fureur de la jeune femme qui n'y voyait absolument rien d'amusant.

— Oh, pourquoi a-t-il fallu que vous veniez ici ? explosa-t-elle.

Elle avait mal aux bras, et elle rougissait de sentir contre sa joue la virilité de Durango.

— Certainement pas pour me retrouver au fond d'un puits, je te le dis ! rétorqua-t-il vivement avant d'ajouter, avec cette pointe d'ironie exaspérante : Maintenant, pour l'amour du ciel, tais-toi, Jossie. Si tu continues à parler, je te préviens, nous nous trouverons devant un problème plus épineux encore... Faut-il que je m'exprime crûment, que je t'explique l'effet produit par ta bouche quand elle est si proche de... d'une certaine partie de mon individu ?

— Oh... gémit-elle en rougissant violemment tandis que le sens de sa remarque lui apparaissait enfin clairement.

— Josselyne ! *Sangre de Cristo !* Arrête aussi de gémir et de frissonner... contre moi. Bon Dieu ! Ce n'est... *pas* drôle !

Toujours ce rire rentré, mêlé à une sorte de fureur !

— Tiens-toi tranquille, bon sang ! Ne bouge pas ! Sinon, j'ai bien peur de lâcher la corde !

De crainte qu'ils n'aillent s'écraser tout au fond du puits, Josselyne se tint tout à fait immobile. Elle n'osait pratiquement plus respirer. Au bout d'un long moment, Durango reprit :

— Bon. Comme aucun des hommes ne rentrera de la mine avant l'heure du souper et que nous avons extrêmement peu de chances d'être découverts par quelqu'un d'autre, voici ce que je propose. Tu vas me lâcher, Josselyne, et descendre tout doucement dans l'eau à l'aide de la corde. Tant que tu te tiendras sur le seau, tu ne risqueras pas de te noyer, je te le promets. Je suis désolé de t'imposer ça, mais je ne peux absolument pas me hisser en haut du puits avec toi accrochée à moi. Tu es un poids mort... et sacrément perturbant ! Quand je serai sorti, je te tirerai de là. D'accord ?

— D'ac... cord, murmura-t-elle en se mordant la lèvre.

L'idée de s'enfoncer dans l'eau sombre la paniquait, et elle n'avait pas une totale confiance en Durango, mais c'était la seule solution.

Elle ne parvenait pas à s'empêcher de penser qu'il avait l'intention de la piéger, de tirer parti de la situation. Il préférait tricher pour gagner plutôt que perdre, ne l'avait-il pas dit lui-même ? Il n'hésiterait pas à exploiter le moindre avantage.

— Parfait. Allons-y, déclara-t-il. Lâche le bras droit, doucement. N'aie pas peur, je te tiens, Josselyne. Je ne te laisserai pas tomber. Maintenant, glisse ta main... entre mes jambes et attrape la...

corde. *Madre de Dios!* jura-t-il tandis que les doigts de la jeune femme l'effleuraient accidentellement. Tu sens ?... La corde, bien sûr.

— Oui, murmura-t-elle.

Heureusement, il faisait noir, dans le puits. Il ne pouvait pas la voir rougir violemment tandis qu'elle cherchait la corde à tâtons. Elle la trouva enfin et s'y agrippa fermement, le cœur battant de peur... et d'une autre émotion tout aussi primitive à laquelle elle refusait de donner son nom.

— Tiens-toi bien, ordonna-t-il d'une voix un peu étranglée. A l'autre main, maintenant. Ça y est ? Bon. Je vais dénouer mes jambes de tes hanches, à présent. Tu auras du mal, Jossie, parce que ton corps va tirer très fort sur tes bras. Tiens bon et descends doucement le long de la corde, une main après l'autre. Ne te laisse surtout pas glisser, tu te brûlerais les paumes et tu tomberais. Compris ?

— Oui...

— Bravo ! Vas-y...

Si Durango ne l'avait pas avertie, elle aurait lâché prise. Au lieu de ça, elle se balança un moment au bout de la corde, pas sûre de pouvoir tenir. Les muscles de ses bras tremblaient, et sa jupe mouillée pesait des tonnes, l'attirait vers le bas.

Elle parvint pourtant à descendre petit à petit en serrant les dents pour s'empêcher de crier de douleur. C'était presque aussi effrayant que la descente au fond de la mine. Comme alors, seule la présence de Durango l'empêcha de céder à la panique lorsqu'elle se sentit s'enfoncer dans l'eau glacée.

— Je suis en bas ! cria-t-elle en claquant des dents.

Debout sur le seau, elle avait tout de même de l'eau jusqu'à la taille.

— C'est bien ! Accroche-toi, je te sors de là dans une minute !

Il commença son ascension le long de la corde, boucha un moment l'issue du puits, puis se hissa sur la margelle. Les rayons du soleil pénétrèrent de nouveau faiblement dans le puits. Josselyne l'aperçut qui se penchait, anxieux. Elle fut un peu déconcertée par son inquiétude manifeste. Mais bien sûr, Durango ne voulait pas qu'il lui arrive déjà quelque chose... Pas avant qu'il ne fût lassé d'elle.

— Jossie, je te remonte, maintenant ! cria-t-il.

Enfin, avec un grincement, le seau commença sa lente ascension. Durango tenait sa parole, finalement...

Mais elle s'était rassurée trop tôt. Quand elle arriva presque en haut du puits, Durango cessa de tourner la manivelle. Il la regardait avec une expression qui la fit frissonner plus encore que l'eau glacée qui lui transperçait les os. Il arborait un sourire moqueur.

— Ma pauvre petite chérie. Tu es trempée ! Tu ressembles à un petit chaton roux rescapé de la noyade ! Il faut vite que tu te débarrasses de ces vêtements trempés.

— Ça ne sera possible que lorsque vous m'aurez tirée de là, Durango, comme vous avez promis de le faire.

Elle jura intérieurement de se venger lorsqu'elle comprit qu'il y aurait un prix à payer pour son sauvetage. Comment n'y avait-elle pas pensé plus tôt ?

— Et qu'es-tu prête à me donner en récompense si je te sors de là, Jossie ? demanda-t-il sans bouger.

— Que voulez-vous ? demanda-t-elle sèchement, le regard dur.

— Tu connais déjà la réponse, *querida*. Alors pourquoi poses-tu la question ?

— Je... plutôt mourir !

— J'en étais sûr ! Pourtant, tu étais si... hardie, dans le puits... J'espérais que tu avais changé d'avis, que tu accepterais de bon cœur d'accomplir le devoir conjugal.

— Oh ! Vaurien ! Canaille ! Comment osez-vous insinuer que... que je... Soyez maudit, Durango ! Vous savez parfaitement que je ne pouvais pas... que je ne...

Humiliée, rouge comme un coq, elle bafouillait au souvenir de son visage pressé contre les hanches de Durango, de ses mains tâtonnantes à la recherche de la corde.

— Dommage ! déclara-t-il légèrement. Tu n'aurais pas dû me jeter dans le puits pour éveiller ensuite — même involontairement — mon... ardeur. Je suis un homme, Jossie, et j'avoue que tous ces jours sans toi dans mon lit ont été un enfer. Tu me dois une compensation.

— Je ne vous dois rien, espèce de mufle !

— Tu préfères que je te redescende au fond du puits, alors ? suggéra-t-il, insolent.

— Non ! Vous ne feriez pas ça...

— Tu crois ?

Après un petit silence, Durango se mit à rire doucement.

— Alors, qu'en penses-tu, *querida* ? Serai-je le mauvais garçon qui noie le petit chat ? Ou vas-tu enfin accorder ce que je te demande ?

— Très bien. Prenez-moi ! cracha-t-elle, furieuse.

Il était bien capable de la redescendre au fond du puits, voire de la noyer... quoique son sourire ironique ne correspondît pas à cette dernière hypothèse. Néanmoins, elle n'était pas tranquille. C'était un fourbe, et en plus, malgré l'heure matinale, il avait sûrement bu. Il était capable de tout.

En outre, quelle importance ? Il s'était montré clair : il saurait exiger ce qu'il attendait d'elle, de toute façon. Le lui refuser ne faisait que retarder l'inévitable.

— Je jure que vous regretterez le jour où vous m'avez épousée, Durango De Navarre !

— Donne-moi ta parole de respecter notre marché, Jossie, insista-t-il avec un calme exaspérant.

— Vous l'avez, dit-elle enfin de mauvaise grâce. Mais je vous mépriserai et vous détesterai pour cela jusqu'à mon dernier jour !

— La mère abbesse a dû trembler à l'idée que tu prononces tes vœux définitifs, ma chérie, dit-il en penchant la tête pour qu'elle ne pût voir son expression triomphante tandis qu'il remontait le seau jusqu'à la margelle du puits avant de la saisir dans ses bras. Je suis sûr qu'en ce moment, à Boston, elle me couvre de ses bénédictions pour lui avoir épargné l'intolérable fardeau de t'avoir comme religieuse dans sa congrégation !

— Je vous prierai d'avoir la décence de ne pas vous moquer de la Révérende Mère ! déclara Josselyne, pincée, toute raide de rage et de froid contre lui.

Elle était furieuse d'avoir cédé. Elle aurait mieux fait d'attendre le retour des mineurs, se dit-elle, quitte à risquer la noyade ! Mais il était trop tard, à présent. Elle avait donné sa parole, et elle ne se parjurerait pas.

— Si vous voulez tout savoir, je représentais effectivement une pénible épreuve pour elle, ce que je regrette vivement maintenant que le couvent ferme ses portes.

— Vraiment ? Alors, je devrais peut-être fermer la mine. Tu regretterais ainsi d'être une pénible épreuve pour *moi* !

Sur cette pique, Durango prit possession de sa bouche, l'envahit avec une telle passion que Josselyne ne put s'empêcher de répondre à son ardeur, se sentit fondre entre ses bras. Il y avait une éternité qu'il ne l'avait embrassée !

Il n'avait pas menti en disant que ces semaines sans elle avaient été un enfer. Comme si, depuis qu'il lui avait fait l'amour, il était envoûté. Aucune femme ne parvenait à l'intéresser. Il n'y comprenait rien, il savait seulement que Josselyne lui était aussi indispensable que l'air qu'il respirait.

Il avait envie de la prendre là, dans l'herbe...

Il releva enfin la tête, les yeux brûlants de désir.

— Viens dans l'appentis, *querida*. Il faut que tu enlèves ces vêtements trempés.

Inutile de protester. Tremblante, elle le suivit dans la petite pièce qui était devenue son domaine. Il ferma soigneusement la porte derrière eux et reprit la jeune femme dans ses bras, enfouit les doigts dans ses cheveux dégoulinants, l'embrassa de nouveau. Puis il la dévêtit jusqu'à la taille, fébrile.

Seul un bruit de sabots à l'extérieur l'empêcha de continuer. Il releva la tête, aux aguets. Enfin, avec un grognement exaspéré, il se dirigea vers la fenêtre et souleva le rideau.

— C'est Wylie, annonça-t-il, furieux d'être interrompu inopinément dans ce moment d'intimité.

Soudain soupçonneux, il se tourna vers Josselyne.

— Tu lui as dit où tu te trouvais ?

— Non, je le jure ! s'écria-t-elle, terrifiée par la lueur meurtrière qui s'allumait dans son regard.

Durango l'observa intensément pendant un long moment avant de déclarer sèchement, apparemment convaincu :

— Habille-toi.

Il sortit de la chambre à grandes enjambées pour se diriger vers la pièce commune.

Le cœur battant, Josselyne se hâta d'obéir. Elle était terrorisée. L'arrivée inattendue de Wylie ne lui disait rien qui vaille. Que venait-il faire au Pied de l'Arc-en-Ciel, et pourquoi justement aujourd'hui ? A sa connaissance, il se rendait rarement à la mine, c'était sans doute pourquoi Durango avait eu des soupçons. Il ne supporterait pas qu'elle le trompe, c'était évident. Heureusement qu'elle avait envoyé promener le malheureux Zeb avec son amour intempestif !

Josselyne, rendue maladroite par son angoisse, se battit avec les rubans de sa camisole. Un coup d'œil au-dehors, et elle vit Wylie descendre de cheval. Il semblait aussi furieux que Durango quand il pénétra dans le bâtiment. Comme s'il s'était attendu à l'y trouver, pensa-t-elle.

— Qu'est-ce que tu fais là à cette heure-ci ? demanda-t-il à Durango en entrant. Il est à peine plus de midi...

— A ton avis, Wylie ? dit Durango, sardonique. Je bois un verre et je fume un cigare, voilà tout. Il n'est jamais trop tôt à mon goût ni pour l'un ni pour l'autre.

Wylie eut un petit reniflement méprisant.

— Et quoi encore ? J'aurais dû poser ma question plus directement. Que fais-tu ici au lieu de te trouver au saloon, comme d'habitude ?

— La dernière fois que j'ai sorti mes actions du coffre, elles portaient encore mon nom, Wylie. Tu es monté me dire que ça a changé ?

— Non. Je suis venu voir pourquoi Josselyne se trouve à la mine. Vois-tu, après sa disparition, j'ai demandé à deux types de l'entrepôt de ne pas te quitter des yeux. Je pensais que tu en savais peut-être plus que tu ne voulais bien le dire. Imagine ma réaction quand l'un d'eux est venu m'annoncer ce matin qu'il t'avait suivi jusqu'à la mine, où il t'avait vu en train de t'imposer à une religieuse... ce qui, te connaissant, ne me surprend aucunement. Alors c'est vrai ? Josselyne est là ?

— Oui, c'est vrai, Wylie. Elle habite ici depuis

un mois, répondit Durango comme s'il l'avait toujours su. Elle est dans l'appentis... en train de s'habiller, ajouta-t-il avant de crier en direction de la chambre: Hé, Jossie, Wylie est là! Tu es visible ?

Elle crut mourir de honte. Durango poussait délibérément Wylie à croire le pire, et elle ne savait même pas que répondre. Si elle se taisait, peut-être les deux hommes la laisseraient-ils tranquille...

Ses espoirs furent vains. Elle entendit le raclement de la chaise de Durango sur le plancher, puis il vint frapper à la porte.

— Jossie, tu as entendu ?

— Oui. Je... j'arrive.

Elle était encore en train de s'habiller quand, comme s'il en avait le droit, il ouvrit toute grande la porte, la révélant en sous-vêtements, sa chevelure humide cascadant autour d'elle, les yeux étincelant d'indignation. Il la regarda longuement, avec insolence, avant qu'elle se jette sur son déshabillé. Durango but une grande gorgée de la bouteille de mescal qu'il avait dû trouver dans la cuisine.

— Tu me sembles parfaitement décente, à présent, dit-il avec un sourire exaspérant. Viens te joindre à nous.

Josselyne s'aperçut, horrifiée, qu'il ne portait pas son chapeau. Il avait subrepticement déboutonné sa chemise qui pendait par-dessus son pantalon, et s'était débarrassé de sa ceinture et de ses bottes — sans doute pendant que Wylie descendait de cheval. Il donnait l'impression d'un amant que l'on a tiré du lit. Et, à son regard amusé, elle se rendit compte qu'il trouvait ce rôle extrêmement distrayant.

Il s'effaça pour lui laisser franchir le seuil, et elle pénétra dans la pièce commune, la tête haute, les joues empourprées de rage, de honte et d'embarras.

Comme le soir du souper au *Teller House*, Wylie resta bouche bée. Comment avait-il pu juger Josselyne insignifiante et froide ? Il devait être fou, ou aveugle ! Il demeurait émerveillé devant la superbe créature en déshabillé, avec sa lourde chevelure d'or qui chatoyait dans le soleil, ses yeux de chat, sa bouche sensuelle gonflée de baisers, son cou blanc, et le doux renflement de ses seins, sa taille fine, ses longues jambes, ses pieds nus. On aurait dit une gitane, une courtisane... pas une religieuse, mais un ange déchu ! Il fut envahi d'une violente flambée de désir. Soudain, la fille de Red lui apparaissait tout aussi convoitable que les actions de la mine !

Et Durango l'avait eue le premier.

Wylie reçut cette révélation comme un choc qui lui coupa le souffle.

Le salaud ! Je le tuerai ! se dit-il en serrant sa cravache à la briser.

— Je ne voulais pas croire que vous ayez renié votre éducation au point de venir vous installer ici, Josselyne, dit-il froidement. Néanmoins, quand je l'ai appris, je suis aussitôt venu m'assurer que vous alliez bien. Je constate que c'était une démarche inutile...

— En effet, intervint Durango d'une voix coupante. Le bien-être de Jossie ne te concerne pas,

Wylie. Elle a fait son choix... et ce n'est pas sur toi qu'il s'est porté. Alors tu ferais mieux de reprendre la route en sens inverse... A moins que Victoria ne te suffise plus ?

Wylie plissa les yeux.

— Fils de chienne ! Tu as dit à Josselyne que Victoria était ma maîtresse ?

— As-tu pensé un instant que je me tairais ? Voyons, Wylie, je m'étonne que tu aies oublié une des règles essentielles de l'existence : il n'y a pas de coups bas en amour ni à la guerre.

— Ah, c'est ainsi que tu veux jouer ? Ma pauvre Josselyne, dit-il, feignant la compassion, est-ce là la fable qu'il vous a contée pour voler votre vertu ? Mais vous n'avez pu être assez sotte pour croire aux mensonges qu'il a eu la bassesse d'inventer !

— Des... mensonges ? balbutia-t-elle, désorientée.

S'était-elle laissé abuser, pour cela comme pour le reste ? Elle pâlit.

— Des mensonges, confirma Wylie, glacial. Je vous avais prévenue, n'est-ce pas ? Saboteur, meurtrier, et maintenant séducteur de jeunes religieuses crédules, semble-t-il. Je trouve infiniment regrettable, Josselyne, qu'au lieu de devenir mon épouse vous ayez choisi de lui servir de *catin* !

Il était tellement pris par son discours rageur qu'il ne vit pas partir le coup de poing que Durango lui assena à la mâchoire. Son chapeau vola à travers la pièce, et il tomba à genoux, la lèvre fendue. Il resta un long moment sur le plancher, estourbi. Puis il secoua la tête, plissa de nouveau ses yeux gris aux reflets métalliques. Il se toucha la lèvre et eut un mauvais sourire en voyant du sang sur ses doigts.

— Alors, dit-il doucereusement, nous en sommes arrivés là ?

— Oui ! déclara Durango en se débarrassant de sa chemise qu'il jeta dans un coin. Debout, crapule ! Lève-toi et bats-toi... à moins que tu ne sois plus un homme ? Que tu aies été émasculé par un lit trop doux et une femme trop dure ?

— Tu n'as jamais accepté que Victoria me préfère à toi, hein, Durango ?

Wylie se redressa lentement, ôta sa veste. Il eut un petit rire mauvais.

— Dieu ! Depuis tout ce temps... et dire que je n'avais jamais soupçonné...

— Vois-tu, Wylie, tu t'es leurré un peu trop longtemps, à ce sujet. Il serait temps que tu te mettes dans le crâne que je n'ai jamais été intéressé par le faux or, surtout celui que Forbes exploitait déjà. C'est toi qui voulais lui voler son bien. Quoique... si j'avais su à quel point cela te contrariait, j'aurais peut-être été tenté de prendre ta place !

— Fripouille ! Je te tuerai pour ces paroles !

— Essaie toujours !

Le sourire de Durango ne faisait qu'ajouter de l'huile sur le feu.

— Tous les coups sont permis ? ajouta-t-il.

— Évidemment. Qu'espérer d'autre d'un type comme toi ?

— Économise ton souffle. Tu vas en avoir besoin.

Prudents, à présent, les deux hommes s'observaient en tournant en rond, sautillaient sur la pointe des pieds, feintaient, lançaient un coup par-ci un coup par-là. Il y avait longtemps qu'ils ne s'étaient pas mesurés physiquement, mais tous deux savaient lutter à mains nues. Au fil des années, ils étaient même devenus experts à cette façon de régler les différends, selon la dure loi de l'Ouest.

Enfin le combat commença vraiment. L'horrible bruit des coups qu'ils s'assenaient éclatait aux oreilles de Josselyne qui les regardait, figée de terreur. Tout s'était passé si vite qu'elle avait une étrange impression d'irréalité.

De leur conversation elle avait conclu que Victoria était non seulement la maîtresse de Wylie — ce dont elle ne doutait plus — mais aussi une pomme de discorde entre les deux hommes, au même titre que Josselyne en ce moment. Néanmoins, il lui semblait inconcevable qu'ils en fussent arrivés à cette violence inouïe. Elle ne savait plus très bien qui avait commencé. Sans doute Durango avait-il cherché la bagarre, mais Wylie ne s'était pas fait prier. Ni l'un ni l'autre ne s'étaient souciés de laisser à la jeune femme la possibilité de s'expliquer sur la scène que Durango avait habilement montée, et que Wylie avait prise pour argent comptant.

D'autres éléments la surprenaient. Malgré tout le mescal qu'il ingurgitait, Durango avait une vivacité d'esprit stupéfiante. Il avait imaginé en l'espace de quelques minutes à peine toute la comédie qu'il avait jouée devant Wylie. Ses ruses et la rapidité des coups qu'il portait à son adversaire n'étaient pas ceux d'un pochard. Il gagnait ouvertement, esquivait avec une adresse et une agilité exceptionnelles.

Josselyne se dit vaguement qu'il lui faudrait tenir compte à l'avenir du fait que Durango était un habile manipulateur, et Wylie un simple tricheur. Mais elle ne s'attarda pas à cette idée, tant le combat qui se déroulait sous ses yeux augmentait en violence, en sauvagerie. Les deux hommes étaient complètement déchaînés.

Leur férocité dépassait tout ce qu'elle aurait pu imaginer, pourtant Josselyne était en quelque sorte fascinée, incapable de les quitter des yeux. Il y avait dans ce combat sans merci une sorte de beauté sauvage, primitive. Ils étaient tous deux si beaux, si puissants, qu'ils ressemblaient à des dieux païens, narcissiques, arrogants, dominateurs, décidés à vaincre à n'importe quel prix.

Sans doute étaient-ils depuis longtemps destinés à en arriver là, comme deux volcans jumeaux aux entrailles bouillonnantes qui se déchaînent soudain. Il y avait des raisons bien plus profondes que Josselyne dans cette explosion. Elle n'en était que le catalyseur, un enjeu dans une partie dont elle ne comprenait pas les règles, à laquelle elle n'avait pas voulu être mêlée. Et elle était terrifiée à l'idée de ce qui lui arriverait au terme de ce jeu cruel.

Les fiers visages des deux protagonistes étaient maculés de sang, à présent. Leurs muscles puissants jouaient sous leur peau lisse tandis qu'ils continuaient, en corps à corps, à se rendre coup pour coup, haletants, grondants.

Wylie était plus élégant, plus précis dans ses

coups. Durango ressemblait à un fauve, rusé, sauvage et brutal, sans autre loi que la rage de vaincre.

Il brisa une côte de Wylie, qui tenta de protéger ce point devenu vulnérable. Durango pénétra sa garde, un mauvais sourire aux lèvres, et l'envoya rouler au sol. Sans hésiter, il se jeta sur son adversaire à terre, mais Wylie lui envoya un coup bas qui le plia en deux. Wylie se redressa alors d'un bond et le cueillit au menton, l'expédiant dans le décor.

Les deux hommes transpiraient, saignaient, haletaient. Pourtant, ils ne renonçaient pas, ils s'affrontaient, se frappaient des poings et des pieds, se faisaient tomber, se relevaient mutuellement pour mieux se cogner encore, pulvérisaient une chaise, roulaient sur la longue table, fracassaient les bancs.

Durango saisit la bouteille de mescal qu'il fit exploser sur la tête de Wylie, les couvrant tous deux d'alcool et de verre brisé.

Jamais Josselyne n'avait rien vu de pareil. Ils semblaient saisis par une rage meurtrière que rien n'aurait pu endiguer. Elle envisagea un instant d'aller chercher de l'aide à la mine, mais elle était clouée au sol, les yeux agrandis d'horreur, la bouche ouverte sur un gémissement silencieux.

Ils allaient se tuer. Ils se prenaient maintenant à la gorge. Wylie, de sa main ouverte sur le visage de Durango, essayait vainement de le repousser tandis que celui-ci lui frappait violemment la tête contre le plancher.

Josselyne comprit enfin qu'elle était le témoin passif d'un meurtre.

— Arrêtez ! Arrêtez ! hurla-t-elle enfin.

Elle se rua sur Durango et s'accrocha à ses épaules dans un futile effort pour le détacher du corps déjà pantelant de Wylie.

— Pour l'amour du ciel, Durango ! Vous allez le tuer ! Vous allez le tuer !

Ses mots pénétrèrent enfin le cerveau embrumé de Durango qui relâcha graduellement sa mortelle étreinte sur le cou de son adversaire.

Il se redressa enfin en vacillant, le souffle court, ensanglanté, sans quitter Wylie des yeux. Puis il leva vers Josselyne un regard où s'attardaient encore des éclairs meurtriers... et où brillait le désir de savourer la récompense du vainqueur.

Cela, elle le comprenait, malgré son éducation, elle reconnut avec frayeur l'instinct primitif de l'homme triomphant. *Regarde bien, voici le héros !* A cause de ce besoin irrésistible de puissance et de possession, la carte du monde changeait sans cesse, tandis qu'un sang nouveau se mêlait à l'ancien dans le ventre des femmes. Ainsi le monde tournait-il depuis des siècles et des siècles. Les hommes s'entre-tuaient pour un coin de terre, pour une femme, pour un morceau de paradis où ils pourraient se reproduire. Et il en serait toujours ainsi.

Josselyne le sentait au plus profond d'elle, comme si elle était une Sabine esclave de Rome, une Anglo-Saxonne captive des Normands. Pour le Pied de l'Arc-en-Ciel et pour elle, Durango aurait tué Wylie. Serait encore capable de le tuer.

Elle fut submergée d'angoisse et se mit à hurler quand il saisit brutalement son poignet pour l'attirer à lui, les yeux brûlants de passion. Il l'attrapa par les cheveux et l'embrassa sauvagement. Pas la moindre tendresse dans son geste, mais une exigence de vainqueur qui réclame son dû. Il lui mordit la lèvre, et elle eut le goût du sang dans la bouche, le sien mêlé à celui de Durango, tandis qu'il la forçait de la langue pour la pénétrer avec une sorte de violence débridée.

Elle gémit, terrorisée, tenta de se dégager, mais en même temps elle était envahie d'une étrange excitation qui la laissait pantelante contre lui. La tête lui tournait, son cœur battait follement.

Durango était baigné de sang et de sueur. C'était un fauve qui attaquait la jeune femme, un fauve assoiffé de sang qui éveillait en elle un désir sauvage, primitif. Elle se noyait, elle allait mourir, ses jambes se dérobaient sous elle, et elle se serait écroulée s'il ne l'avait pas tenue aussi fort contre lui, fou de désir.

Il releva enfin la tête, un sourire diabolique aux lèvres. Josselyne s'aperçut alors que Wylie, toujours étendu à terre, les fixait d'un regard de haine pure. Son esprit criait vengeance et il subit toute l'amertume de la défaite quand Durango, délibérément, reprit les lèvres de Josselyne et glissa ses mains sous son déshabillé.

Humiliée d'avoir Wylie pour témoin, la jeune femme tenta de nouveau de se dégager, mais il était infiniment plus fort qu'elle. Elle se soumit alors, tout en sachant — comme les deux hommes en étaient également conscients — que Durango agissait ainsi pour blesser plus cruellement Wylie.

Josselyne en aurait pleuré de honte, mais son corps la trahissait, il répondait à chaque caresse, à chaque baiser de Durango, et un gémissement d'abandon lui échappa.

Durango, les yeux durs, se tourna alors vers Wylie.

— Va-t'en ! Sors d'ici ! ordonna-t-il. Rentre chez Victoria, ou va au diable, je m'en moque ! Jossie et moi, nous sommes à égalité pour la mine, à présent !

Il enleva la jeune femme dans ses bras et l'emporta vers l'appentis dont il claqua la porte du pied.

— Tu le regretteras ! cria Wylie en se remettant péniblement debout. Vous le regretterez tous les deux ! Vous me le paierez !

Il avait la voix rauque encore du traitement que lui avait infligé Durango, et il était tellement hors de lui qu'il tremblait en se rhabillant machinalement. D'un formidable coup de poing, il remit en forme son chapeau écrasé et l'enfonça sur sa tête. Le voile rouge de la colère devant les yeux, il fixa la porte derrière laquelle se trouvaient Durango et Josselyne. Le son des ressorts du lit semblait le narguer et il serra les poings en les imaginant nus et enlacés. Il revoyait Josselyne un instant auparavant, sous les baisers de Durango, avec sa chevelure défaite, sa peau blanche qui frémissait sous les caresses... ange et démon à la fois.

Il en eut une brusque nausée. Cette femme était d'or pur. Et il l'avait perdue... pire encore, il avait perdu ses parts de la mine.

Il tourna les talons, sortit du bâtiment et sauta

sur sa monture qu'il éperonna sans pitié avant de dévaler la montagne au triple galop.

Josselyne, assourdie par les battements de son cœur, ne l'entendit pas partir.

Malgré ses efforts désespérés, Durango l'avait jetée sur le lit et l'y retenait prisonnière de son corps. De ses lèvres, de ses mains, il lui faisait pratiquement perdre la raison, même s'il lui restait une parcelle de résistance, un instinct de survie.

Il était le vainqueur. Le sang de centaines de rois triomphants coulait dans ses veines. S'il avait vaincu Wylie, ne vaincrait-il pas bien plus aisément celle qui représentait le prix de sa victoire ? Elle ne pouvait espérer lutter, et pourtant elle le frappait à l'aveuglette, tentait de se redresser. Il lui arracha son déshabillé, ouvrit sa camisole.

— Non ! Non ! Je vous en supplie... Non ! cria-t-elle en se débattant, autant contre ses propres sens que contre lui.

Soudain, pour sa plus profonde honte, elle se sentit glorieusement heureuse quand elle fut presque nue contre lui, les mains fermement prises dans les siennes, et qu'il se dressa au-dessus d'elle avant de s'emparer de sa bouche avec une violence sensuelle qui la domina tout entière.

— Tu es ma femme, Jossie, dit-il à son oreille.

Elle fut parcourue d'un horrible frisson de désir, une tempête s'élevait en elle, indomptable, la balayait, l'expédiait dans un univers où le sens commun n'avait plus cours.

— Et avant la fin de la journée, tu le sauras

comme moi, de façon claire et irrémédiable, je te le jure !

Sa langue arrogante dessina le contour de ses lèvres avant de pénétrer dans sa bouche qui s'ouvrit, s'offrit, le but comme un vin enivrant.

Elle n'était plus que sensations, elle se rendait à sa volonté, tous les désirs si longtemps réprimés montaient à la surface, et elle s'abreuvait à ses baisers comme une plante après la sécheresse, elle s'en nourrissait, elle s'en gorgeait, pour s'épanouir soudain en fleur sublime.

Ses cheveux leur faisaient un manteau parfumé, et il y enfouit son visage, huma leur délicate odeur. Sa peau, plus blanche que le lis sauvage, luisait doucement sous les rayons du soleil. La camisole révélait ses seins gonflés qu'il caressa, baisa avidement, tandis que Josselyne tremblait de tout son être, traversée par des courants de plaisir divin. Elle s'arquait contre lui, l'entourait à présent de ses bras, ses doigts plongeaient dans la chevelure de jais.

Elle était un ange, lui un démon, venu pour adorer et désacraliser son corps, et elle se réjouissait de son intrusion blasphématoire, bénissait ses caresses profanes.

Nu jusqu'à la taille, il se penchait sur elle, sang et sueur, la marquant irrémédiablement de son sceau. Il était beau, dur, musclé, et elle laissa courir ses mains sur lui, goûta à sa peau salée, caressa la douce toison de sa poitrine.

Le souffle de Durango sur elle était la flamme du sacrifice, il la brûlait, la consumait. Durango chantait à son oreille quelque litanie païenne pleine d'amour et de sexe à laquelle Josselyne ne comprenait presque rien, qui la choquait et l'embrasait à la fois.

— J'ai envie de toi. *Te quiero, te quiero, mi bruja blanca.* Je veux te connaître entière, chaque partie de toi. Je veux t'embrasser, te caresser partout, jusqu'à ce que tu me supplies de te prendre. Je veux me perdre en toi, te remplir. *Quiero estar dentre de tu, mi angel dulce, te chingar, enamorar a tu. Comprendes ? No ? No tiene importancia. Apprenderas.* Tu apprendras. *Te enseñare,* je t'enseignerai. Beaucoup de choses. *Todo de amor. Todo, mi vida, mi alma...*

Elle était complètement enivrée, comme si elle avait bu à ses lèvres un philtre d'amour, une potion magique qui la faisait flotter dans le brouillard, la fumée, l'ombre... Elle se rendit à peine compte que Durango jetait ses derniers sous-vêtements au loin, et qu'elle était nue sur le lit blanc, vestale offerte aux appétits du dieu-démon.

Il eut un haut-le-corps à la voir si belle, si pâle à côté de sa peau brune. Et elle était à lui, seulement à lui, pour toujours. Il la couvrit d'un long regard ardent, puis il caressa ses seins généreux, joua avec leurs pointes gonflées de désir, les prit entre ses dents, les mouilla de ses lèvres.

Josselyne avait oublié le temps, elle ne luttait plus, comme si le destin lui ordonnait de se soumettre enfin. Elle ne connaissait que l'exquise torture que Durango lui infligeait. Il mordillait le bout de ses seins, léchait la sueur qui y perlait. Puis il descendit plus bas, le long de son ventre palpitant, vers la fleur de la passion qui ne demandait qu'à s'ouvrir pour lui.

Choquée, soudain sortie de sa langueur, elle tenta de repousser sa tête.

— Non, non, sanglota-t-elle en comprenant ce qu'il allait faire. Non, je vous en supplie, non...

Mais Durango n'y prêta pas attention. Peut-être même prit-il un certain plaisir à sa fragile résistance quand il lui ouvrit les jambes pour trouver de la bouche et de la langue ce qu'il cherchait.

Dans ses rêves les plus fous, jamais Josselyne n'eût osé imaginer que cela pourrait lui arriver... ni le plaisir qu'elle y prendrait. Elle se hissait vers ses lèvres, le suppliant en silence de la combler encore, tandis qu'il attisait son désir légèrement, du bout de la langue, jusqu'à ce qu'elle gémisse à haute voix, incapable de supporter plus longtemps l'attente brûlante qui la consumait.

La main de Durango vint calmer un peu son urgence, et il plongea les doigts dans la fleur humide de désir, sans cesser de la caresser du bout de sa langue. Au bord de l'extase, elle s'agrippait à ses cheveux, cherchait de tout son être le merveilleux assouvissement qu'il lui avait apporté les autres fois, comme un fragile bourgeon attend l'aube nouvelle en dépliant doucement ses pétales.

Et soudain, elle vint sans prévenir, cette aube scintillante qui l'emporta, brisée en mille éclats, dans un kaléidoscope de couleurs violentes avant de la laisser baigner dans sa chaleur veloutée.

Puis la silhouette du dieu-démon vint se découper contre l'arc-en-ciel qui s'évanouissait lentement. Il se dressait au-dessus d'elle, révélant sa virilité, prêt à la pénétrer. Encore alanguie, elle ouvrit lentement les yeux sur l'homme qui, dans sa glorieuse nudité, allait prendre son épouse, sa vestale. Ses yeux noirs brillaient de désir triomphant. Elle frémit, apeurée par ce qu'il avait déclenché en elle, par ce qui allait suivre. L'atmosphère était chargée de promesses, le soleil les baignait de sa lumière chaude.

Elle tenta encore de se redresser, de lui échapper, mais Durango la repoussa aux épaules et la maintint sur le lit ; et, au fond d'elle, elle sut que c'était bien, qu'elle le voulait intensément, qu'elle l'avait toujours voulu depuis leur premier baiser au centre de la terre, il y avait des siècles...

Le temps fut suspendu un moment, chargé d'électricité, puis Durango s'abattit sur elle en prononçant son nom, et il la pénétra profondément. Elle poussa un long cri d'abandon qu'il étouffa de sa bouche tandis qu'il continuait son attaque sauvage, la tenant aux hanches pour plonger plus profondément, toujours plus loin en elle.

Le parfum de l'amour montait de leurs corps, et, aussi perdue que lui dans leur sensualité, elle se laissa emporter sur le fleuve argenté vers un lointain rivage qui était le paradis, tandis que des milliers de soleils explosaient en elle au moment où se déversait la sève de Durango en un long spasme qui le secoua tout entier.

Un peu plus tard, dans la lumière redevenue crue, la chambre reprit son aspect normal. Ce n'était plus un sanctuaire, le lit n'était plus un autel dressé à la gloire de leurs corps, et Josselyne pleura en silence entre les bras de Durango. Elle avait honte de s'être donnée si librement, honte d'avoir répondu avec une passion si débridée... honte de savoir qu'elle recommencerait, même si Durango avait tué son père. Dieu, de quel pouvoir insensé cet homme jouissait-il sur elle ?

— Chut, *querida*, murmura-t-il en la serrant contre lui. Tu n'as aucune raison de pleurer, cette fois. Tu es ma femme, j'ai le droit de prendre ce qui m'appartient. Et ce n'est pas comme si je ne t'avais jamais fait l'amour auparavant...

Elle ne parvenait pas à sécher ses larmes.

— L'amour ? C'est ainsi que vous appelez ce que nous venons de faire ? demanda-t-elle, les lèvres gonflées et frémissantes. Un jour, vous avez dit le contraire...

— Appelle cela comme tu voudras, Jossie, répondit-il, les yeux fermés pour lui dissimuler ses pensées. Ou ne l'appelle pas du tout, ce n'est pas important. Quoi que ce soit, cela existe, je le sais, et tu le sais aussi maintenant. Il n'y a pas d'autre homme pour toi que moi, moi seul... et il n'y en aura jamais d'autre.

Il s'interrompit un moment avant de reprendre.

— Quels que soient tes sentiments pour moi, ma chérie, je suis ton époux. Et tu dois apprendre à tirer le meilleur parti de cette union, comme moi. Dans cette perspective, tu seras peut-être contente de savoir que j'ai acheté une maison pour nous sur Le Casey.

— Je sais, répondit-elle étourdiment. Nell me l'a dit.

Durango se raidit.

Josselyne l'avait sûrement contrarié en prenant l'actrice pour confidente alors que lui, son époux, ne savait même pas où elle se trouvait.

— Nell sait que tu vis ici ? demanda-t-il après un long silence tendu.

— Oui, murmura-t-elle.

— Je vois...

Durango, les dents serrées, sentait tous ses soupçons revenir en force. Si Red était encore en vie, qui était au courant, sinon sa maîtresse, Nell ? Peut-être servait-elle de liaison entre le père et la fille. Voilà pourquoi Josselyne était restée en contact avec elle.

Durango s'assombrit encore.

Dans ce cas, tout était possible. Ses soupçons au *Teller House* étaient peut-être fondés... Josselyne avait bien pu manigancer toute l'affaire, sacrifier sa virginité afin de l'obliger à l'épouser, tout en élaborant avec Red un plan machiavélique pour le tuer ensuite et obtenir, en tant que veuve, ses parts de la mine.

Il ne voulait pas vraiment croire cela de sa femme, mais il ne parvenait pas à lui faire confiance totalement. Elle s'était enfuie. Pas très loin, certes. Elle savait qu'il finirait par la trouver un jour ou l'autre. Avait-elle fait exprès d'être découverte ? S'était-elle arrangée pour qu'il vienne la chercher dans la montagne afin de le jeter dans un sinistre piège organisé par son père avec sa complicité ?

Durango se promit de se tenir sur ses gardes. Il fallait absolument qu'il apprenne si Red était vivant et de mèche avec sa fille... Et où serait-il mieux placé pour découvrir la vérité qu'ici, au Pied de l'Arc-en-Ciel ?

— Bon, reprit-il enfin. Dans ce cas, Nell a dû te dire également que j'étais en train d'y faire des travaux. Aussi, malheureusement, le manoir n'est-il pas habitable pour le moment. C'est pourquoi, Jossie, je te permets de rester ici provisoirement. Mais ne t'y trompe pas, je ne t'offre pas la liberté, je te préviens. Tu peux t'attendre à me voir passer beaucoup de temps près de toi. Et si j'arrive un jour pour apprendre que tu t'es encore enfuie, je te promets la plus belle raclée de ta vie dès que je t'aurai retrouvée, ce qui ne manquera pas d'arriver !

Durango lui laissa le temps de bien s'imprégner de ses paroles.

— Je devine, à leur admirable silence, que tu es parvenue à embobiner les mineurs pour qu'ils gardent le secret sur ta présence ici. Mais sache bien ceci, ma chérie : s'ils te sont fidèles parce que tu es la fille de Red, pas un d'entre eux ne lèvera le petit doigt pour t'aider quand ils sauront que tu es ma femme, que tu m'appartiens. Or j'ai bien l'intention de le leur annoncer clairement. Ils comprendront ce que cela veut dire, ils connaissent ma réputation de tireur. Et ils ne prendront pas le risque de me mettre en colère, même pour toi, Jossie. Ne te fais aucune illusion à ce sujet. Rien ni personne ne te délivrera de moi... ni de toi-même. Et au bout du compte, tu en seras heureuse, *querida*, je te le jure !

Son discours terminé, il la prit aux cheveux et sa bouche couvrit les lèvres de Josselyne. Puis il l'allongea de nouveau sur le lit où il roula avec elle, exigeant son dû, réclamant ce qui lui appartenait.

Au-dehors, les ombres s'allongeaient et le soleil commençait à descendre à l'horizon, allumant un incendie dans le ciel clair.

23

Des années plus tard, lorsqu'elle penserait à ces journées d'été douces amères où Durango l'avait faite sienne complètement, Josselyne en aurait une image brumeuse, aux couleurs diffuses.

Elle les vivait comme un rêve au ralenti, un interlude hors du temps.

Seul Durango était réel.

Il lui faisait l'amour de jour comme de nuit, des heures d'affilée, il n'en avait jamais assez, elle l'obsédait. Inlassablement, il l'allongeait sur le matelas du lit de fer et il exerçait sa magie, elle connaissait son corps par cœur, comme il connaissait le sien.

Malgré elle, elle finit par vivre dans l'attente de ses visites. Inconsciemment, elle guettait sans cesse le bruit des sabots de son cheval, le tintement de ses éperons d'argent.

Lorsqu'il était en retard, elle craignait qu'il ne se fût détaché d'elle. Et quand enfin il arrivait, elle était envahie d'une joie incompréhensible, inconcevable.

Les heures qu'elle passait sans lui étaient interminables, celles où il était là beaucoup trop courtes. Entre ses bras, elle devenait une harpe aux cordes tendues sur laquelle il interprétait magistralement de longues mélodies qui la faisaient vibrer, crier de plaisir.

Parfois, Josselyne se regardait dans le miroir de la table de toilette, et elle ne reconnaissait pas cette femme aux longs cheveux défaits, aux grands yeux alanguis, à la bouche sensuelle, provocante. Puis Durango se profilait derrière elle. Puissant, fort, un sourire triomphant aux lèvres, il couvrait ses seins, et elle sentait alors, jusqu'à la moelle de ses os, que cette femme n'était pas une image sortie d'un rêve, mais bien Josselyne, reine et esclave de ce démon qui l'envoûtait, la subjuguait, la choquait parfois, l'emportait aux plus hauts sommets de l'extase.

Il avait fait son apprentissage de l'amour dans les saloons et autres mauvais lieux, et il n'existait rien qu'il n'ignorât, qu'il n'eût fait. Il lui enseigna tout, il se moqua gentiment de ses réactions, prenant un plaisir un peu pervers à la pudeur dont elle ne se départissait jamais tout à fait.

Ce que pensaient les mineurs, elle l'ignorait, et elle n'en avait cure. Il lui suffisait de constater que leur attitude vis-à-vis d'elle n'avait pas changé. Pourtant, ils avaient forcément remarqué le nouvel éclat de ses yeux, l'inconsciente sensualité de sa démarche. Tous enviaient Durango... et avaient peur pour elle, car ils s'étaient mis à l'aimer, à leur manière.

Ils menaient une vie dure, harassante, dans laquelle elle avait apporté, comme un rayon de soleil, sa douceur et sa gentillesse. Elle ne se contentait pas de faire le ménage et la cuisine, elle s'occupait aussi d'eux personnellement, raccommodait leurs vêtements, pansait leurs blessures, chantait et leur lisait des histoires durant les longues soirées, quand le soleil avait disparu derrière les montagnes et que le vent gémissait dans les arbres.

C'étaient, pour la plupart, des hommes pauvres, incultes, et, à travers les yeux de Josselyne, ils entrevoyaient un monde inconnu, un univers de grâce et de foi, de spiritualité et de beauté — car cela, elle ne l'avait pas perdu. Toutes ces qualités, Durango les avait même mises en valeur, en quelque sorte. Elles étaient présentes dans le mouvement de ses mains fines lorsqu'elle brodait ou égrenait son chapelet, dans la douce vibration de sa voix lorsqu'elle lisait à haute voix la Bible ou des poèmes lyriques qui leur faisaient monter les larmes aux yeux. Et surtout dans son visage radieux, rendu vulnérable par son éveil à la sensualité et le fragile amour qu'elle portait au cœur, cet amour inattendu, inespéré, importun et pourtant si précieux.

Elle ne voulait pas vraiment aimer son mari, mais elle était impuissante face à lui, à ses désirs. Il exigeait non seulement son corps, mais aussi son cœur et son âme.

— Supplie-moi, *querida,* murmurait-il d'une voix rauque à son oreille quand le désir le tenaillait. Supplie-moi de te prendre. Dis-moi que tu en as envie. Dis-moi que tu m'aimes. Dis-le, bon Dieu ! insistait-il avec violence, comme si à force de le répéter elle allait finir par le penser.

Et c'était le cas. Tout au fond, elle l'aimait sans doute depuis longtemps sans avoir jamais voulu se l'avouer. Sinon, pourquoi lui aurait-elle répondu avec tant d'ardeur, avec une passion plus forte que ses doutes et sa peur ?

— Je t'aime, soufflait-elle.

Alors, le regard brûlant de désir et de triomphe, il plongeait en elle, l'obligeant à crier sa joie et sa soumission.

Elle ignorait s'il lui rendait cet amour. Pourtant, lorsqu'il la tenait serrée entre ses bras, elle se prenait à penser qu'il tenait un peu à elle.

Mais les mineurs, eux, n'avaient jamais vu Durango tenir à quelqu'un, ni à quelque chose. Et, bien qu'il eût épousé Josselyne, chacun dans le fond de son cœur redoutait, comme elle, le jour où on n'entendrait plus tinter ses éperons au Pied de l'Arc-en-Ciel.

Cependant, il venait. Il venait toujours.

Il n'essayait même pas d'y renoncer. Il était attiré par Josselyne comme l'abeille par la fleur. S'il avait pris sa virginité, elle avait capturé son cœur et son âme, elle l'avait ensorcelé, avec sa peau si blanche et ses yeux verts. Jamais il n'avait ressenti ce genre d'émotion. Aussi, quand l'amour vint, ne put-il pas vraiment le reconnaître. Il ignorait ce qui le poussait irrésistiblement vers ces journées dorées, ces nuits orageuses où il se noyait complètement en elle. Il savait seulement qu'il n'avait jamais connu de femme comme elle, et qu'il n'en trouverait jamais, dût-il vivre jusqu'à la fin des temps.

Néanmoins, Durango n'était pas homme à accorder facilement sa confiance, et moins que jamais au moment où une mine d'or — et son cœur — étaient en jeu. La peur d'apprendre que Josselyne l'avait trompé le rongeait sournoisement. Et quand il lui faisait l'amour, c'était aussi pour la marquer d'un sceau indélébile.

Cependant, il fouillait périodiquement ses affaires, quand elle n'était pas dans la chambre. Rassuré, il n'y trouvait rien d'intéressant. Rien ne laissait supposer qu'elle pût être en relation avec son père, ni même qu'il fût encore vivant. Pourtant, à mesure que le déblaiement de la mine progressait, ses doutes augmentaient parallèlement aux espoirs de Josselyne. Mais Durango n'imaginait pas que Red pût être en vie et innocent, tandis que la jeune femme ne pouvait le croire en vie et coupable.

Durango gagnait une fortune au jeu. Naguère, il la dépensait pour améliorer le saloon, maintenant, il la consacrait aux transformations du manoir et à Josselyne qu'il couvrait d'élégantes toilettes.

La jeune femme, qui n'avait jamais rien possédé de tel, était absolument ravie. Elle appréciait même les sous-vêtements audacieux que son mari choisissait en se réjouissant à l'avance du moment où il les lui arracherait impatiemment.

Bien que Durango ne supportât pas qu'elle se refuse à lui, il la traitait pour tout le reste en égale. Il lui permettait de poursuivre son exploration de la mine, l'y accompagnait même fréquemment et la complimentait pour sa vivacité d'esprit, sa curiosité. Il lui expliquait le déroulement du travail sans aucune condescendance, et elle en était flattée. Bientôt, elle n'eut plus guère à apprendre, même en ce qui concernait le maniement des explosifs.

— Vous n'avez pas peur que je nous fasse tous sauter accidentellement ? demanda-t-elle un jour qu'il lui montrait comment poser les charges.

— Ma douce, si je te prenais pour une incapable, je ne te laisserais pas descendre dans les galeries, surtout avec de la dynamite à la main, dit-il sérieusement, avant d'ajouter, narquois : Tu t'y entends si bien pour allumer le feu en moi que je ne vois pas pourquoi tu échouerais avec ces fusées.

Josselyne rougit violemment à cette allusion osée, mais elle était enchantée qu'au lieu de se sentir menacé par son intelligence et ses talents, il en fût fier.

Aucun autre homme, Josselyne en était sûre, n'aurait autorisé sa femme à vivre dans une mine d'or avec neuf ouvriers, à se mêler d'un travail essentiellement masculin, à se promener le long des galeries en apprenant le maniement des explosifs dans les moindres détails.

Aucun autre n'aurait respecté son intelligence au point de l'encourager à donner son opinion sur n'importe quel sujet. Aucun ne lui aurait parlé si librement de tout, y compris de l'amour physique, ce dont un gentleman devait se garder, même avec sa propre épouse.

Tout cela était horriblement choquant ! Et Josselyne en était bel et bien choquée. Cependant, elle devait s'avouer que ce mariage lui plaisait, qu'elle en tirait une exaltante impression de liberté, une excitation qui manquait aux autres, elle le sentait confusément. Bien qu'il fût brutal, dominateur, corrompu, Durango exerçait sur elle une attirance sauvage, magnétique.

Elle était étrangement heureuse avec lui, malgré ses soupçons sur son honnêteté, qui d'ailleurs diminuaient, lentement mais sûrement, à mesure que l'été avançait.

Plus elle en apprenait sur les explosifs, plus Josselyne s'interrogeait sur les soi-disant accidents survenus à la mine. Ils avaient commencé de façon si insignifiante que personne n'avait pu imaginer qu'ils étaient commis délibérément. Puis, peu à peu, comme ils devenaient plus fréquents, on avait commencé à parler de sabotage. Et même alors, c'était si bien réalisé qu'il était très difficile d'en être certain.

Après la mort de Forbes, toutefois, il devint évident qu'on avait affaire à un saboteur, et sans doute même à un meurtrier. C'était la logique, pourtant Josselyne continuait à se poser des questions. En effet, la nature des « accidents » avait changé depuis ce drame.

Au début, ils étaient si astucieusement conçus qu'on ne pouvait être certain qu'il s'agît de sabotages. Ensuite, les tentatives pour cacher l'origine des accidents étaient devenues nettement moins fines. Avant, par exemple, les dents d'un engrenage avaient été soigneusement sciées afin qu'on pût croire qu'elles s'étaient brisées accidentellement en cours de fonctionnement. Après, on découvrait dans les rouages défectueux de visibles coups de pics et de marteaux. Certain matériel en réparation avait été gaiement abîmé au petit bonheur comme si la personne qui commettait ce sabotage ne savait absolument pas ce qui était important ou non pour la bonne marche des machines.

Ces dernières erreurs étaient tellement grossières que Josselyne ne pouvait certes pas les attribuer à son mari. On aurait dit que le criminel avait perdu la raison après la mort de Forbes. Et cela ne correspondait pas à ce qu'elle connaissait de Durango. C'était un homme logique, or il n'y avait aucun intérêt à détériorer du matériel qui était déjà hors d'usage ! Mais alors, comment relier ces sottises à l'habileté montrée par celui qui avait provoqué l'explosion de la mine ?

Josselyne eut encore moins de raisons d'accuser son mari de ces crimes le jour où elle le vit arriver au Pied de l'Arc-en-Ciel avec Cisco.

Celui-ci avait tellement changé qu'elle eut du mal à le reconnaître. De toute évidence, Durango s'était remarquablement occupé de lui. Cisco était devenu un jeune garçon vif, dynamique, robuste. Lavé de frais, il portait des vêtements simples mais seyants.

— Un cadeau pour toi, *querida*, dit-il en faisant descendre l'enfant de son cheval, il est propre, en bonne santé, et son comportement s'est nettement amélioré. Cependant, il lui manque une présence maternelle.

Ce fut ainsi que Cisco vint vivre à la mine avec elle. Que Durango eût tenu à lui donner l'impression qu'ils formaient une famille, qu'il eût envie d'avoir un enfant d'elle, Josselyne s'interdisait d'y songer. Cela lui paraissait impossible ! Il n'avait rien d'un père... Elle en fut d'autant plus étonnée quand elle entendit Cisco appeler Durango « papa », et lorsqu'elle observa, au cours des jours suivants, la profonde affection qui unissait l'homme et l'enfant.

Elle fut néanmoins scandalisée de constater que Cisco n'ignorait les règles d'aucun jeu de hasard, ni les subtiles différences entre le mescal, la tequila et le dotol, alcools bien trop forts pour un enfant !

Il lui expliqua pourquoi, un jour qu'elle le surprit assis au bord du lit de camp qu'on lui avait dressé dans la cuisine, avec un air tellement innocent qu'elle fut instantanément alertée.

— Que tiens-tu caché derrière ton dos, jeune homme ? demanda-t-elle.

— Rien. Rien du tout, *señora*.

— Non, tu n'arriveras pas à le cacher sous ton oreiller, Cisco. Allez, donne-moi ça, insista-t-elle sévèrement.

Elle fut horrifiée quand il céda enfin et lui tendit, piteux, une bouteille de mescal — dont il avait visiblement bu une bonne rasade. Elle poussa un cri d'indignation, mais il entreprit de lui expliquer, enthousiaste, comment on distillait l'alcool.

— J'ai même mangé le *gusano rojo* — le ver rouge qu'on trouve dans les meilleures tequilas, se vanta-t-il fièrement. C'est à ça qu'on juge un véritable *hombre macho*. Alors quelle importance si j'ai volé un peu de mescal dans la bouteille de papa, hein ? C'est surtout de l'eau, de toute façon.

— Cisco, tu me crois tombée de la dernière pluie ? protesta-t-elle, courroucée devant l'énormité de ce mensonge.

— Mais c'est vrai, je le jure ! insista-t-il vivement. C'est un des trucs de papa, il m'a tout raconté. Un jour, il m'a dit : « Cisco, ne laisse jamais les gens se douter que tu es plus malin qu'ils ne le pensent. Tu vois cette bouteille ? Puisque tu me l'as demandé, je vais t'expliquer pourquoi je la remplis aux deux tiers d'eau. C'est parce que si je buvais autant qu'on l'imagine, je serais mort depuis longtemps, tout le monde devrait comprendre ça. Mais vois-tu, Cisco, il y a des types pas très futés, qui ne se donnent pas la peine de réfléchir. Alors s'ils *croient* que tu es ivre, ils se méfient moins de toi, et ils te prennent au sérieux seulement quand il est trop tard. » Après, papa a ajouté : « Grâce à ce stratagème, tôt ou tard, je découvrirai lequel de mes partenaires à la mine est décidé à piéger les autres. Je trouverai quelle est la canaille qui a organisé ces soi-disant accidents et poussé M. Forbes dans le creuset »... Vous me croyez, maintenant, *señora* ? Ouvrez la bouteille, vous verrez bien !

Un immense espoir gonfla le cœur de Josselyne. Cisco avait l'accent de la sincérité, et il avait si bien imité les paroles de Durango qu'elle ne pouvait douter : il les avait réellement entendues.

D'une main un peu tremblante, elle déboucha la bouteille, huma son contenu et en but une gorgée. Comme elle n'était pas habituée à l'alcool, elle eut aussitôt la gorge en feu. Elle s'étrangla, les larmes aux yeux, en se demandant à quoi pouvait bien ressembler l'alcool pur ! Pourtant, accoutumée au vin de messe coupé d'eau, elle sut qu'il y avait aussi de l'eau dans le mescal.

Durango était-il innocent ? Feignait-il vraiment de boire pour découvrir qui avait tué Forbes ?

Mais pourquoi Forbes seulement, et pas son père ?

Elle posa le soir même la question à Durango, après lui avoir relaté l'épisode de la bouteille et l'explication de Cisco.

— Parce que, ma douce, malgré ce qu'il y paraît, nous n'avons pas de preuve tangible de la mort de Red, répondit-il. Et je serais un imbécile de ne pas au moins envisager la possibilité qu'il soit encore en vie, qu'il soit le coupable... et que toi, *querida*, tu sois sa complice. Par l'intermédiaire de Nell, tu pourrais parfaitement comploter avec lui d'assassiner ton époux bien-aimé pour t'approprier ses actions !

Josselyne le regarda, bouche bée, pétrifiée.

— Comment... comment osez-vous penser ces horreurs sur mon père, sur Nell, sur *moi* ? demanda-t-elle.

Il y avait une telle douleur dans ses grands yeux que Durango ne douta pas un instant de sa sincérité. Il fut soudain intimement convaincu qu'elle était bien ce qu'elle paraissait : une jeune fille pure, malheureuse et désorientée par la mort de son père, impuissante victime d'un testament absurde, d'un mari brutal, possessif.

Depuis quelques semaines, en outre, Durango lui avait donné — ainsi qu'à Red — toutes les opportunités de lui nuire, au point de lui confier des bâtons de dynamite ! Et il ne s'était rien passé, pas le moindre incident.

Cela signifiait que, même si Red était en vie et coupable, il ignorait que sa fille était mariée, par là même susceptible d'hériter les parts de Durango en cas de décès. Donc elle n'était pas en relation avec lui, elle n'était pas sa complice... elle était innocente.

Comment s'étonner, dès lors, qu'elle combattît son mari ? Bien qu'il l'y obligeât parfois, quand ils étaient couchés, elle commençait toujours par refuser de lui dire qu'elle l'aimait. Une partie d'elle lui échappait, une partie qu'il n'obtiendrait que si elle la lui offrait de son plein gré.

J'ai honte de vous désirer, de vous aimer, avait-elle crié un jour, le blessant à vif. Jamais il ne posséderait son cœur, s'était-il dit. Seulement sa haine, pour le pouvoir qu'il avait de la soumettre à son désir, d'éveiller en elle une passion égale à la sienne...

— En quoi mes soupçons à ton égard seraient-ils différents de ceux que tu nourris sur moi ? reprit-il enfin.

Il avait une curieuse intonation, et elle retrouva dans son regard cette intensité qui la bouleversait tant.

— Réponds-moi, si tu le peux, insista-t-il.

Elle demeura silencieuse. Elle comprenait soudain que, contre toute vraisemblance, ses doutes l'avaient cruellement heurté. Il tenait certainement un peu à elle, puisqu'elle avait le pouvoir de le faire souffrir... Honteuse, elle s'aperçut que pas une fois elle ne s'était préoccupée de ses sentiments à lui.

— Tu vois, *querida*, fit-il remarquer doucement, c'est une lame à double tranchant.

— Mais... mais si vous aviez cette terrible opinion de moi, pourquoi... pourquoi m'avez-vous épousée ?

— Tu le sais parfaitement.

Son regard s'assombrit, brûlant dans la lueur de la lampe, et il l'attira inexorablement entre ses bras.

— Parce que, dit-il d'une voix chargée de désir, tu es dans mon sang et dans ma chair, Jossie, comme je suis moi-même dans ton sang et dans ta chair. Et je ne peux pas plus me libérer de toi que tu ne peux te libérer de moi.

Il l'embrassa longuement puis, sans quitter sa bouche, il la porta vers le lit blanc pour lui faire oublier tout ce qui n'était pas lui.

24

Ils étaient amants.

En regardant Durango et Josselyne dans le silence soudain qui s'était installé, Nell en fut persuadée au plus profond d'elle.

Depuis qu'elle était arrivée au Pied de l'Arc-en-Ciel, peu auparavant, elle se demandait pourquoi Josselyne se montrait nerveuse, différente, en quelque sorte. Elle avait attribué cette impression à la blouse et à la jupe qui la changeaient de son habituelle robe de novice. Cela seul aurait d'ailleurs suffi à alerter l'actrice.

Mais en plus, Josselyne lançait de fréquents coups d'œil vers la porte, elle parlait peu, semblait avoir hâte, en fait, de se débarrasser d'elle.

Perplexe, inquiète, ne recevant pas de véritables réponses à ses questions, Nell avait conclu qu'elle était tombée au mauvais moment, et elle se levait pour prendre congé quand elle avait entendu les sabots d'un cheval, le tintement d'éperons... Enfin, la porte s'était ouverte sur Durango, et Josselyne s'était littéralement pétrifiée.

Nell remarqua aussitôt la façon dont les deux jeunes gens se regardaient. Durango avec des yeux flamboyants de désir, Josselyne avec une passion soumise. Des regards d'amants.

Elle eut mal pour Red. Il ne se remettrait pas d'avoir semé une graine qui portait des fruits aussi amers. C'était lui qui avait raison, se dit-elle douloureusement. Même si elle refusait encore de le croire, elle craignait que Durango n'eût en effet abusé de la situation dans la mine, et qu'il n'eût continué depuis. Mais... comment Josselyne avait-elle pu accepter ?

Elle aperçut soudain le lourd anneau d'or que portait Josselyne à la main gauche, et son cœur se mit à battre si fort qu'elle eut l'impression qu'il allait éclater. Durango avait forcé Josselyne à l'épouser... Au bout de son fusil, certainement. Craignant pour sa vie et celle de la jeune fille, le Père Flanagan n'avait pas eu le choix. Il avait dû procéder à la cérémonie sur-le-champ, comme l'exigeait sûrement Durango, sans prendre le temps de publier les bans... Délai sur lequel Red avait compté pour être averti si Wylie ou Durango demandaient Josselyne en mariage...

Comme l'actrice l'avait redouté, Red n'avait pas envisagé toutes les possibilités lorsqu'il avait élaboré son plan. Et à présent, l'affaire tournait au plus mal... La malheureuse Josselyne devenait la victime des machinations, pourtant bien intentionnées, de son père. Cela le tuerait, songeait Nell avec angoisse, d'apprendre ce que Josselyne devait endurer des mains brutales de son mari.

Le cœur de Nell saignait pour la fille de Red, mariée à un homme que rien ne pouvait arrêter dans sa volonté de posséder la mine, un homme qui avait été capable de commettre un sabotage, un meurtre et un viol pour arriver à ses fins, et qui maintenant la tenait à sa merci !

Et il l'obligeait à partager son lit. Peut-être la frappait-il ? Le monstre ! Quant aux actions de Red, il les possédait sûrement, maintenant, car Killian n'avait pu légalement les lui refuser. Il avait dû les enfermer soigneusement dans son coffre, au saloon, tandis qu'il réfléchissait à la meilleure façon d'obtenir celles de Wylie et de Victoria.

Nell en avait la nausée. Elle se rappelait à présent comment Josselyne avait commencé à se lier d'amitié avec elle. Visiblement, la jeune femme avait grand besoin d'une amie et s'était alors tournée vers elle. Pourtant, elle n'était pas parvenue à se confier, sans doute par peur.

Ensuite, se sentant piégée, elle avait essayé d'échapper à Durango et s'était réfugiée à la mine. C'était la raison pour laquelle elle voulait que sa retraite demeurât un secret. Durango avait fini par la retrouver et avait exigé d'exercer son droit conjugal...

Oh, pourquoi Josselyne ne lui avait-elle pas demandé de l'aide ? Sans doute par crainte des conséquences. Nell frissonna, plus consciente que jamais de la force animale et du magnétisme qui se dégageaient de Durango.

Elle se rappela soudain que c'était lui qui lui avait fait obtenir un rôle dans la nouvelle pièce que l'on allait donner en ville. Elle lui en avait été reconnaissante, mais maintenant, elle comprenait que son aide était intéressée. Ainsi, elle serait tellement occupée par les répétitions qu'elle n'aurait plus guère le temps de monter à la mine, de venir au secours de Josselyne !

De toute façon, elle n'aurait pas pu faire grand-chose. Même si elle était parvenue à aider la jeune femme à s'enfuir, Durango se serait lancé à sa poursuite, il l'aurait retrouvée. Et puisqu'il était son mari, personne ne pouvait l'empêcher de vivre avec elle. Nell était impuissante devant cette situation. De plus, Red se sentirait obligé de provoquer Durango en duel, et il serait tué... ce qui n'avancerait en rien Josselyne. La situation était sans issue... Et aussi dangereuse qu'une tonne de dynamite.

Elle parvint à prendre congé sans que Durango tente de la retenir. Elle ignorait qu'il avait lu en elle à livre ouvert. Il souhaitait une seule chose : la voir rentrer chez elle pour tout raconter à Red, s'il était réellement vivant, afin de le faire sortir du bois et qu'ils puissent une bonne fois pour toutes régler les problèmes du Pied de l'Arc-en-Ciel.

Comme l'actrice les regardait à travers la vitre tout en montant à cheval, Durango ôta délibérément son chapeau et son holster avant de prendre sa femme dans ses bras, lui faisant tourner le dos à la fenêtre pour que Nell ne pût voir son expression amoureuse.

En effet, depuis leur discussion au sujet de la bouteille de mescal, Josselyne ne se refusait plus à Durango, et il se prenait à espérer qu'elle croyait enfin à son innocence, et qu'elle l'aimait peut-être.

Les mains dans ses cheveux, il prit la bouche de Josselyne avec une passion sauvage, mais il observait toujours Nell, qui ne cessait de les épier.

Et si, craignant pour la vie de Red, elle ne lui racontait rien de ce qui s'était passé ? A cette idée, Durango saisit le col de Josselyne, déchira violemment son corsage. La jeune femme poussa un cri de surprise, et Durango eut l'intense satisfaction de voir Nell pâlir avant d'éperonner son cheval pour partir au triple galop, comme si elle avait le diable à ses trousses.

Méchamment, Durango espéra que Red aurait la peur de sa vie. Cela le punirait pour ce maudit testament qui avait mis Josselyne dans une situation impossible, qui aurait pu, en d'autres circonstances, lui causer le plus grand mal. Il en tremblait de fureur chaque fois qu'il y pensait. Elle aurait pu être souillée, tuée ! L'image de Josselyne allongée dans le lit de Wylie, ou pire, gisant dans un cercueil, le glaçait jusqu'aux os.

Au début, Durango avait décidé de laisser venir les événements, au sujet de la mine. Tôt ou tard, le coupable finirait par se trahir. Mais à présent, leur mariage plaçait les jeunes époux dans une position dangereuse. Or, s'il était sûr de pouvoir se défendre, il était inquiet pour Josselyne.

C'est pourquoi il avait commencé de sérieuses investigations sur ce qui s'était passé au Pied de l'Arc-en-Ciel. Et il avait à présent une idée assez claire de ce qui avait pu se produire. Il lui restait simplement à comprendre pourquoi Red avait jeté de l'huile sur le feu. Qu'il fût coupable ou innocent, il devrait se justifier d'avoir utilisé sa fille comme catalyseur. Il paierait ! se promit Durango.

Pourtant, malgré sa colère contre son associé, il ne pouvait s'empêcher de penser que sans ce testament inepte, jamais il n'aurait tenu entre ses bras la femme qui lui était devenue plus chère que l'or.

Red fut horrifié par le récit de Nell. Sa cheville était enfin guérie, et il bondit pour se précipiter à la mine, tuer Durango et libérer ainsi sa fille des griffes de cette canaille. Nell lui fit remarquer que ce serait sans doute lui qui mangerait les pissenlits par la racine. Josselyne ne serait jamais débarrassée de son époux, qui la punirait sévèrement, en plus.

— C'est à cause de ton plan stupide que nous en sommes là ! s'écria-t-elle, aussi bouleversée que Red. Ne te jette pas inconsidérément dans la gueule du loup. Réfléchis, Red ! Réfléchis ! Montre-toi raisonnable, pour une fois. Tu ne peux pas battre Durango au pistolet, tu le sais parfaitement. A quoi cela servirait-il que tu te fasses tuer ? Il n'en est pas question. Ta pauvre fille en serait encore plus malheureuse. Te rendre secrètement à la mine pour essayer de l'aider à s'échapper n'est pas non plus une solution. Même si tu y parvenais, il resterait son époux, avec la loi de son côté pour l'obliger à revenir. Car bien que nous soyons persuadés qu'il est le criminel, nous n'avons aucune preuve tangible à fournir au shérif pour qu'il l'arrête et le fasse juger. Bon sang, nous n'avons rien à offrir à Durango en échange d'un divorce... Tes actions de la mine sont certainement déjà bien à l'abri dans son coffre.

— Par le Christ, Nellie, si tu crois que ces

fichues actions m'intéressent ! cria-t-il, le cœur brisé. C'est ma fille qui m'importe, elle seule... et au diable ces parts ! Elles sont responsables de tout ce malheur. Bon Dieu, c'est moi qui ai fourré Jossie dans ce pétrin, je l'en sortirai, quoi qu'il arrive ! Et je ferai payer ce fils de garce pour ses crimes, je te le jure !

— Je suis avec toi, Red, tu le sais, insista fermement Nell. Mais donne-nous un peu de temps. Il faut tout envisager très sérieusement. Ainsi, le moment venu, nous serons prêts à agir immédiatement.

Red ne voulut rien entendre. Son premier plan s'était révélé catastrophique, mais il venait d'en élaborer un autre. Et cette fois, il était absolument certain qu'il ne tournerait pas mal.

Les débris avaient enfin été retirés de la dernière galerie, celle qui se trouvait au cœur de la mine. Durango et Josselyne la fouillaient méthodiquement, comme les autres, à la recherche d'une trace du corps de Red. Durango était certain qu'ils ne trouveraient rien, et Josselyne souhaitait la même chose de tout son cœur.

Ils avaient presque terminé leur inspection, ce jour-là, quand deux bras surgis de nulle part attrapèrent Josselyne en l'arrachant de l'endroit où elle se trouvait, non loin de Durango. Instinctivement, elle se débattit comme un beau diable en poussant un hurlement perçant.

Durango pivota et sortit son colt à la vitesse de l'éclair, mais le canon d'une arme lui rentra entre les omoplates.

— Je me tiendrais tranquille, si j'étais toi !

La voix de Wylie était menaçante, et Durango se raidit, sur ses gardes.

— Les mains en l'air ! Les mains en l'air, bon Dieu. C'est bien. Maintenant, doucement, tout doucement, baisse le bras gauche. Attention, au moindre geste suspect, je tire. Déboucle ton ceinturon et jette-le. Plus vite que ça !

Le canon du derringer de Wylie poussa Durango à obéir. A la lumière vacillante de la lanterne, il voyait sa femme, pâle comme la mort, tenue prisonnière par Victoria, armée du revolver de Forbes.

Josselyne avait cessé de lutter. Immobile, terrifiée, elle avait du mal à respirer. Durango serra les dents. Il croyait avoir tout envisagé. Avait-il commis une erreur... fatale ? D'angoisse, son cœur se mit à battre plus fort. Il tenta pourtant de rassurer Josselyne du regard et s'exhorta lui-même au calme.

— Maintenant, va par là, Durango, ordonna Wylie en désignant un endroit où il se tiendrait le dos à la paroi de la galerie, sans aucune chance de pouvoir s'échapper.

Durango ne savait absolument pas où Wylie et Victoria voulaient en venir, et il avait peur pour Josselyne. Il obéit, tandis que Wylie, après avoir donné un coup de pied dans le ceinturon et le holster, rejoignait les deux femmes.

— A quoi jouez-vous, Wylie ? demanda Josselyne.

Elle craignait de déjà connaître la réponse. Wylie et Victoria étaient de mèche, ils étaient coupables de tous les crimes commis à la mine, et ils allaient se débarrasser de leurs deux derniers partenaires.

— Que voulez-vous faire ? insista-t-elle.

— Dénoncer Durango comme saboteur et meurtrier, ce qu'il est, répondit Wylie avec un mauvais rictus de satisfaction. Et cela ne devrait pas vous déplaire, Josselyne, puisqu'il vous a violée et obligée à l'épouser. De ces crimes-là aussi, il devra rendre compte, je vous le promets !

Le bras de Victoria se crispa sur Josselyne. Elle se persuadait en silence qu'elle n'avait aucune raison de se sentir coupable, elle tentait de se donner bonne conscience. Après tout, même si elle ne le savait pas à l'époque, il était fort possible que Durango eût déjà abusé de Josselyne avant la fameuse soirée au *Teller House*. Red et Nell l'avaient laissé entendre, la veille au soir, quand ils s'étaient réunis tous les quatre — Nell, Red, Victoria et Wylie — pour élaborer le plan qui leur permettrait de démasquer Durango et de libérer pour toujours Josselyne de lui. Naturellement, Victoria ne leur avait pas révélé son vilain rôle dans cette sinistre affaire.

Wylie et Victoria avaient été absolument ébahis quand ils avaient vu arriver Red et Nell au manoir du Casey. Que Red pût être vivant ne leur avait pas un instant effleuré l'esprit, ils l'avaient sincèrement cru enfoui sous des tonnes de cailloux depuis des mois.

Au début, tous deux, pour des raisons différentes, avaient été extrêmement troublés par cette « résurrection », puis ils s'étaient ressaisis tandis que Red, comme un taureau furieux, arpentait rageusement le salon de Victoria. Il jurait, pestait contre ce traître de Durango qu'il fallait empêcher de nuire une bonne fois pour toutes.

Avec enthousiasme, ils avaient adhéré au projet de Red et, le lendemain, ils étaient montés au Pied de l'Arc-en-Ciel pour épier Durango et Josselyne.

Dès qu'ils virent le couple descendre dans la mine, ils se mirent en action. Ils y pénétrèrent par le chemin qu'avait pris Red le soir de l'explosion, et suivirent les galeries, en prenant garde de ne pas être remarqués par les mineurs, jusqu'à ce qu'ils repèrent les deux jeunes gens.

Il était convenu que Wylie et Victoria, plus robustes, prendraient l'initiative de l'attaque. Redoutant que Josselyne ne s'évanouisse d'émotion en voyant son père vivant, tous quatre avaient décidé que Nell et Red resteraient cachés dans l'ombre.

Comme prévu, Wylie sortit de sa poche deux documents rédigés la veille, une plume, de l'encre, et les jeta aux pieds de Durango.

— Ramasse ça, ordonna-t-il froidement en visant sa poitrine. Signe ces papiers. Inutile de les lire. L'un est un aveu du sabotage et du meurtre de Forbes. L'autre déclare que tu renonces à tes parts sur la mine.

Josselyne fut glacée de terreur. Dès que Durango aurait signé, Wylie les tuerait tous les deux. Elle ne pouvait le tolérer ! Sa vie avait été déjà brisée une fois par quelques feuilles de papier, elle ne deviendrait pas de nouveau une victime impuissante.

Rassemblant son courage, elle écrasa le pied de Victoria avec le plus de force possible, puis se lança en avant et fit sauter l'arme de Wylie.

Celui-ci la récupéra aussitôt, mais Durango,

avec la rapidité d'un fauve, avait ramassé la sienne. Quand les deux hommes se relevèrent et s'affrontèrent, une lueur meurtrière au fond des yeux, ce fut pour voir Victoria et Josselyne se battre comme de vulgaires filles de bar pour le pistolet de Forbes.

Josselyne comprenait soudain la rage qui s'était emparée de Wylie et Durango quand ils s'étaient bagarrés dans la salle commune. Jamais auparavant elle n'avait senti en elle cette fureur sauvage primitive, qui la poussait à se jeter bec et ongles sur Victoria avec une férocité telle que Durango lui-même en était stupéfait.

Comme prise de folie, elle arrachait les cheveux de sa rivale, lui griffait le visage, sans même se rendre compte des coups qu'on lui rendait. Les jurons qu'elle avait entendus dans la bouche de son mari lui montaient aux lèvres et elle les crachait tout en frappant la jeune veuve qui hurlait comme un chat en colère.

Personne n'osa intervenir tandis que les deux femmes se mordaient, se griffaient, se roulaient au sol. Ils craignaient que l'une d'elles ne fût tuée accidentellement, car, plusieurs fois au cours du combat, le pistolet de Forbes se déclencha. Les balles allèrent s'écraser dans la paroi de la galerie.

— Ça fait trois fois, nota laconiquement Wylie au dernier coup de feu.

— Encore trois, et le barillet sera vide, renchérit Durango sur le même ton. Dix dollars sur Jossie, ajouta-t-il, provocant.

Les deux hommes se tenaient toujours en joue.

— Sois maudit, Durango ! jeta Wylie. Je ne sais

pas comment tu as pu survivre si longtemps. Celui qui t'aurait tiré une balle dans le corps aurait rendu un fier service à l'humanité !

— Peut-être... mais ce n'est pas le cas, Wylie... Quatre...

Les deux femmes continuaient à lutter sans pitié, cependant leurs gestes devenaient plus lents, moins précis, elles s'essoufflaient. Victoria avait perdu son chapeau, sa chevelure était complètement ébouriffée, et une manche de sa robe déchirée à l'épaule. Elle avait un œil à demi fermé, une pommette fendue. Josselyne était à peine en meilleur état.

Elle prit enfin le dessus et chevaucha son adversaire. Puis elle lui saisit le poignet et le cogna violemment sur le sol à plusieurs reprises. Victoria lâcha enfin l'arme après qu'elle se fut déclenchée deux fois encore. Josselyne s'en empara et se releva en titubant, non sans entraîner Victoria pour la placer entre Wylie et elle.

— Bon sang, Victoria, dégage-toi ! cria Wylie. Elle n'a plus de munitions !

— C'est... c'est vrai ? demanda Josselyne, épuisée, en regardant Durango.

Il eut un signe de tête affirmatif, et la jeune veuve recommença, avec le peu de forces qui lui restait, à tenter de se dégager.

— Dans ce cas, continua Josselyne, il ne... me reste plus qu'à l'assommer, je suppose.

Sans la moindre hésitation, elle écrasa la crosse du revolver sur la tête de Victoria et la tira, inconsciente, jusqu'à l'endroit où se tenait Durango, dont le regard fier disait toute l'admiration, bien qu'il ne cessât de fixer Wylie. A bout de forces, Josselyne lâcha Victoria qui s'écroula aux pieds de Durango.

— Lâche ton arme, Wylie, dit-il doucement en se plaçant devant sa femme pour lui faire un rempart de son corps, si tu ne veux pas que Josselyne termine ce qu'elle a commencé...

— Par Dieu, sale fripouille ! hurla Red qui, n'y tenant plus, bondit de l'endroit où il s'était tenu caché, le fusil armé, prêt à tirer. Tu as tellement manipulé ma pauvre fille qu'elle est prête à tuer pour toi, espèce de canaille !

— *Pa... papa ?* s'écria Josselyne trop choquée pour pouvoir dire autre chose. *Papa ?*

— Nous y voilà, prononça Durango d'une voix sarcastique. Je me demandais quand tu te déciderais à te montrer, Red. Josselyne, ma chérie, reste où tu es pour l'instant. Et tâche de ne pas t'évanouir, j'ai les mains occupées.

— Ne l'écoute pas, Jossie ! protesta Red, terrifié par la pâleur de sa fille. Viens vers moi, petite ; il n'ose pas quitter Wylie des yeux.

— Il a raison, *querida*, intervint Durango qui souffrait pour elle. Ne m'écoute pas, écoute-le, *lui*, l'homme qui s'est servi de toi comme enjeu dans cette partie truquée.

Josselyne était heureuse de voir son père en vie, certes, mais sa joie était ternie par les paroles de Durango. Et, en effet, son père l'avait utilisée, lui avait laissé croire qu'il était mort, et pendant tout ce temps, il complotait contre Durango... Elle était complètement perdue. Si son père avait cru Durango coupable, pourquoi avait-il permis qu'elle l'épouse ?

— Jossie... murmura Red, brisé. Jossie, ma petite fille..

Il s'étrangla, des larmes plein les yeux, et sa colère contre Durango décupla.

— Nell ! cria Durango dans le silence soudain. Je sais que vous êtes là, alors vous feriez aussi bien de vous joindre à nous. Inutile de vous terrer plus longtemps, vous devez être mal...

Nell apparut enfin et vint se placer à côté de Red.

— Ah, vous voilà. Mes compliments. Vous avez joué votre rôle à la perfection. L'interprétation de votre vie. Parce que, voyez-vous, je crois que Jossie vous considérait réellement comme son amie.

Il avait le regard dur, à la pensée du double coup que Red et Nell venaient de porter à sa femme.

L'actrice semblait honteuse et peinée des paroles de Durango. Elle se mordit la lèvre et s'appuya au bras de Red.

— Que le diable t'emporte, Durango ! gronda ce dernier. Qui es-tu pour nous donner des leçons ? Toi qui as saboté la mine, assassiné Forbes et fait à Jossie bien plus de mal que nous !

— Moi, je lui ai fait du mal ? *Sangre de Cristo !* Pauvre fou ! Je suis le seul qui ai agi pour son bien, et elle le sait parfaitement.

— Menteur ! hurla Red, déchaîné. Tu l'as violée ! Tu l'as violée et obligée à t'épouser ensuite pour mettre tes sales pattes sur mes actions !

— Qui sont, je le signale, soigneusement enfermées dans mon coffre au saloon, à l'heure qu'il est, renchérit Durango d'une voix vibrante de rage. Tu croyais vraiment pouvoir tout obtenir, Red ? *Tes* parts, *mes* parts, ta fille... ? Quel était ton plan ? Détenir une confession signée de ma main, afin de pouvoir échanger un divorce contre l'impunité pour moi ? Eh bien, je peux te dire que tu ne l'auras jamais. Alors, hein ? Qu'est-ce que tu fais maintenant ?

— Ma fille est tout ce qui compte, insista Red en cherchant le regard que Josselyne lui refusait toujours. Le Pied de l'Arc-en-Ciel n'est rien comparé à son bien-être et à son bonheur. Alors, si tu la laisses partir, tu peux garder mes actions. Bon Dieu ! Tu les auras toutes, même celles de Wylie et de Victoria, si tu ne touches pas à Victoria non plus. Tu auras tous les droits légaux sur la mine. D'accord, Wylie ?

Victoria, qui reprenait lentement ses esprits, vit Wylie hocher la tête.

— Oh, Wylie ! souffla-t-elle stupéfaite, en essayant vainement de se lever.

Avait-elle mal interprété son geste ?

— Ne bougez pas, vous ! siffla Durango en posant un pied sur elle. Restez où vous êtes jusqu'à ce que toute l'affaire soit terminée. Maintenant, Red, je veux m'assurer que j'ai bien compris. Si j'accepte de divorcer de Josselyne et que je te rende Victoria saine et sauve, vous me donnez toutes vos actions, me laissant seul propriétaire de la mine. C'est bien ça ?

— C'est ça, confirma Red, un peu soulagé.

Durango allait accepter sa proposition, et bientôt sa fille serait débarrassée de lui.

— Eh bien, dis-moi, c'est une offre sacrément généreuse ! dit-il avec un sourire sardonique, qui laissa vite la place à une expression dure, résolue. Mais je ne veux pas de tes sales actions ! Ni de celles de Wylie ! Bon Dieu, je ne veux pas non plus de celles de Victoria, je ne les ai jamais convoitées. Je n'ai jamais voulu que ce qui m'appartenait. Or, avec ou sans ta bénédiction, Red, Josselyne m'appartient. Elle est ma femme, et si cela ne te plaît pas, c'est bien dommage... parce qu'elle le restera « jusqu'à ce que la mort nous sépare », comme elle l'a promis devant le Père Flanagan.

Derrière lui, Josselyne retint son souffle. Avait-elle bien entendu ? se demanda-t-elle, le cœur battant follement. Durango l'aimait ? Oh, sûrement. Sinon, aurait-il refusé les parts de la mine ? Soudain, elle s'aperçut qu'il était tendu ; il ne pouvait voir son expression, il ignorait si elle avait compris, si c'était important pour elle... Lui si fier, si arrogant, il avait mis son cœur à nu... devant quatre personnes qui pensaient le pire de lui, qui aimeraient certainement le voir rejeté, humilié.

Du défi dans les yeux, Josselyne entoura sa taille de ses bras et appuya la joue contre son dos, le cœur débordant d'amour. Elle le sentit aussitôt se détendre. Possessif, il posa la main gauche sur les siennes.

Red, bouche bée, les observait. Il était vraiment le plus grand imbécile que la terre eût jamais porté ! Il se racla la gorge et déclara maladroitement, d'une voix bourrue :

— C'est... c'est comme ça.

— Oui, c'est comme ça, hein ? répondit posément Durango. Je suis catholique, rappelle-toi. Si tu ne voulais pas qu'elle soit mienne, il ne fallait pas rédiger ce maudit testament !

— Oui. Hum... Eh bien, euh... Apparemment, on t'a tous mal jugé. On a... fait une sorte de... d'erreur en te croyant coupable de...

— Bravo ! Tu as enfin compris, espèce de vieux singe ! Mais c'est tout ce que tu as compris dans ta chienne de vie, bon Dieu !

— Enfin bon sang, Durango, si tu n'as pas saboté la mine ni poussé Forbes dans le creuset, qui est-ce, alors ?

Victoria fit mine de bouger, mais Durango appuya son pied sur elle.

— Comment, Victoria ? Vous voulez déjà nous quitter ? La petite fête n'est pas terminée, pourtant. Ne vous sauvez pas. Nous arrivons au meilleur moment. Ça ne vous intéresse pas ? C'est l'histoire d'un vieil entêté du nom de Forbes qui n'a jamais voulu écouter les conseils avisés et qui a réalisé des investissements catastrophiques...

— Quoi ? s'écrièrent en chœur Red et Wylie.

— Ouais. Forbes était fauché comme les blés, ruiné. En fait, j'ai effectué des vérifications... dans tous les sens, expliqua Durango, moqueur. Vous n'imaginez pas ce que l'on découvre sur les gens en creusant un peu. Forbes aimait le pouvoir, l'argent. Il adorait impressionner les autres. Alors cela ne lui convenait guère d'être au bord de la faillite ! Quand il a appris que nous étions tout près de trouver le filon mère, il a décidé de saboter la mine. Ainsi, il y aurait des réparations si longues et si coûteuses que nous, ses trois partenaires, lassés de tout ce temps perdu, de tout cet argent dépensé, nous lui vendrions nos actions... Parallèlement, il avait appris que Victoria préférait le lit de Wylie à la couche conjugale.

Comme il n'aimait pas être pris pour un imbécile, il a décidé de régler le problème en faisant disparaître Wylie. Il se serait arrangé pour que l'on croie que Victoria l'avait tué au cours d'une querelle d'amoureux.

— Forbes avait projeté de me tuer ? intervint Wylie, stupéfait. Mais je croyais... c'est-à-dire...

— Tu croyais qu'il avait confiance en toi, Wylie, et que Red ou moi l'avions tué. En effet, il t'avait envoyé un mot — à propos, tu aurais dû le brûler, au lieu de le garder dans un tiroir de ton bureau que l'on force facilement à l'aide d'un couteau pointu. Il t'informait qu'il savait qui était le saboteur et te demandait de le retrouver à la mine. Seulement quand tu es arrivé, il gisait au fond du creuset. Comme Red et moi étions au courant de ton aventure avec Victoria, tu as eu peur d'être accusé de l'avoir assassiné. Alors tu t'es dépêché de redescendre en ville, et tu as payé les serveuses du *Shoo Fly* pour qu'elles te fournissent un alibi... Grossière erreur ! Ne te fie jamais à ces créatures, Wylie. Quelques verres, et elles lâchent le morceau.

« Ce que tu ignores, mon vieux, c'est que Forbes, qui était saoul comme à son habitude, était en train de scier le câble de la benne, sans doute pour t'envoyer au fond, quand il a perdu l'équilibre. Novak a réparé le câble le lendemain matin, car les ouvriers avaient besoin de la benne pour remonter le corps du puits. Comme le soi-disant accident n'avait aucun rapport avec la benne, Novak n'a pas fait le rapprochement. Moi si, après avoir découvert le mot qu'il t'avait envoyé. J'ai de nouveau sondé le fond du puits, et j'y ai trouvé des boucles d'oreilles appartenant à Victoria. Puisqu'elle n'était, à ma connaissance, jamais descendue dans la mine, il m'a paru évident que Forbes les avait lancées là pour la faire accuser de ton meurtre. C'était un plan machiavélique. S'il avait marché, tu serais mort, et Victoria aurait été pendue pour homicide.

« Mais c'est Forbes qui est mort, et Victoria a découvert qu'elle n'était pas, comme elle le croyait, une riche veuve. Elle serait encore bien heureuse si on ne l'obligeait pas à vendre le manoir pour payer les dettes qu'avait accumulées son mari ! Afin de faire patienter les créanciers, elle a vendu discrètement, entre autres, les collections de Forbes. Et parfois tu te montrais généreux, Wylie, alors elle s'arrangeait. Vous avez dû beaucoup souffrir, ma belle, d'en être arrivée à faire retailler vos vieilles robes. Non ? Et naturellement, vous étiez au courant des manœuvres de Forbes à la mine. Il en parlait sans doute quand il avait bu. Peut-être même s'en vantait-il ? Peu importe...

« Après sa mort, vous avez décidé de poursuivre son œuvre malfaisante. Hélas, contrairement à Forbes, vous ne connaissiez rien à l'exploitation d'une mine, et les deux malfrats que vous aviez engagés pour vous aider n'en savaient pas plus que vous. Non, ne prenez pas la peine de nier, ma chère Victoria. Ils sont enfermés dans ma réserve, au saloon. Ces imbéciles étaient fous de rage parce que vous ne les aviez pas payés, et comme ils s'en plaignaient à haute voix, je leur ai carrément demandé de quel travail il s'agissait. Pas de chance pour eux, ils ne se sont pas méfiés, car ils me croyaient ivre...

« Bref, c'est pourquoi les sabotages avaient si radicalement changé de qualité après le décès de Forbes, ce qui nous laissait tous décontenancés. Nous avons continué à croire qu'il y avait un seul coupable. C'est alors que toi, Red, tu as mis ton grain de sel dans l'affaire.

« Tu ignorais toujours qui était le coupable, tu ne savais plus à qui te fier, mais tu croyais au filon mère, alors tu as organisé les explosions pour interrompre l'exploitation de la mine en attendant de découvrir la vérité. Ensuite, tu as appris que ta fille voulait prononcer ses vœux, et cela ne te plaisait pas. Tu as donc cru pouvoir faire d'une pierre deux coups, et tu as persuadé Patrick de rédiger cet absurde testament pour obliger Josselyne à connaître la vraie vie avant de s'enfermer définitivement au couvent.

« Oh, j'en suis certain, tu n'as pas imaginé un instant que tu la mettrais en danger. Morte, elle ne valait plus rien, donc elle resterait en vie, au moins le temps de se marier. Et là, tu pensais avoir le temps d'intervenir, grâce à la publication des bans. Tu t'es dit que ni Wylie ni moi ne serions assez dépravés pour la compromettre afin de l'obliger à se marier. Après tout, c'était une novice. Et cela avait de l'importance pour moi, peut-être même pour Wylie.

« En outre, nous ne connaissions absolument pas Josselyne, nous ne savions pas comment elle réagirait. Elle aurait pu être tellement bouleversée qu'elle aurait renoncé à tous ses droits sur la mine pour retourner à Boston. Ou alors, elle aurait pu tout raconter au prêtre devant l'autel, et évidemment, il aurait refusé de procéder à la cérémonie. Bon Dieu, elle aurait même pu nous attaquer en justice... Tu as donc imaginé que ni Wylie ni moi n'étions disposés à courir de tels risques. Et tu te persuadais que tu veillais bien sur elle, dans tes fichus déguisements, que rien ne pouvait lui arriver.

« Maintenant, je veux savoir une chose : où te trouvais-tu le soir du dîner au *Teller House*, quand Victoria — par peur de perdre Wylie — a versé du laudanum dans le cognac et que ses deux hommes de main nous ont montés dans une chambre de l'hôtel ?

— Quoi ? s'écrièrent de nouveau Red et Wylie.

— C'est ce qui s'est passé. N'est-ce pas, Victoria ?... Évidemment, j'ai épousé Jossie le lendemain matin, et, vu les circonstances, le Père Flanagan a accepté de renoncer à la publication des bans. Tu n'avais jamais envisagé que cela puisse se produire, hein, Red ? En fait, il y a un sacré nombre de choses que tu n'avais pas prévues. Comme la fermeture du couvent, qui empêchait Josselyne de se réfugier à Boston. Comme le fait que j'aie deviné que tu étais encore vivant... et, plus tard, que je t'aie cru coupable...

« Quant à vous, Victoria, ma chère, vous avez pensé me jouer un sale tour, parce que je n'étais pas du genre à me marier. Mais vous m'avez au contraire offert le plus beau cadeau de ma vie, et je devrais vous en remercier, même si cela ne partait pas d'une bonne intention... Alors, Red, me diras-tu où tu étais, ce soir-là ? J'avoue que je m'attendais à te voir surgir dans la chambre, le matin, au *Teller House* pour exiger réparation. J'ai été surpris que cela ne se produise pas...

— Ben voilà, mon vieux... ce jour-là, quand il y a eu l'incident du wagonnet à la mine, je... je t'ai vu la porter au-dehors, dans un tel état que je... j'ai imaginé le pire. J'ai couru pour te faire payer ça, j'ai trébuché et je me suis cassé cette satanée cheville, avoua Red, piteux. Encore un truc auquel j'avais pas pensé.

— C'était la dernière pièce qui manquait au puzzle. Cette histoire, pour absurde qu'elle soit, est à présent compréhensible.

Durango ôta enfin son pied botté du corps de Victoria et rangea son arme dans le holster.

Red posa son fusil et ouvrit les bras.

— Jossie... Trouveras-tu dans ton cœur suffisamment d'indulgence pour pardonner à ton vieux fou de père ?

— Oh, papa ! Bien sûr ! s'écria la jeune femme.

Les larmes roulaient sur ses joues quand elle se précipita pour se serrer contre lui. Elle osait à peine croire, encore maintenant, qu'il était vivant.

— Jossie, Jossie, mon petit, balbutiait-il d'une voix tremblante d'émotion. Comme je t'aime ! Je suis un monstre, j'ai gâché ta vie ! Comment est-ce que je peux réparer ? Que veux-tu que je fasse ?

Josselyne vit, à quelques pas, Nell, qui n'osait pas intervenir mais dont les yeux étaient pleins de larmes. Elle voulait que tout le monde soit aussi heureux qu'elle. Sa mère, qu'elle avait tant chérie, était morte depuis douze ans. Hormis Red, Nell n'avait personne, et Josselyne se rappelait avec quelle douleur elle lui avait avoué ne pas avoir d'enfant.

— Tu pourrais faire une honnête femme de Nell, papa, dit-elle en souriant chaleureusement à l'actrice. Parce que de toute évidence, tu as besoin de quelqu'un pour te conseiller... et à longueur de journée !

Wylie se débarrassa de son arme et se dirigea vers l'endroit où Durango assistait à cette scène touchante.

— Je comprends maintenant que mes paroles de l'autre jour t'aient rendu fou de rage, Durango, commença-t-il, un peu raide, mais désireux tout de même de restaurer leur amitié. Je te présente mes excuses pour avoir insulté Josselyne. J'ignorais alors qu'elle était ta femme.

Il s'interrompit un court instant avant de reprendre :

— Je n'ai jamais réellement désiré l'avoir, tu sais, pas plus que tu ne voulais Victoria.

Il jeta un coup d'œil impatienté à la jeune femme qui gisait encore aux pieds de Durango.

— Lève-toi, Victoria ! ordonna-t-il. Je vais te coller une bonne fessée et t'emmener devant monsieur le maire. Tu es nettement trop rusée et trop indépendante. Il faut quelqu'un pour te mater et te tenir les rênes bien serrées.

— T... tu veux dire que tu vas m'épouser ? s'écria Victoria, stupéfaite, craignant qu'il ne lui jouât un vilain tour. Mais... mais, Wylie, tu ne m'as jamais parlé de mariage, avant !

— Ma chérie, tu aurais dû comprendre que, en tant qu'homme, je n'avais aucune envie de me faire entretenir par toi et la fortune de Forbes. C'est pourquoi je ne parviens pas à regretter une minute que tu sois ruinée !

— Sainte Marie, mère de Dieu ! jura soudain Red d'une voix tonitruante.

Il avait remis Josselyne entre les bras de son mari et s'était dirigé vers un endroit de la paroi où se discernait une faible lueur, là où une des balles de l'arme de Forbes avait creusé un trou.

— Victoria n'est plus ruinée, mon garçon. Aucun de nous ne le sera plus jamais, pour sûr ! Si je ne me trompe pas, nous sommes riches ! C'est le filon mère, je vous dis ! le filon mère !

— Oui, en effet, murmura Durango.

Mais, contrairement aux autres, il ne regardait que Josselyne, tout son amour au fond des yeux.

— Et d'où je me trouve, ajouta-t-il à voix basse, je puis affirmer que c'est le plus pur des ors.

ÉPILOGUE

AU PIED DE L'ARC-EN-CIEL

25

Le Casey, Gregory Gulch, Colorado, 1881

Il y a de nombreuses façons de servir Dieu, Josselyne, avait dit un jour la Révérende Mère.

Quelques mois plus tard, elle ajoutait :

— Vous voyez, mon enfant, Dieu avait une mission à vous confier. Lui qui sait tout, Il avait besoin de vous à Central City, pas comme religieuse mais pour que vous soyez celle qui apporterait la lumière dans la vie de Durango De Navarre, celle qui procurerait un toit aux sans-abri. Et il vous en a largement récompensée.

C'était la vérité, se disait Josselyne, appuyée au balcon de sa chambre, au deuxième étage du manoir. Elle regardait rêveusement, au-delà des ravins aurifères qui s'étendaient à ses pieds, le bâtiment de brique rouge qui abritait le nouveau couvent des Ursulines, refuge pour les veuves et les orphelins de la région. Son clocher se découpait glorieux, sur le bleu du ciel. Haut et clair, le joyeux tintement de l'angélus d'or résonna aux oreilles de la jeune femme, se mêlant au bruit de voix qui montait de la véranda.

Durango parlait avec les enfants. Cisco, les jumeaux de trois ans, Blaise et Elizabeth, Raoul, âgé d'un an et demi, et le petit dernier, Seamus, qui participait à la conversation à grand renfort de gazouillis et de cris de joie.

Il avait plu. Un arc-en-ciel s'était formé au-dessus des montagnes, et les petits suppliaient leur père de leur raconter l'histoire favorite de Red, une légende irlandaise qui parlait de farfadets et de pot d'or au pied de l'arc-en-ciel.

Elle sourit en entendant la version de Durango, où les lutins s'étaient transformés en mineurs et le pot plein d'or en filon mère au fond d'une mine.

Curieusement, l'un d'entre eux, joueur et desperado, pris d'un coup de folie, faillit renoncer à la fortune. Il fallut que sa compagne, un ange à la chevelure de feu, lui rappelât que, grâce à cet argent, on pourrait construire un joli couvent avec une cloche en or, qui servirait d'asile aux nécessiteux. Et cette brute de mineur avait accepté.

Peu après, le tintement des éperons d'argent avertit Josselyne que son mari était monté la rejoindre. Il glissa les bras autour de sa taille et déposa sur sa nuque de petits baisers qui la firent frissonner de plaisir.

— Je t'aime, lui murmura-t-il à l'oreille. Je t'aime, *mi vida, mi alma*. Dieu, comme je t'aime, Jossie !

— Moi aussi, je t'aime, Durango. Même si tu as un peu déformé la légende que tu racontais aux enfants...

— Que reproches-tu à ma version, *querida* ?

— Rien. Tu l'as parfaitement racontée.

Elle eut un petit rire tandis qu'il embrassait légèrement ses yeux, ses joues, le bout de son nez.

— Tu t'es un petit peu trompé dans les détails, c'est tout, ajouta-t-elle.

— Oh, vraiment ?

Il ôtait une à une les épingles qui retenaient les cheveux de Josselyne.

— Par exemple ? murmura-t-il.

— Eh bien... je ne sais pas pour toi, mais si j'en crois mon expérience personnelle, souffla-t-elle tandis qu'il la portait vers leur lit, ce n'est pas de l'or, c'est un coin de paradis que l'on trouve aux deux bouts de l'arc-en-ciel.

Durango la déposa sur les draps et resta un instant songeur. Puis, avec un long soupir d'amour et de contentement, il prit sa femme dans ses bras, et ils constatèrent tous les deux, une fois de plus, à quel point elle avait raison.

NOTE DE L'AUTEUR

Cher lecteur,

Central City est la plus ancienne ville minière des États-Unis qui soit encore en activité. Et elle a été tellement bien préservée ou restaurée au fil des années que c'est un excellent exemple de l'Amérique victorienne.

Entre 1859, début de la ruée vers l'or, et les premières années du siècle suivant (avec encore une pointe dans les années 30), la « région la plus riche du monde » rapportait chaque année la somme vertigineuse de cent cinq millions de dollars, principalement en or.

C'est la raison pour laquelle Central City n'était pas une ville typique de l'Ouest, ni même une cité minière typique. Elle représentait en fait le siège de la culture et de la bonne société du Colorado, jusqu'à ce que Denver se développe et finisse par la surpasser.

Malheureusement, Central City et Black Hawk, qui jadis comptaient environ cent mille habitants, n'en comprennent aujourd'hui plus que six cent cinquante. Les touristes y viennent de moins en moins, et de nombreux commerces ont été obligés de fermer leurs portes.

Dans un effort de réhabilitation de ces deux villes, on a voté une loi y autorisant le jeu à petites enchères. Cette mesure devait s'appliquer aussi à Cripple Creek, et entrer en vigueur en octobre 1991. On ignore encore quels seront les résultats de cette décision sur ces cités historiques du Colorado. L'expérience a été tentée dans la ville minière de Deadwood, dans le Dakota. En un an, quatre-vingts salles de jeu ont été créées, et deux cent quatre-vingt un millions de dollars ont été récoltés, mais les arrestations pour crimes et trafics divers ont presque doublé, et la montée en flèche des prix a forcé bien des entreprises et des particuliers à quitter la ville. Déjà, au moment où j'écris cette note, les prix commencent à flamber à Central City comme à Black Hawk.

Durant mes longues recherches pour ce roman, j'ai eu plusieurs fois l'occasion de me rendre dans le Colorado. J'ai trouvé les villes de Central City et Black Hawk absolument charmantes, de vraies cartes postales. Les habitants y sont chaleureux et amicaux. J'y ai toujours rencontré quelqu'un pour me proposer de la documentation, m'aider à choisir les éléments les plus importants. Je rentrais de chacun de mes voyages chargée de livres, de cartes, qui s'entassaient sur mon bureau pendant la rédaction de cet ouvrage, me rappelant avec précision tout ce que j'avais vu là-bas.

J'aimerais remercier tout particulièrement le personnel de l'hôtel *Golden Rose* — où mon mari Gary D. Brook et moi-même avons résidé lors de l'un de nos séjours — pour son amabilité et sa complaisance.

Je tiens également à remercier Fredda Isaacson, chez Warner Books, mon éditrice et amie depuis treize ans. Je lui dois beaucoup pour sa patience, sa compréhension, ses conseils avisés qui m'ont considérablement aidée à élaborer la structure de ce livre. Parfois, seule sa capacité à m'écouter et à m'encourager m'a permis de tenir le coup. Cela, chère Fredda, je t'en suis reconnaissante du fond du cœur !

Enfin, et ce n'est pas le moindre, je veux vous remercier, cher lecteur, d'avoir acheté ce roman. J'espère que Durango et Josselyne ont su vous distraire, que vous avez pris plaisir à cette escapade en leur compagnie dans les grandioses montagnes Rocheuses.

Lorsque je travaille, mes personnages deviennent pour moi non seulement des êtres réels mais des amis. Je souhaite de tout cœur qu'ils l'aient été aussi pour vous et que, lorsque vous avez tourné la dernière page, vous ayez ressenti la même émotion que lorsqu'on ferme sa porte après une soirée passée avec de bons amis.

Si vous souhaitez m'écrire ou recevoir gratuitement ma lettre semestrielle, faites-le-moi savoir par l'intermédiaire de mon éditeur.

Au fil des années, des milliers d'entre vous ont pris la peine de m'écrire. Je lis attentivement chacune de vos lettres qui sont, comme vous-même, ma source constante d'inspiration.

Rebecca Brandewyn

Aventures et Passions

Quand l'amour s'aventure très loin, il devient passion.
Quand les passions se libèrent, quand elles déchirent des êtres prêts à tout pour les vivre, au cœur d'aventures riches et multiples, elles sont dans la collection Aventures et Passions.

BLAKE Jennifer (voir ci-dessus)	**Sérénade en Louisiane** 3169/**5**
	Les chaînes de l'amour 3240/**5**
	Un éden sauvage 3347/**6**
	Le vengeur créole 3415/**5**
BRANDEWYNE Rebecca	**La lande sauvage** 3018/**5**
	Duel sur la lande 3055/**4**
	Pour l'amour d'un comanchero 3159/**7**
	La passion du conquistador 3285/**5**
	Les amants hors la loi 3397/**6**
BUSBEE Shirley	**Le quiproquo de minuit** 2930/**5**
	Au-delà du pardon 2957/**5**
	L'appel de la passion 3056/**8**
	Lady Vixen 3143/**8**
	Sous le sceau de l'amour 3287/**7**
COPELAND Lori	**Hannah l'indomptable** 3260/**4**
DAILEY Janet	**Le solitaire** 1580/**4**

DEVERAUX Jude

La saga des Montgomery :
- **Les yeux de velours** 2927/**5**
- **Un teint de velours** 3003/**5**
- **Une mélodie de velours** 3049/**4**
- **Un ange de velours** 3127/**4**

Les dames de Virginie :
- **Kidnappée par erreur** 3180/**5**
- **La fiancée délaissée** 3181/**4**
- **Mariage forcé** 3182/**5**
- **Le pays enchanté** 3372/**5**
- **Duel de femmes** 3447/**4**

FEATHER Jane	**La favorite du sérail** 3448/**6**
GARWOOD Julie	**Sur ordre du roi** 3019/**5**
	Un ange diabolique 3092/**5**
	Un cadeau empoisonné 3219/**5**
	Désir rebelle 3286/**5**
	La fiancée offerte 3346/**5**
	Le secret de Judith 3467/**5**
HAGAN Patricia	**Violences et passions** 3201/**6**
	Folies et passions 3272/**5**
	Gloires et passions 3326/**6**
	Fureurs et passions 3398/**5**
HENLEY Virginia	**La colombe et le faucon** 3259/**5**
	La fleur et le faucon 3416/**6**
JOYCE Brenda	**Le fier conquérant** 3222/**5**
	Des feux sombres 3371/**5**
LANDIS Jill Marie	**L'héritage de Jade** 3449/**6**
LINDSEY Johanna	**Samantha** 2533/**3**
	Esclave et châtelaine 2925/**4**

	La révoltée du harem 2956/**6**
	La fiancée captive 3035/**4**
	Les feux du désir 3091/**5**
	La Viking insoumise 3115/**5**
	Un si doux orage 3200/**4**
	Un cœur si sauvage 3258/**4**
	Epouse ou maîtresse 3304/**3**
	Captifs du désir 3430/**4**
MATTHEWS Patricia	*La maîtresse de Malvern* 1056/**4**
	L'écume des passions 2116/**4**
	La promesse sauvage 2987/**5**
	Les trois amours de Rachel 3160/**6**
	Le déchaînement des passions 3348/**5**
McKINNEY Meagan	*L'enchanteresse perverse* 3239/**5**
	L'ange de la vengeance 3373/**5**
McNAUGHT Judith	*Les machinations du destin* 3399/**7**
O'BANYON Constance	*L'amante masquée* 3428/**6**
O'GREEN Jennifer	*Prisonnière du roi* 2981/**5**
POTTER Patricia	*Le flambeur du Mississippi* 3468/**6**
REDD Joanne	*La fiancée du désert* 2926/**4**
	Le rêve chimère 2980/**5**
	L'aventurière de Fort Alamo 3328/**5**
	Danse avec le feu 3429/**4**
ROBARDS Karen	*Désirs fous* 2928/**5**
	La lune voilée 2979/**5**
	Mississippi belle 3070/**4**
	Le brigand aux yeux d'or 3142/**5**
	Promise au bûcher 3221/**5**
	Esclave de personne 3327/**5**
	Les sortilèges de Ceylan 3466/**5**
ROGERS Rosemary	*Le grand amour de Virginia* 1457/**4**
	Le métis 2392/**5**
	Esclave du désir 2463/**5**
	Le désir et la haine 2577/**7**
RYAN Nan	*Esclave de soie* 2929/**5**
	Le prince aztèque 3071/**5**
	La légende de l'amour 3247/**5**
WEYRICH Becky Lee	*Le vent brûlant de Bombay* 3036/**5**
	Le chardon et la rose 3110/**6**
	La proie du pirate 3158/**5**
	Lune gitane 3202/**5**
	Le bal masqué de Géorgie 3303/**5**
WOODIWISS Kathleen E.	*Cendres dans le vent* 2421/**7**
	Qui es-tu, belle captive ? 2998/**6**

Barbara Cartland

Reine incontestée du roman sentimental, traduite en plus de 20 langues, elle est l'auteur contemporain le plus lu dans le monde. Les éditions J'ai lu ont déjà vendu plus de 24 millions d'exemplaires de ses livres.

Les belles amazones 727/**3**
Une trop jolie gouvernante 804/**3**
Le fantôme de Monte-Carlo 854/**2**
L'amour vient quand il veut 868/**2**
Le printemps d'Aurélia 878/**3**
Le retour de la belle inconnue 883/**3**
Cléona et son double 908/**2**
La révolte de lady Corinna 964/**3**
L'amour au bout du chemin 965/**2**
Les roses de Lahore 1069/**2**
Le message de l'orchidée 1072/**2**
Quand l'amour triomphe 1076/**2**
La flamme d'amour 1110/**2**
Les beaux messieurs 1134/**2**
Comtesse Natacha 1145/**2**
La splendeur de Ventura 1155/**2**
Mon beau capitaine 1167/**2**
L'enchantement du désir 1188/**2**
La première étreinte 1189/**2**
La revanche de lord Ravenscar 1321/**2**
Les deux cousines 1384/**3**
Un amour de légende 1747/**2**
Ola et le marquis 1775/**2**
Le festin secret 1776/**2**
Un souhait d'amour 1792/**2**
L'amour est un songe 1843/**2**
Splendeurs impériales 1859/**2**
Les colombes de l'amour 1871/**2**
Les violons de l'amour 1883/**2**
Le portrait de l'amour 2367/**2**
L'irrésistible charme d'Helga 2429/**2**
La trahison diabolique 2516/**2**
L'amour est un jeu 2872/**2**
Aime-moi pour toujours 2890/**3**
La course à l'amour 2903/**3**
Un mal caché 2904/**2**
Une folle lune de miel 2949/**2**
Ah, l'adorable menteuse ! 3048/**2**
Coup de foudre à Penang 3058/**2**
Idylle au Ritz 3068/**2**
Tendre Lydia 3069/**2**
Le caroussel de l'amour 3089/**2**
La découverte du bonheur 3090/**2**
Les ailes de l'amour 3108/**4**
La sérénité d'un amour 3109/**2**
Une fuite éperdue 3125/**3**
Le lien magique 3126/**2**
L'amour tombé du ciel 3140/**2**
Etranges amazones 3141/**2**
La tigresse apprivoisée 3157/**2**
L'espoir perdu 3178/**4**
Le baiser d'un étranger 3179/**2**
Trois jeunes filles à Londres 3198/**3**
Sincère ou tricheuse ? 3199/**2**
Je marcherai vers toi 3217/**4**
Rolfe et Zarina 3218/**2**
Lady Toria 3236/**4**
Quand vient l'amour 3237/**2**
L'amour aux mille couleurs 3256/**2**
Aucun cœur n'est libre 3257/**4**
Un tel enchantement 3271/**3**
Double jeu pour Taryna 3283/**3**
La dynastie de l'amour 3284/**2**
Un amour en Hongrie 3305/**2**
Comme une blonde fée 3306/**2**
Cœur volé 3324/**3**
Effrayée... 3325/**2**
N'oublie jamais l'amour 3344/**2**
Du feu sur la neige 3345/**3**

NOUVEAUTÉS 93

Mélodie pour un amour 3376/**2**
L'aube de la passion 3377/**2**
Trop précieuse pour la perdre 3400/**2**
La revanche de l'amour 3401/**3**
L'amour n'a pas de loi 3420/**2**
Livrez-moi votre cœur 3421/**2**
Un cœur qui chante 3433/**2**
La princesse endormie 3434/**2**
Le château des rêves 3452/**2**
La clé du bonheur 3453/**2**
Paris magique 3469/**2**
Passion diabolique 3470/**2**

Amour et Destin

Quand l'amour donne aux femmes le choix de leur destin.

Les romans de la collection Amour et Destin présentent des femmes exceptionnelles qui découvrent dans l'amour le sens de leur vie. Elles vont jusqu'au bout de leur quête quel qu'en soit le prix et sont appelées à vivre de grands destins romanesques riches en émotions et en rebondissements.

BLAKE *Jennifer*	***Les secrets du passé*** 3323/**6**
BRISKIN *Jacqueline*	***C'est écrit dans le ciel*** 3139/**7**
	Cœurs trahis 3431/**7**
BROWN *Sandra*	***Texas ! - Lucky*** 3282/**3**
	Texas ! - Rocky 3432/**3**
	French Silk 3472/**7**
COOKSON *Catherine*	***Le bonheur secret d'Emma*** 3343/**5**
DEJONG *Linda Renée*	***Illusions brisées*** 3395/**6**
DELINSKY *Barbara*	***Une femme trahie*** 3396/**7**
	La quête de Chelsea Kane 3450/**6**
GOLDREICH *Gloria*	***Rencontre*** 3471/**5**
JAGGER *Brenda*	***L'amour revient toujours*** 3390/**5**
LAROSA *Linda*	***Princesse Alexandra*** 3358/**7**
PEARSON *Michael*	***Une femme d'argent*** 3359/**5**
SELINKO *Annemarie*	***Désirée*** 3374/**5** & 3375/**5**
SIMPSON *Pamela*	***Fortune's child*** 3451/**7**
THOMAS *Rosie*	***Célébration*** 3357/**5**

Littérature extrait du catalogue

Cette collection est d'abord marquée par sa diversité : classiques, grands romans contemporains, témoignages. A chacun son livre, à chacun son plaisir : Henri Troyat, Bernard Clavel, Guy des Cars, Frison-Roche, Djian, Belletto mais aussi des écrivains étrangers tels que Virginia Andrews, Nina Berberova, Colleen McCullough ou Konsalik.

Les classiques tels que Stendhal, Maupassant, Flaubert, Zola, Balzac, etc. sont publiés en texte intégral au prix le plus bas de toute l'édition. Chaque volume est complété par un cahier illustré sur la vie et l'œuvre de l'auteur.

ADLER Philippe — **Bonjour la galère !** 1868/**2**
Les amies de ma femme 2439/**3**
Graine de tendresse 2911/**3**
Qu'est-ce qu'elles me trouvent ? 3117/**3**
AGACINSKI Sophie — **La tête en l'air** 3046/**5**
AMADOU Jean — **La belle anglaise** 2684/**4**
AMADOU - COLLARO - ROUCAS — **Le Bêbête show** 2824/**5** & 2825/**5** Illustrés
AMIEL Joseph — **Le promoteur** 3215/**9**
ANDERSEN Christopher — **Citizen Jane** 3338/**7**
ANDERSON Peggy — **Hôpital des enfants** 3081/**7**

ANDREWS Virginia C.

Fleurs captives :
- **Fleurs captives** 1165/**4**
- **Pétales au vent** 1237/**4**
- **Bouquet d'épines** 1350/**4**
- **Les racines du passé** 1818/**4**
- **Le jardin des ombres** 2526/**4**

La saga de Heaven :
- **Les enfants des collines** 2727/**5**
- **L'ange de la nuit** 2870/**5**
- **Cœurs maudits** 2971/**5**
- **Un visage du paradis** 3119/**5**
- **Le labyrinthe des songes** 3234/**6**

Ma douce Audrina 1578/**4**
Aurore 3464/**5**

APOLLINAIRE Guillaume — **Les onze mille verges** 704/**1**
Les exploits d'un jeune don Juan 875/**1**
ARCHER Jeffrey — **Le pouvoir et la gloire (Kane et Abel)** 2109/**7**
Faut-il le dire à la Présidente ? 2376/**4**
ARSAN Emmanuelle — **Les débuts dans la vie** 2867/**3**
Chargée de mission 3427/**3**
ATTANÉ Chantal — **Le propre du bouc** 3337/**2**
ATWOOD Margaret — **La servante écarlate** 2781/**4**
Œil-de-chat 3063/**8**
AVRIL Nicole — **Monsieur de Lyon** 1049/**3**
La disgrâce 1344/**3**
Jeanne 1879/**3**
L'été de la Saint-Valentin 2038/**2**
La première alliance 2168/**3**
Sur la peau du Diable 2707/**4**
Dans les jardins de mon père 3000/**3**
BACH Richard — **Jonathan Livingston le goéland** 1562/**1** Illustré
Illusions/Le Messie récalcitrant 2111/**2**
Un pont sur l'infini 2270/**4**
Un cadeau du ciel 3079/**3**

BAILLY Othilie	L'enfant dans le placard 3029/2
BALZAC Honoré de	Le père Goriot 1988/2
BANCQUART Marie-Claire	Photos de famille 3015/3
BAPTISTE-MARREY	Les papiers de Walter Jonas 3441/9
BARBELIVIEN Didier	Rouge cabriolet 3299/2
BARRIE James M.	Peter Pan 3174/2
BAUDELAIRE Charles	Les Fleurs du mal 1939/2
BÉARN Myriam et Gaston de	*Gaston Phébus :*
	1 - Le lion des Pyrénées 2772/6
	2 - Les créneaux de feu 2773/6
	3 - Landry des Bandouliers 2774/5
BEART Guy	L'espérance folle 2695/5
BELLEMARE Pierre	Les dossiers d'Interpol 2844/4 & 2845/4
BELLEMARE P. et ANTOINE J.	Les dossiers extraordinaires 2820/4 & 2821/4
BELLETTO René	Le revenant 2841/5
	Sur la terre comme au ciel 2943/5
	La machine 3080/6
	L'Enfer 3150/5
BELLONCI Maria	Renaissance privée 2637/6 Inédit
BENZONI Juliette	*Le Gerfaut des Brumes :*
	- Le Gerfaut 2206/6
	- Haute Savane 2209/5
BERBEROVA Nina	Le laquais et la putain 2850/2
	Astachev à Paris 2941/2
	La résurrection de Mozart 3064/1
	C'est moi qui souligne 3190/8
	L'accompagnatrice 3362/4
	De cape et de larmes 3426/1
BERG Jean de	L'image 1686/1
BERGER Thomas	Little Big Man 3281/8
BERTRAND Jacques A.	Tristesse de la Balance... 2711/1
BEYALA Calixthe	C'est le soleil qui m'a brûlée 2512/2
BISIAUX M. et JAJOLET C.	Chat plume (60 écrivains...) 2545/5
BLAKE Michael	Danse avec les loups 2958/4
BOGGIO Philippe	Coluche 3268/7
BORGEN Johan	Lillelord 3082/7
BORY Jean-Louis	Mon village à l'heure allemande 81/4
BOULET Marc	Dans la peau d'un Chinois 2789/7 Illustré
BRAVO Christine	Avenida B. 3044/3
	Les petites bêtes 3104/2
BROOKS Terry	Hook 3298/4
BRUNELIN André	Gabin 2680/5 & 2681/5
BURON Nicole de	Les saintes chéries 248/3
	Vas-y maman 1031/2
	Dix-jours-de-rêve 1481/3
	Qui c'est, ce garçon ? 2043/3
	C'est quoi, ce petit boulot ? 2880/4
	Où sont mes lunettes ? 3297/4
CARDELLA Lara	Je voulais des pantalons 2968/2
CARREL Dany	L'Annamite 3459/7

3543

Composition Eurotypo B-Embourg
Achevé d'imprimer en Europe (France)
par Brodard et Taupin à La Flèche (Sarthe)
le 22 septembre 1993. 6763H-5
Dépôt légal sept. 1993. ISBN 2-277-23543-1

Éditions J'ai lu
27, rue Cassette, 75006 Paris
Diffusion France et étranger : Flammarion